AF553044

प्रतिनिधि कहानियाँ

प्रतिनिधि कहानियाँ

स्वयं प्रकाश

सम्पादक
आशीष त्रिपाठी

राजकमल प्रकाशन

ISBN : 978-93-89598-06-3

मूल्य : ₹ 195

पहला संस्करण : 2020

प्रकाशक : राजकमल प्रकाशन प्रा.लि.
1-बी, नेताजी सुभाष मार्ग, दरियागंज
नई दिल्ली-110 002
शाखाएँ : अशोक राजपथ, साइंस कॉलेज के सामने, पटना-800 006
पहली मंजिल, दरबारी बिल्डिंग, महात्मा गांधी मार्ग, इलाहाबाद-211 001
36 ए, शेक्सपियर सरणी, कोलकाता-700 017
वेबसाइट : www.rajkamalprakashan.com
ई-मेल : info@rajkamalprakashan.com

मुद्रक : बी.के. ऑफसेट
नवीन शाहदरा, दिल्ली-110 032

PRATINIDHI KAHANIYAN
Representative Stories of Swayam Prakash
Edited by Ashish Tripathi

क्रम

कहानीकार स्वयं प्रकाश

स्वयं प्रकाश यथार्थवादी कहानीकार हैं। प्रेमचन्द, यशपाल, हरिशंकर परसाई, अमरकान्त और भीष्म साहनी की परम्परा के प्रगतिशील कहानीकार। वे कहानी को बेहद साधारण जीवन से उठाते हैं, एक ऐसा जीवन जो हमारा अत्यन्त परिचित और अनुभवों की दृष्टि से बेहद नजदीकी है। अपने से लगते जीवन और चरित्रों को उठाकर वे किसी अतिनाटकीय वातावरण या घटनाओं की रचना नहीं करते। उनकी कहानियाँ साधारण जीवन के साधारण चरित्रों, जीवन-स्थितियों, घटनाओं और उतार-चढ़ावों से बुनी जाती हैं। किसी तरह के विशिष्ट या विचित्र चरित्रों के मनोविज्ञान को व्यक्त करने का आकर्षण भी उनमें नहीं मिलता। साधारण सहज और दैनंदिन जीवन के रसायन से रची जाकर भी वे गहरा प्रभाव डालती हैं। इस प्रकार की सृष्टि का कारण वह पक्कापन और गहराई है, जो इन कहानियों में हैं। अतिनाटकीयता, अतिदिव्यता, अतिभव्यता और अतिविशिश्टता की खोज में निकले पाठकों के लिए इन कहानियों में कुछ नहीं है।

अपने समय और समाज की प्रतिनिधि कथा या रूपक रचने की ओर स्वयं प्रकाश का रुझान नहीं है। वे कविताई से परहेज करने वाले कहानीकार हैं। इस तरह वे खालिस, पक्की और शुद्ध कहानी रचते हैं। कोई मिलावट नहीं। प्रेमचन्द के अनुसार कहानी ध्रुपद की एक तान है। इशारा, कहानी के आकार की ओर है। प्रथमतः। नामवर सिंह इस बात पर लगातार जोर देतें रहे हैं कि कहानी की सीमा को समझा जाय। वे स्पष्ट कहते हैं, 'जिन्दगी का सारा यथार्थ आप एक ही कहानी में ठूँस कर भर दें, यह सम्भव नहीं है।' प्रेमचन्द, यशपाल, अमरकान्त, शेखर जोशी, हरिशंकर परसाई, भीष्म साहनी के बाद की पीढ़ियों में स्वयं प्रकाश

इसलिए भी महत्त्वपूर्ण हैं, क्योंकि उन्हें कहानी विधा की इस मर्यादा का स्पष्ट भान है। एक तरह से यह 'शॉर्ट स्टोरी' अर्थात कहानी विधा का क्लासिकल फॉर्म है। स्वयं प्रकाश ने इसमें कोई बुनियादी तोड़-फोड़ नहीं की है। उसे अपनी जरूरतों के हिसाब से ढाला है। 'नीलकान्त का सफर' और 'सूरज कब निकलेगा' जैसी शुरुआती कहानियों से लेकर बर्डे', 'पार्टीशन', 'अशोक और रेनू की असली कहानी', 'कहाँ जाओगे बाबा', 'संधान', 'मंजू फालतू', 'आदमीजात का आदमी' और 'अविनाश उर्फ मोटू आदमी' से होते हुए 'गौरी का गुस्सा' और 'नैनसी का धूड़ा' तक प्रायः सभी कहानियाँ इसकी बानगी पेश करती हैं।

स्वयं प्रकाश प्रगतिशील चेतना के कहानीकार हैं। उनकी कहानियाँ सामन्तवादी और मध्यकालीन सामाजिक मूल्यों के खिलाफ संघर्ष करते हुए समतावादी, लोकतांत्रिक और धर्मनिरपेक्ष मूल्यों का स्पष्ट पक्ष लेते हुए दिखायी देती हैं। भारतीय स्वतंत्रता संग्राम और प्रगतिशील आन्दोलन की संयुक्त चेतना उनकी कहानियों का बुनियादी आधार रही है। उनकी प्रारम्भिक कहानियों में श्रमिक जनता की शक्ति पर गहरा विश्वास मौजूद है। 'नीलकान्त का सफर' ऐसी ही कहानी है। मजदूरों के प्रति ऐसे भाव ममत्व और आस्था से ही उपजते हैं, जो प्रगतिशील चेतना का आधार बिन्दु हैं। केदारनाथ अग्रवाल की 'एक हथौड़ेवाला घर में और हुआ' और 'मैंने उसको जब-जब देखा लोहा देखा' को याद किया जा सकता है। कहानी में मजदूरों का कथात्मक इतिवृत्त इसी भाव से भरा हुआ है : 'वे न लड़ रहे थे, न बक रहे थे, न घबड़ा रहे थे, न आपा खो रहे थे।' 'धीरे-धीरे उन बांको ने सारी खिड़कियाँ खोल दीं और सारे पसरे पैर और फैले पुट्ठे हटाकर रख दिए, ठाठ से बैठ गए और फिर हँसने लगे।... इस स्टेशन से मानो सारे डिब्बे का नक्शा ही बदलना शुरू हो गया था। खिड़कियाँ खुलते ही सारे डिब्बे में उजाला हो गया था और ताजी हवा के ठंडे झोंके सपाटे भरने लगे। बाहर हरे-भरे लहराते खेत थे और पेड़ और नदियाँ और पहाड़ और उन सब पर बड़ी सुहानी शाम निखर रही थी। थोड़ी देर में ये लोग कोई गीत शुरू कर देंगे। उदासियाँ दूर भाग जाएँगी।' स्वयं प्रकाश की शुरुआती कहानियों में ही एक अन्य महत्त्वपूर्ण कहानी है—'सूरज कब निकलेगा'। इस कहानी के भैराराम और सुगनी

संघर्षशील नायकों की ताकतवर कड़ी हैं—विपरीत से विपरीत अमानवीय और क्रूर परिस्थिति में भी गहरी जिजीविषा से भरे भविष्योन्मुख और अपराजेय। स्वयं प्रकाश अपने युग बोध में सामान्यत: मौजूद निराशा, अराजकता और अंधकारपूर्ण भविष्य कल्पना के दबावों से न सिर्फ खुद मुक्त है, बल्कि अपने पाठकों को भी इससे मुक्त होने में मदद करते हैं। सम्भवत: इसीलिए प्रगतिशील जनवादी कहानीकारों के नकली क्रान्तिवाद की तुलना में उनका सहज सकारात्मक भाव ज्यादा प्रभावी हो उठता है।

स्वयं प्रकाश की कहानियाँ भारतीय, विशेष रूप से हिन्दी मध्यवर्ग के जीवन की एक तस्वीर पेश करती हैं—मनुष्यता से लबरेज पर दब्बू और डरपोक मध्यवर्ग (क्या तुमने कभी कोई सरदार भिखारी देखा?), छोटी-छोटी आकांक्षाओं के लिए भी संघर्षरत, अन्ततः उन्हें स्थगित करता मध्यवर्ग (सन्धान), स्वार्थों की अन्धी दौड़ में भागता-गिरता-पड़ता मध्यवर्ग (कहाँ जाओगे बाबा, नन्हा कासिद), निम्नवर्गीय जनों से विराग रखता मध्यवर्ग (बर्डे)। यूँ तो स्वयं प्रकाश का कथाफलक गाँव से शहर तक फैला है, परन्तु उसका केन्द्र मध्यवर्ग ही है। यह मध्यवर्ग स्वतंत्रता आन्दोलन के दौर का मध्यवर्ग नहीं है जिसमें निम्नवर्ग के प्रति एक सदाशयता और सहभाव मौजूद था। इसमें निम्नवर्ग के प्रति वितृष्णा और घृणा निर्णायक हद तक मौजूद है। 'नीलकान्त का सफर' में मजदूरों के प्रति मध्यवर्गीय सहयात्रियों की प्रतिक्रिया में इसे सहज ही देखा जा सकता है। स्वयं प्रकाश की नजर इस मध्यवर्ग के वर्णीय और जातिपरक आधारों की ओर प्रय: नहीं जाती। स्वयं प्रकाश का 'वर्गीयता' पर ज्यादा जोर रहा है।

इस मध्यवर्ग में एक छोटी संख्या, उन लोगों की हैं, जिनमें समाज को बदलने की इच्छा मौजूद हैं। ऐसे चरित्र स्वयं प्रकाश के यहाँ प्रमुखता से मौजूद हैं। 'पार्टीशन' में कुर्बान भाई की मित्रमंडली के लोग, 'बस' का 'कामरेड बुद्धिप्रिय गुप्त उर्फ बुद्धाराम' और 'नन्हा कासिद' का 'मैं'। स्वयं प्रकाश की गहरी सहानुभूति इनके साथ है। इसीलिए इनके प्रति एक तरह का आलोचनात्मक भाव मौजूद है। परिवर्तनकामी चेतना जब मध्यवर्गीय स्वार्थपताओं पर्सनालटी कल्ट, या थोथे आदर्शवाद से घिर जाती है—स्वयं प्रकाश इन चरित्रों के प्रति मुखर हो जाते हैं। 'बस' कहानी के बुद्धाराम

उर्फ बुद्धिप्रिय गुप्त क्रान्ति करने चले है परन्तु साधारण भारतीय जनता के प्रति पारम्परिक घृणा उनके भीतर कूट-कूट कर भरी है। वे आत्ममोह से ग्रस्त हैं। स्वाभाविक ही है कि स्वयं प्रकाश की न्यूनतम सहानुभूति भी चुक जाती है और वे हरिशंकर परसाई की तरह उनकी इन वृत्तियों को कठोरता से उघाड़ देते हैं। इसके बरक्स नन्हा 'कासिद' के 'मैं' के प्रति एक आदरपूर्व ममत्व साफ दिखायी देता है। भूमंडलीकरण-युग के नये पूँजीवादी प्रलोभनों के सामने ताकत और निष्ठा के साथ खड़ा 'मैं' निराशा और अवमानना का शिकार होता है, पर अपनी राह नहीं छोड़ता। 'संहारकर्ता' का सत्यकान्त इन दोनों चरित्रों के बीच कहीं हैं। विश्वनाथ त्रिपाठी, उचित ही कहते हैं, कि आज जब नकारात्मक चरित्रों की बाढ़ सी आ गई है, स्वयं प्रकाश की कहानियों में रास्ता दिखा सकने वाले संघर्षशील और जुझारू सकारात्मक चरित्र हमें सहज ही मिल जाते हैं। ये मनुष्यता से लबरेज हैं और इनमें जीवन के प्रति गहन आकर्षक मौजूद है। स्वयं प्रकाश मुक्तिबोध और हरिशंकर परसाई की ही तरह मध्यवर्ग की आलोचना का रास्ता अपनाते हैं। मध्यवर्गीय वृत्तियों के प्रति अमरकान्त और भीष्म साहनी की तरह की सदाशय नरमी भी उनमें मिलती है पर आलोचनात्मकता का भाव ज्यादा मुखर है। इस दृष्टि से 'संहारकर्ता' एक महत्त्वपूर्ण कहानी है।

स्वयं प्रकाश की अनेक कहानियों के केन्द्र में भारतीय स्त्री है। स्त्री-केन्द्रित कहानियों में प्रमुख हैं—बर्डे, अशोक और रेनु की असली कहानी, अगले जनम, मंजू फालतू और बलि। इनके अतिरिक्त अन्य कहानियों में भी स्त्रियों की ताकतवर उपस्थिति है। 'नीलकान्त का सफर' की मजबूर औरतें, 'सूरज कब निकलेगा' की सुगनी, 'क्या तुमने कभी सरदार भिखारी देखा?' की पत्नी और आधुनिक युवती, 'सन्धान' की पत्नी, 'नैनसी का धूड़ा' की बाई और नैनसी की लुगाई, 'रशीद का पजामा' की स्नेहलता और सोफिया तथा 'प्रतीक्षा' की मीरा और मंजू। हिन्दी क्षेत्र की स्त्रियों की दुनिया का एक प्रतिनिधि मंडल। किसी पैटर्न और फ्रेम से मुक्त। भारतीय स्त्री की रूढ़ छवियों से भिन्न-जीवित और वास्तविक। प्रेमचन्द और यशपाल की परम्परा में, पर उससे आगे की स्त्रियाँ। 'अबला जीवन हाय तुम्हारी यही कहानी, आँचल में है दूध और आँखों में पानी', 'नारी

तुम केवल श्रद्धा हो' और 'देवि माँ सहचरि प्राण' की चौखटाबद्ध रूढ़ छवियों से भिन्न—ज्यादा वास्तविक, ज्यादा भारतीय!

स्वयं प्रकाश पितृसत्तात्मक दबावों को गहराई से पहचानने और उससे स्त्री को निकालने के लिए व्याकुल दिखायी देते हैं। उनकी कहानियों में भारतीय स्त्री के जीवन की गहरी आलोचनात्मक पड़ताल मौजूद है। इसीलिए आसानी से उनका एक स्त्री-पक्षधर या स्त्री-केन्द्री पाठ किया जा सकता है। सामान्यत: स्वयं प्रकाश स्त्री के सम्बन्ध में पितृसत्ता के ताकतवर विचारों और रूढ़ियों के विरोधी हैं। उन्हें स्त्री की अबला, ममतालू, रोतू, तितली आदि छवियाँ प्राय: नापसंद हैं। वे स्त्री-चरित्रों को प्राय: एक टाइप की तरह नहीं एक व्यक्ति की तरह अंकित करते हैं। ये स्त्री-चरित्र पुरुष-चरित्रों की तरह ही निजी विशिष्टताओं के मालिक हैं। उन पर सामाजिक संरचना के दबाव हैं, परन्तु वे उनके विरुद्ध जीते हुए अपनी तरह का संसार रचने को आतुर हैं। पारम्परिक दबाव की छायाएँ उनके व्यक्तित्व में मौजूद हैं, और उनसे निकलने की छटपटाहट भी। अनेक कहानियों में, ध्यान देने योग्य तथ्य है, पारम्परिक से बँधी स्त्रियों को उनके नाम से नहीं 'पद' से पहचाना गया है। लगातार। पूरी कहानी में। जैसे कि 'क्या तुमने कभी कोई सरदार भिखारी देखा?', 'सन्धान' 'नैनसी का धूड़ा' की पत्नियाँ। उन्हें 'पत्नी', 'बाई' और 'लुगाई' कहकर सम्बोधित किया गया है। ये स्त्रियाँ निज व्यक्तित्व पाने के मामले में पिछड़ गयी हैं। इशारा साफ है। यह कहना भी जरूरी है कि स्त्रियों की इस दुनिया में स्थान, उम्र, वर्ग, गाँव-शहर की दृष्टि से भी पर्याप्त विविधता है।

स्वयं प्रकाश ने कहानीपन की रक्षा करते हुए, उसे रोचक बनाते हुए एक ज्ञानी की तरह नहीं एक किस्सागो की तरह ही अपनी कहानियाँ कही हैं। उनकी छोटी से छोटी और बड़ी से बड़ी कहानी में किस्सागोई बेहद मुखर और प्रभावी है। उनकी कहानियाँ उत्सुकता और रोचकता बनाए रखती हैं। इसका बड़ा कारण यह है कि उनकी कहानियाँ किसी फार्मूले के तहत नहीं लिखी गई हैं। यहाँ तक कि उन्होंने जनवादी और प्रगतिशील फार्मूलों से भी भरसक बचने की सफल कोशिश की है।

इस संग्रह में स्वयं प्रकाश की प्रतिनिधि कहानियाँ प्रस्तुत हैं। चयन मुख्यत: प्रतिनिधिकता के आधार पर किया गया है, जिसके लिए स्वाभाविक

तौर पर मेरी रुचि जवाबदेह है। पिछले तीस वर्षों में उनकी कहानियों से मेरा करीब का रिश्ता रहा है। चयन करते समय मैंने इन तीस वर्षों की अपनी पसन्द को ही आधार बनाया है। पृष्ठ सीमा के कारण कुछ कहानियाँ यहाँ नहीं आ सकी हैं, इसके बावजूद ये कहानियाँ उनकी सभी तरह की कहानियों के सर्वश्रेष्ठ का प्रतिनिधित्व करती हैं, ऐसा विश्वास है। इस संकलन में उनकी कहानी-यात्रा के सभी पड़ावों का प्रतिनिधित्व हो सका है, इस बात का हमें संतोष है। इन कहानियों से गुजरकर पाठक उनकी सभी शिल्प-प्रविधियों से परिचित हो सकेंगे। उनकी कहानी-यात्रा से भी। इस संकलन में मित्र आलोचक सम्पादक पल्लव ने बहुविध सहयोग किया है। उनके प्रति आभार व्यक्त करता हूँ।

—आशीष त्रिपाठी
हिन्दी विभाग
बनारस हिन्दू विश्वविद्याल
वाराणसी

नीलकान्त का सफर

नीलकान्त का सफर कर रहे थे।

चूँकि वह जनता थे, इसलिए थर्ड क्लास में सफर कर रहे थे और चूँकि वह थर्ड क्लास था, इसलिए ट्रेन के आखिरी डिब्बे का आखिरी कम्पार्टमेंट था। बाकी ट्रेन या तो फर्स्ट थी या शयनयान या आरक्षित या और कुछ। लगता था, साधारण थर्ड के इस कम्पार्टमेंट को भी पीछे ही पीछे मात्र दयावश या औपचारिकता निभाने के लिए जोड़ दिया गया है। जब ट्रेन कहीं रुकती तो प्लेटफार्म पर बीचोबीच फर्स्ट के डिब्बे होते जहाँ चाय, पानी, पान-सिगरेट, फल-फ्रूट, पूछताछ, स्टेशन मास्टर सब सामने ही होता। साधारण थर्ड अक्सर प्लेटफार्म से बहुत दूर जंगल में रुकता, जहाँ से हर स्टेशन पर बहुत सारे प्यासे अपने-अपने लोटे-गिलास लेकर वाटर-हट की तरफ भागते जो अक्सर सूखी या खाली या बन्द होती—तब आगे का कोई नल या प्याऊ बर्र का छत्ता बन जाता। दो-चार पानी पी पाते, चार-छह भर पाते कि सीटी बज जाती और लोग वापस दुम की तरफ भागते। यह सब इतना तय और सहज व 'शाश्वत'-सा था कि कोई इस बारे में नहीं सोचता। सोचता भी तो बस यही कि मुसाफिरी में तो यह सब चलता ही है।

नीलकान्त उसी डिब्बे में थे।

डिब्बे में भारी भीड़ थी। लोग भेड़-बकरियों की तरह भरे हुए थे। कुछ लोगों की नजर में हो सकता है, यह उचित ही हो, पर मुझे पूरा भरोसा है कि आप उन कुछ लोगों में से नहीं हैं। क्योंकि आपको भी ऐसी ही स्थितियों में सफर करना पड़ता है। तो—लोग एक-दूसरे पर लदे जा रहे थे। जितने बैठे थे, उनसे ज्यादा खड़े थे और कुछ लटके भी थे। ऊपर की सीटें सामान से भरी हुई थीं और फर्श औरतों से। दोनों स्थान पर बीच-बीच में

कुछ आदमी भी फँसे हुए थे। बच्चों को हर जगह पाया जा सकता था। वे पानी माँग रहे थे और गर्मी से बेजार हो रहे थे। उन्हें पानी पिलाया जा रहा था और पेशाब करवाया जा रहा था। वे रो रहे थे या सो रहे थे या छींक रहे थे या भौंक रहे थे। वे हैरान थे कि हलकान थे। डिब्बे की सीटों पर एक-दो-तीन बाकायदा नम्बर पड़े हुए थे और एक तरफ की दीवार पर लिखा हुआ था—'पैंतीस सवारियों के लिए'। इसे पढ़कर अन्दाजा होता था कि रेलवे में काम करनेवाले आदमी कितने मजाकिया हैं। मसलन ये लिखने वाले। अब पाखाने का आलम देखिये। इस डिब्बे के यात्री थर्ड क्लास के मुसाफिर, खासकर नन्हे या किशोर मुसाफिर जनरल-नॉलेज के क्षेत्र में दिशा-मैदान या जंगल के परिचय से आगे नहीं बढ़ पाये थे और पाखाने में घुसते ही पता चलता था कि वे बेचारे काफी देर इसी दुविधा में पड़े रहे होंगे कि किधर मुँह करके बैठा जाए। तिस पर टोंटियों में पानी भी नहीं था। साबुन के स्थान पर किसी धर्मप्राण ने ढेर सारी मिट्टी जरूर भर रखी थी और आईना नहीं था तो क्या बुरा था? ऐसी स्थिति में अपना थोबड़ा देखकर खामखाँ आदमी का मूड ऑफ ही होता! इस संडास में तीन सज्जन बाहर को मुँह उचकाये इधर-उधर सहारा लिये खड़े थे। सोचना डर पैदा करता था कि क्या हो, यदि इस समय डिब्बे में किसी सज्जन या देवी, को इस भव्य कक्ष की आपातकालीन जरूरत पड़ जाए जिस पर 'प्रसाधन' लिखा है।

इसी डिब्बे में नीलकान्त सफर कर रहे थे। खड़े हुए। इसी संडास में।

खैर, बाद में उन्हें डिब्बे में धँसने में सफलता भी मिल गई, पर संडास की बदबू दिमाग से नहीं गई। और हालाँकि इस संघर्ष में उनकी बूढ़ी अटैची का कमजोर हैंडल टूट गया और नतीजतन उन्हें उस बूढ़ी अटैची को बच्चों की तरह छाती से चिपकाकर रखना पड़ा। पर घुस तो गए ही, पाखाने से तो अच्छे ही हैं।

यहाँ आकर नीलकान्त ने देखा कि जहाँ बहुत सारे आदमियों को पाँव सरकाने की भी जगह नहीं है और कई अब तक लटक रहे हैं या निरन्तर इस ताक में टँगे हैं कि कब आदमियों की तरह आराम से पैर टिकाने या पुट्ठे टिकाने का मौका मिल जाए—वहीं कुछ आदमी लेटे हुए हैं। और बाकायदा पूरी बर्थ घेरकर लेटे हुए हैं। इससे नीलकान्त को उस झगड़े का

भी सुराग मिल गया, जो न जाने कब से खड़ों और लेटों में चल रहा था। वह कह रहे थे, हमने भी किराया दिया है। जवाब मिल रहा था हम ठेठ वहाँ से आ रहे हैं, जहाँ से ट्रेन बनी है, ठेठ बम्बई से। वे कह रहे थे, आपका कोई रिजर्वेशन नहीं है, चाहे बम्बई से आओ, चाहे लन्दन से। जवाब मिल रहा था, अजी साहब एक बर्थ के लिए कुली को पाँच रुपये दिए हैं। रात-भर का मामला है, आप तो घंटे-दो घंटे में उतर जाएँगे। इस पर हल्ला मचाने वाले जरा ढीले पड़ जाते, पर थोड़ी देर बाद वही सब शुरू हो जाता।

नीलकान्त को लगा, जो लेटे हुए हैं, वे कितने हृदयहीन हैं! माना कि आपने पाँच रुपये दिये हैं और आपको बहुत दूर जाना है, पर कम दूरी वाले क्या मुफ्त में सफर कर रहे हैं? क्या उन्हें टिकने-भर का अधिकार नहीं? औरतें तक खड़ी हुई हैं और ये बेशरम पैर पसारे पड़े हुए हैं। यह कोई इंसानियत है? और उसे देखो सींकिया पहलवान को! कैसे आँखें मींचे पड़ा है, जैसे गहरी नींद में हो। समझता है, हम धोखे में आ जाएँगे। बोलने वाले भी साले यों ही हैं। घंटे भर से काँय-काँय कर रहे हैं, यह नहीं होता कि हाथ पकड़कर उठाकर बैठा दें सालों को। देखते हैं, कोई क्या कर सकता है? चालीस आदमी खड़े काँय-काँय कर रहे हैं और चार बेशरमी से पड़े हुए हैं। धन्य हो! और जिन्हें जरा-सी भी टिकने की जगह मिल गई है, वे ऐसे चुप हैं, जैसे खड़े हुओं से कोई हमदर्दी नहीं, लेटे हुओं पर कोई गुस्सा नहीं!

नीलकान्त ने घड़ी देखी। ट्रेन चले हुए आधा घंटा से भी ज्यादा हो गया था। आमतौर पर इतनी देर में मुसाफिरों के झगड़े खत्म हो जाते हैं और जान-पहचान, हँसी-खुशी का सिलसिला शुरू हो जाता है। फिर क्या बात है? आदमी क्यों इतना लड़ता है? किसे इस ट्रेन में अनन्त काल तक रहना है? नीलकान्त ने सोचा।

तभी अचानक नीलकान्त को महसूस हुआ कि गर्मी कुछ ज्यादा ही है। पंखे देखे। चल रहे थे। खिड़कियाँ बन्द थीं। नीलकान्त को आश्चर्य हुआ कि इस तरफ उनका ध्यान अब गया! यह भी कि अब तक किसी ने खिड़कियाँ खोली क्यों नहीं? उनके पास वाली खिड़की से सटकर एक लड़का खड़ा था। नीलकान्त ने लड़के से कहा, जरा खिड़की खोल दीजिए। 'नहीं खुलती' लड़के ने बत्तीसी निकालते हुए जवाब दिया। नीलकान्त को

विश्वास नहीं हुआ। उन्होंने लड़के को अटैची पकड़ाते हुए कहा—हटिए, मैं खोलता हूँ। हटाहटी में एक बच्चे का पैर कुचल गया। खैर, नीलकान्त ने खूब जोर लगाया, लेकिन खिड़की टस से मस नहीं हुई। नीलकान्त ने फिर जोर लगाया। जाँच-परख की, फिर जोर लगाया, फिर दिमाग लगाया। फिर ताकत, फिर दिमाग, लेकिन खिड़की नहीं खुली। दूसरी भी नहीं खुली। तीसरी तक उन्हें किसी ने जाने ही नहीं दिया। बीसियों लोग पहले ही कोशिश कर चुके थे। सारी खिड़कियाँ जाम थीं। नीलकान्त हताश हो गए। पसीने-पसीने हो गए। खीझ गए। डिब्बे के बहुत लोग उनकी इस हरकत को देख रहे थे और खिड़की पर विभिन्न टिप्पणियाँ कर रहे थे। एक गाय जैसे चेहरे वाले बाबा 'नहीं खुलती तो छोड़ो, बरदाश्त कर लो' की अपील कर रहे थे। एक उग्र से व्यापारी सज्जन कह रहे थे कि साले सब रेलवे वाले चोर हैं (इसलिए खिड़की को छोड़ो, वह नहीं खुलेगी।) ऊपर की सीट पर आराम से बैठा एक दढ़ियल गरज रहा था—तोड़ दो। मैं कहता हूँ, तोड़ दो नहीं खुलती तो। यानी लोग अपने-अपने दिमाग के हिसाब से नीलकान्त को सुझाव दे रहे थे। और जिनसे यह भी नहीं हो रहा था, वे सरकार को गालियाँ दे रहे थे, और बाकी सब इस सबको टाइम पास करने का नुस्खा समझकर चुपचाप सबका मजा ले रहे थे।

नीलकान्त ने जेब से रूमाल निकालकर पसीना पोंछा तो वह लड़का जल्दी करने लगा 'भाई साहब! अपनी अटैची सँभालो।' लगा, उलझ पड़ेंगे, बरस पड़ेंगे किसी पर। चुपचाप अटैची सँभालो।

आखिर गलती किसकी है? नीलक़ान्त सोचने लगे। जब ट्रेन में इतनी जगह नहीं है तो क्यों इतने टिकट देते हैं! ज्यादा मुसाफिर हैं तो ज्यादा गाड़ियाँ क्यों नहीं चलाते? लोग लटक-लटककर सफर कर रहे हैं, लोग सामान रखने की जगह पर भी बैठे हुए हैं, लोग खड़े हुए हैं, लोग पाखाने में भरे हुए हैं—और रेलवे फिर भी घाटे में जा रही है! क्यों? कौन दोषी है? क्या वह बुकिंग क्लर्क जिसने इतने ज्यादा टिकट काट दिये? या वह मिस्त्री, जिसने रेल रवाना होने से पहले खिड़की-दरवाजे नहीं जाँचे? या वे सज्जन जो कुलियों को पाँच-पाँच रुपये देकर पूरी बर्थ पर कब्जा किए हुए हैं? या वे अमीर, जिनके लिए पाँच-पाँच फर्स्ट के डिब्बे बीच में लगाए जाते हैं?

सोचने लगे। फिर उलझ गए। पर सोचने तो लगे, हालाँकि नतीजे तक नहीं पहुँचे। पर उलझे तो। पर पता नहीं, क्यों इन चीजों पर सोचने लगे, हालाँकि पढ़ते तो धर्मयुग, इलस्ट्रेट वीकली वगैरह ही हैं। वे लोग तो चहते थे कि नीलकान्त प्रदूषण के बारे में सोचें, जातियों के तुलनात्मक विवेचन पर सोचें, परामनोविज्ञान और आधुनिक प्रेतविद्या के बारे में सोचें, स्वीडन के मुक्त यौवन और अमरीका की स्वतंत्र पत्रकारिता के बारे में सोचें, सोचें कि शास्त्रीजी मरे या उनकी हत्या हुई—ये तो अपनी दुर्दशा के लिए दोषी कौन है? इस पर सोचने लगे! गजब हो गया!! खैर, सेठजी चिन्ता न करें, नीलकान्त इन तकलीफों के बारे में तभी तक सोचेंगे, जब तक उन्हें बैठने के लिए जगह नहीं मिल जाती, या हद से हद जब तक यह सफर जारी है। गाड़ी से उतर जाने पर वह गाड़ी के बारे में सब भूल जाएँगे और फिर वही सोचने लगेंगे, जो सेठ लोग सोचवाना चाहते हैं। पर क्या पता? अगर कल कोई दूसरी तकलीफ आई—आएगी ही—और वे सोचने लगे कि उसका असली जिम्मेदार कौन है—तो...?

नीलकान्त को प्यास लगी। स्टेशन अभी दूर था। सामने एक लुगाई अपने बच्चे को सुराही से पानी निकालकर पिला रही थी। नीलकान्त की इच्छा हुई...पर लुगाई और सुराही और गिलास सब बेहद गन्दे थे। नीलकान्त हाइजीन के बारे में सोचने लगे और प्यासे रह गए। फिर रूमाल निकालकर गरदन पोंछी। पंखों की तरफ देखा। बराबर चल रहे थे, पर लगता था, एग्जास्टफैन हैं, जो हवा देते नहीं, खींचते हैं। इधर-उधर नजर दौड़ायी कि कहीं टिकने की कोई सम्भावना नजर आ जाए। नहीं आई। हारकर फिर खिड़कियों के बारे में सोचने लगे।

नीलकान्त की इच्छा हुई, वापस उसी संडास में चले जाएँ। खड़े यहाँ भी हैं, वहाँ भी थे। वहाँ कम से कम थोड़ी हवा तो थी, माना कि बदबू और गन्दगी और सबसे ज्यादा अपने संडास में होने का अहसास—ऐसी ही कुछ परेशानियाँ थीं, पर यहाँ क्या कम परेशानी है? और सुविधा क्या है? सिवा इस गरिमा के कि डिब्बे में हैं, संडास में नहीं? लिहाजा चलो वापस संडास में।

लेकिन वापस जाना असम्भव था। बहुत कुछ बाहर था और कुछ भीतर भी था, जो रोक रहा था। झख मारकर भविष्य के बारे में सोचने

लगे। संडास वाले का क्या भविष्य है? किसी को भी हाजत होते ही वहाँ से बाहर निकाल दिया जाना। और यहाँ? सम्भावना है कि कभी तो कोई स्टेशन आएगा, तो कुछ सवारियाँ उतरेंगी और उन्हें भी टिकने को जगह मिलेगी ही। उस सुन्दर भविष्य के लिए—जब वे दूसरों की बराबरी में बैठे होंगे—इस वर्तमान में कुछ कष्ट उठा लें तो क्या हर्ज है?

खिड़कियाँ ही खुल जातीं तो तन-बदन थोड़े ठंडे होते। कइयों को उन पर टिकने की जगह भी मिल जाती। और खिड़कियाँ साली, उनके बारे में सोचते रहने से तो खुलने से रहीं। कोई औजार-वौजार होता तो...

अब नीलकान्त सोचने लगे कि कौन-सा औजार होता, जिससे खिड़की खोली जा सकती? और इससे भी पहले कौन-सी तरकीब होती, जिससे इन पसरे हुए सज्जनों को उठकर बैठाने पर मजबूर किया जा सकता? एक तरीका तो यह कि लड़ लिया जाए। और अधिकांश लोग उनका ही साथ देंगे। और दूसरा यह कि स्टेशन आने पर गार्ड को बुलाकर लाया जाए कि इन महापुरुषों को...तभी गाड़ी रुक गई।

नीलकान्त ने सोचा, चलो गार्ड को बुला लाएँ। पर वह मिलेगा? और मिला भी तो आने के लिए तैयार हो जाएगा? और आ भी गया तो इनको उठा सकेगा? अगर वह फर्स्ट के किसी मुसाफिर के साथ चाय पी रहा हो तो? और साफ मना न भी करे चलने के लिए...पर चले; चले तब तक गाड़ी ही चल पड़ी तो? और नीलकान्त नीचे ही रह जाए तो? और मान लो किसी तरह चढ़ भी जाए और यह जगह भी फिर न मिले तो? और पहली बात तो यह कि अभी अटैची किस को सँभालकर जाएँ? ताला इसमें है नहीं। और हालाँकि इसमें ऐसा क्या है जो किसी के काम आ सके। फिर भी। और यह लड़का? हालाँकि लेटे हुए लोग उठेंगे तो इसे भी बैठने की जगह मिल सकती है, लेकिन अभी इससे कहूँ कि जरा मेरी जगह और अटैची देखना, मैं गार्ड को बुलाकर ला रहा हूँ, तो देखेगा? सवाल ही नहीं उठता। एक बात और है। क्या भरोसा कि इतना सब करने पर भी मुझे जगह मिल ही जाएगी?

उतरूँ, न उतरूँ की इसी दुविधा में नीलकान्त पड़े रहे और ट्रेन ने सीटी मार दी। ट्रेन फिर खिसकने लगी और आगे बढ़ने लगी। तभी प्लेटफार्म की तरफ से आठ-दस काले-कलूटे फटेहाल मजदूर दाँत निकालते हुए

दौड़ते हुए आए और एक-दूसरे को पुकारते-चीखते एक-एक करके सब उसी डिब्बे में चढ़ गए। पहले एक चढ़ा—उसने दूसरे का हाथ पकड़कर उसे भी चढ़ा लिया, उसने तीसरे को—इस तरह सब चढ़ गए। पीछे-पीछे दो धाकड़ लुगाइयाँ भी चढ़ा ली गईं और भागते-भागते आखिरी आदमी ने गेंती-फावड़े-तगारी वगैरह भी चढ़वा दिए और छलाँग मारकर खुद भी चढ़ गया।

इस नयी भीड़ से दरवाजे और गलियारे में खड़े लड़के और बाबू लोग बुरी तरह अन्दर की तरफ धकेल दिए गए, एकदम कचरे की तरह। परस्पर धक्के को ठेठ अन्त तक महसूस किया गया और डिब्बे में चिल्ल-पुकार मच गई। मजदूरों के तपे हुए चेहरों के बीच खिली बिजली जैसी नीग्रो हँसी में इससे कोई फर्क नहीं पड़ा। वे अपनी भाषा में बुलन्दी से बतियाते रहे और ट्रेन पकड़ने में सफल हो जाने की खुशी मिलकर मनाते रहे। उनके कपड़े कोयले के बुरादे से काले हो रहे थे और उस पर मैल और पसीने की मोटी तहें जमी हुई थीं। सफैयतपसन्द आदमी यथासम्भव उनसे बचने की कोशिश कर रहे थे और एक साहब ने—जो दुर्भाग्य से उनके पास ही फँसे हुए थे—नाक पर रूमाल भी लगा लिया था। उनका बस चलता तो वे मजबूर आँख, कान, सिर, पूरे शरीर पर रूमाल लगा लेते। पर इससे होता क्या? जो जहाँ थे सो रहते ही, गायब तो नहीं हो जाते, अलबत्ता उन साहब का दम जरूर घुट जाता।

फिर क्या हुआ कि बहुत आहिस्ता-आहिस्ता, तिरछे होकर लोगों के बीच से जगह बनाते हुए वे नीलकान्त के सामने से होते हुए डिब्बे के बीच तक आ गए, यानी उन्होंने नीलकान्त को पीछे छोड़ दिया। वे न लड़ रहे थे, न बक रहे थे, न घबरा रहे थे, न आपा खो रहे थे। उन्हें देखकर लगता था कि वे इस भीड़ और परेशानी के आदी हैं, और इसे कुछ नहीं समझ रहे। शायद हमेशा अप एंड डाउन करते हैं। लुगाइयाँ भी आ गईं। उन्होंने अपने कसे हुए जिस्मों पर कसी हुई काँचली पहन रखी थीं और उनके सिर के बालों की चोटी खूब ताकत से कसकर गूँथी हुई थी। पीठ लगभग नंगी थी, पसीने में तर। एक पीठ नीलकान्त के एकदम सामने से, करीब-करीब उसे छूते हुए गुजरी। ऐसी स्वस्थ, पुष्ट, सबल सुन्दर पीठ कि नीलकान्त के मन में वाह-वाह-सी होने लगी। बड़े भारी उनके घाघरे

थे और जूतियाँ इतनी मरदानी और ऐसी भारी कि एक पड़ जाए तो थोबड़ा लहूलुहान हो जाए। वे हँस रही थीं और ठिठोली के मूड में थीं, पर किसी की क्या मजाल जो उन्हें छेड़ने की सोच भी सके। मर्दों ने अन्दर पहुँचते ही खिड़कियों के सामने से लोगों को हटाकर उन्हें जाँचा, परखा, खोलने की कोशिश की और फिर उनमें से एक ने—जो थोड़ा-सा पढ़ा-लिखा था, बल्कि उनके मेट जैसा लग रहा था—अपनी भाषा में पीछे दरवाजे के पास खड़े आदमी को पुकार कर कुछ कहा। गेंती माँगी थी, क्योंकि वह लोगों के बीच से ही होती हुई आ गई। गेंती का सिरा एक खिड़की के सबसे निचले खाँचे में एक खास कोण से फँसाकर उसने अपने साथी से कहा—दबा। अब इस दूसरे आदमी ने गेंती के हत्थे पर एक खास जगह नपी-सधी ताकत लगायी और एक झटके में खिड़की खुल गई सब लोग अपढ़-मजदूरों के इस कारनामे को बड़े कौतूहल से देख रहे थे और जाहिर है कि वे खिड़की के खुल जाने से चकित और खुश हुए। वे भी, जिन्होंने बहुत कोशिश की थी और नाकामयाब रहे थे और सोच रहे थे, जब हम पढ़े-लिखों से नहीं खुली तो इन अपढ़ गँवारों से क्या खुलेगी? वे भी जिन्हें मजदूरों की क्षमताओं पर पूरा-पूरा सन्देह था और वे भी, जिन्हें डर था कि गेंती या ताकत के इस्तेमाल से खिड़कियाँ टूट जाएँगी। सिर्फ लेटे हुए लोग खिड़कियाँ खुल जाने से खुश नहीं थे। उन्हें चिन्ता हो रही थी कि अब उनका लेटा होना बाहर से भी दिख जाएगा और सब साले मच्छरों की तरह इसी डिब्बे पर टूट पड़ेंगे।

लेकिन उनमें से दो को तो लुगाइयों ने ही पैर सिकोड़ने पर बाध्य कर दिया था और खुद आराम से बैठकर पसीना सुखा रही थीं। उन्होंने अपनी भाषा में लेटे हुओं को डाँटकर कुछ कहा था—वे जिसका अर्थ तो नहीं, आशय जरूर समझ गए थे और यह सोचकर सिकुड़ गए थे कि पैर नहीं हटाये तो पुट्ठे भी हटाने पड़ेंगे।

धीरे-धीरे उन बाँकों ने सारी खिड़कियाँ खोल दीं और सारे पसरे पैर और फैले पुट्ठे हटाकर रख दिए, ठाठ से बैठ गए और फिर हँसने लगे। खड़े हुए फिर चकित थे और कई मजदूरों के साथ उनकी बराबरी में बैठने को लालायित। इस स्टेशन से मानो सारे डिब्बे का नक्शा ही बदलना शुरू हो गया था।

खिड़कियाँ खुलते ही सारे डिब्बे में उजाला हो गया था और ताजी हवा के ठंडे झोंके सपाटे भर रहे थे। बाहर हरे-भरे लहराते खेत थे और पेड़ और नदियाँ और पहाड़—और उन सब पर बड़ी सुहानी शाम बिखर रही थी।

थोड़ी देर में ये लोग कोई गीत शुरू कर देंगे। उदासियाँ दूर भाग जाएँगी।

नीलकान्त खुश थे, हालाँकि खड़े थे।

नीलकान्त सफर कर रहे थे।

पार्टीशन

आप कुर्बान भाई को नहीं जानते? कुर्बान भाई इस कस्बे के सबसे शानदार शख्स हैं। कस्बे का दिल है आजाद चौक और ऐन आजाद चौक पर कुर्बान भाई की छोटी-सी किराने की दुकान है। यहाँ हर समय सफेद कमीज-पाजामा पहने दो-दो, चार-चार आने क सौदा-सुलुफ माँगती बच्चों-बड़ों की भीड़ में घिरे कुर्बान भाई आपको नजर आ जाएँगे। भीड़ नहीं होगी तो उकड़ूँ बैठे कुछ लिखते होंगे। बार-बार मोटी फ्रेम के चश्मे को उँगली से ऊपर चढ़ाते और माथे पर बिखरे आवारा, अधकचरे बालों को दाएँ या बाएँ हाथ की उँगलियों में फँसा पीछे सहेजते। यदि आप यहाँ से सौदा लेना चाहें तो आपका स्वागत है। सबसे वाजिब दाम और सबसे ज्यादा सही तौल और शुद्ध चीज। जिस चीज से उन्हें खुद तसल्ली नहीं होगी—कभी नहीं बेचेंगे, कभी धोखे से दुकान में आ भी गई तो चाहे पड़ी-पड़ी सड़ जाए—आपको साफ मना कर देंगे। मिर्च? आपके लायक नहीं हैं। रंग मिली हुई आ गई है। तेल? मजेदार नहीं है। रेपसीड मिला है। दीयाबत्ती के लिए चाहें तो ले जाएँ।

यही वजह है कि एक बार जो यहाँ से सामान ले जाता है—दूसरी बार और कहीं नहीं जाता। यों चारों तरफ बड़ी-बड़ी दुकानें हैं—सिन्धियों की, मारवाड़ियों की। पर कुर्बान भाई का मतलब है ईमानदारी। कुर्बान भाई का मतलब है उधार की सुविधा और भरोसा।

लेकिन एक बात का ध्यान रखिएगा—जो सामान आप ले जा रहे हैं उसका लिफाफा या थैली बगैर देखे मत फेंकिएगा। मुमकिन है उस पर

कोई खुद्दार या खूँखार शेर लिखा हो। न जाने कितने लोग उनसे कह-कहकर हार गए कि गल्ले में एक कॉपी रख लें, शेर होते ही फौरन उसमें दर्ज कर लें, कुर्बान भाई सुनते हैं, सहमत भी हो जाते हैं, जो चीजें खो गईं उन पर दुखी भी होते हैं, पर करते वही हैं।

मेरा भी इस शानदार आदमी से इसी तरह परिचय हुआ। दफ्तर से लौटते हुए कुर्बान भाई की दुकान से कोई चीज लेकर घर आया...लिफाफे पर लिखा था—

फकत पासे वफादारी है, वरना कुछ नहीं मुश्किल।
बुझा सकता हूँ अँगारे, अभी आँखों में पानी है॥

और यह आदमी आज भी चार-चार आने के सौदे तौल रहा है। और क्यों तौल रहा है इसकी भी एक कहानी है।

कुर्बान भाई के पिता का अजमेर में रंग का लम्बा-चौड़ा कारोबार था। दो बड़े-बड़े मकान थे। हवेलियाँ कहनी चाहिए। नया बाजार में खूब बड़ी दुकान थी। बारह नौकर थे। घर में बग्घी तो थी ही, एक 'बेबी ऑस्टिन' भी थी जो 'सैर' पर जाने के काम आती थी। संयुक्त परिवार था। पिता मौलाना आजाद के शैदाइयों में से थे। बड़े-बड़े लीडर और शायर घर आकर ठहरते थे। कुर्बान भाई उस वक्त अलीगढ़ यूनिवर्सिटी में पढ़ रहे थे। न भविष्य की चिन्ता थी न बुढ़ापे का डर। मजे से जिन्दगी गुजर रही थी। इश्क, शायरी, होस्टल, ख्वाब!

तभी पार्टीशन हो गया। दंगे हो गए। दुकान जला दी गई। रिश्तेदार पाकिस्तान भाग गए, दो भाई कत्ल कर दिए गए। पिता ने सदमे से खटिया पकड़ ली और मर गए। नौकर घर की पूँजी लेकर भाग गए। बचे-खुचों को लेकर अपनी जान लिए-लिए कुर्बान भाई नागौर चले गए? वहाँ से मेड़ता, मेड़ता से टौंक। कहाँ जाएँ? कहाँ सिर छिपाएँ? क्या पाकिस्तान चले जाएँ? नहीं गए। क्योंकि जोश नहीं गए, क्योंकि सुरैया नहीं गई, क्योंकि कुर्बान भाई को अच्छे लगने वाले बहुत से लोग नहीं गए। तो कुर्बान भाई क्यों जाते?

धीरे-धीरे घर की बिकने लायक चीजें सब बिक गईं और कहीं कोई काम, कोई नौकरी नहीं मिली—जो उस दौर में मुसलमानों को मिलना बेहद मुश्किल थी। तिस पर हुनर कोई जानते नहीं थे, तालीम अधूरी थी। आखिर एक सेठ के यहाँ हिसाब लिखने का काम करने लगे लेकिन

अपनी आदर्शवादिता, ईमान्दारी, दयानतदारी, शराफत आदि दुर्गुणों के कारण जल्द ही निकाल दिए गए। लेकिन मालिक होने का टसका एक बार टूटा तो टूटता चला गय...स्थिति मगर यह थी कि हिन्दुओं में निभने की कोशिश करते तो शक-सुबहे की बर्छियों से छेद-छेद दिए जाते और मुसलमानों में खपने की कोशिश करते तो लीगियों के धार्मिक उन्माद का जवाब देते-देते टूक-टूक हो जाते।...उतरते गए...मजदूरी तक, हम्माली तक...छुटपुट कारीगरी तक...इन्सानियत तक। नए-नए काम सीखे। मजबूरी सिखा ही देती है। साइकिल के पंचर जोड़े, पीपों-कनस्तरों की झालन लगाई, ताले-छतरियाँ, लालटेनें ठीक कीं...चूनरी-बंधेज की रँगाई में काम किया... हाथी दाँत की चूड़ियाँ काटीं...शहर दर शहर...अब हमला साम्प्रदायिक उन्माद का नहीं मशीन का हो रहा था...जो चीज पकड़ते...धीरे-धीरे हाथ से फिसलती लगती। धक्के खाते-खाते पता नहीं कब कैसे यहाँ इस कस्बे में आ गए और एक बुजुर्ग नमाजी मुसलमान से पचास रुपए उधार लेकर एक दिन यह दुकान खोल बैठे।...कुछ पुड़ियों में दाल-चावल...माचिस... बीड़ी-सिगरेट गोली चॉकलेट।...क्या बताऊँ किस तरह बताऊँ? एक आदमी के दर्द और संघर्ष की तवील दास्तान को सिर्फ अपनी सुविधा के लिए चन्द अल्फाज में निबटा देना...न सिर्फ ज्यादती है...बल्कि उस संघर्ष का अपमान...उसका मजाक उड़ाने जैसा भी है। पर क्या करूँ कहानी जो कहने जा रहा हूँ—दूसरी है।

दुकान के जरा जमते ही कुर्बान भाई ने अखबार खरीदना और पत्रिकाएँ मँगाना शुरू कर दिया। ठीया हो गया, पहनने को दो जोड़ी कपड़े हो गए, रोटेशन चल गया, गिराकी जम गई तो आगे ख्वाहिश कौन सी थी? बच्चे कोई जिये नहीं थे, शौक-मौज, सैर-सपाटा भूल ही चुके थे, मियाँ-बीवी दो जनों के लिए अल्ला का दिया बहुत था...पत्रिकाएँ क्यों न मँगाते? और उस समय कोई पत्रिका आती तो बुकपोस्ट हो या वी.पी. ...उसे लेने कुर्बान भाई खुद पोस्ट ऑफिस पहुँच जाते, पत्रिका को बड़े जतन से सम्हालकर रखते और उसका पन्ना-पन्न, हरूफ-हरूफ चाट जाते। कई-कई बार। जैसे किसी भूखे-प्यासे को छप्पन भोग मिल गए हों। अदब से अब भी इसी तरह मोहब्बत करते हैं। पत्रिकाएँ मँगाकर, खरीदकर पढ़ते हैं और उनकी फाइल हिफाजत से रखते हैं।

इसी सिलसिले में...उनके संस्कार बोलने लगे। लोगों ने देखा यह शख्स कभी झूठ नहीं बोलता...ठगी-चार सौ बीसी नहीं करता...कम नहीं तोलता... अबे-तबे नहीं करता...गन्दे मजाक नहीं करता...अदब से बोलता है और आड़े वक्त पर हरेक के काम आता है...हर काम में इसके एक नफासत... संस्कारिता छलकती है...इसलिए धीरे-धीरे कस्बे में प्रतिष्ठा बनने लगी। अच्छे लोगों के साथ उठना-बैठना होने लगा। प्रतिष्ठित लोग दुआ-सलाम करने लगे...व्यापारियों के यहाँ शादी-ब्याह कुछ होता...उनके कार्ड आने लगे। आकर्षित होकर खग के पास खग भी आने लगे। अब कुर्बान भाई उन्हें चाय पिला रहे हैं और ग्राहकी छोड़कर गालिब पर बहस कर रहे हैं।

आहिस्ता-आहिस्ता कुर्बान भाई की दुकान पढ़े-लिखों का अड्डा बन गई। लेक्चरर, अध्यापक, पत्रकार, पढ़ने-लिखनेवाले। शाम होते ही कुर्बान भाई की दुकान ठहाकों और बहसों से गुलजार हो जाती। कुर्बान भाई आदाब अर्ज करते...चाय वाले के लिए आवाज लगाते और टाट की कोई बोरी निकालकर चबूतरे पर बिछा देते। ग्राहकी भी चलती रहती, बहसें भी, ठहाके भी, और बीच-बीच में वह इसमें भी संकोच नहीं करते कि किसी को छावड़ी पकड़ाकर दूर रखे थैले से किलो भर साबुन-मिर्च भरने या फलाँ कनस्तर से पिसे नमक की थैली निकालकर देने या दस चीजों का टोटल मिला देने जैसा काम पकड़ा दें। बड़ा मजेदार दृश्य होता कि अंग्रेजी साहित्य का व्याख्याता सड़क पर खड़ा फटक-फटककर लहसुन के छिलके उड़ा रहा है या प्रान्तीय अखबार का संवाददाता उकड़ूँ बैठकर चबूतरे के नीचे रखी बोरी से मुल्तानी मिट्टी निकाल रहा है या इतिहास के वरिष्ठ अध्यापक...

हम लोगों के सम्पर्क से कुर्बान भाई बदलने लगे। उन्हें पहली बार महसूस हुआ कि उनकी एक अदबी शख्सियत भी है। हमने उनसे उर्दू सीखी, उनकी लायब्रेरी (जो काफी समृद्ध हो गई थी) को तरतीब दी, रिसालों की जिल्दें बनवाईं और उस लायब्रेरी का खूब लाभ उठाया। हम लोग कुर्बान भाई को पकड़-पकड़कर मुशायरों-नशिस्तों में ले जाने लगे। हमने उन्हें ऐसी पत्रिकाएँ दिखाईं जैसी उन्होंने पहले कभी नहीं देखी थीं... ऐसे लेखकों-कवियों के बारे में बताया जो सिर्फ उनकी कल्पना में ही थे...ऐसे शायरों की रचनाएँ सुनाई जो साकी-शराब वगैरह को कब का

अलविदा कह चुके और ऐसी राजनीति से उनका परिचय कराया जिसके बारे में उन्होंने अब तक सिर्फ उड़ती-उड़ती बातें ही सुनी थीं। उनके दिमाग में काफी मजहबी कबाड़ भरा हुआ था, शुरू से प्रबुद्ध होने के बावजूद; हम झाड़ू लेकर पिल पड़े...हमने उन्हें अखबार का चस्का लगा दिया, जैसा किसी ने पहले करना जरूरी न समझा था।

नतीजा यह निकला कि वह हफ्ते में एक रोज छुट्टी रखने लगे, रात को खाने के बाद हमारे साथ घूमने जाने लगे...अपने अतीत के बारे में सोच-सोचकर गुस्से में रहने की बजाय भविष्य की तरफ देखकर कभी-कभी चहकने भी लगे और हमारे नजदीक से नजदीकतर होने लगे। एक नए किस्म का लौंडपन उन पर चढ़ने लगा। उन्हें हमारी लत पड़ने लगी। वह हमारा हर शाम इन्तजार करते और हम नहीं पहुँच पाते तो वह खुद हमारे घर आ जाते।

अब हुआ यह भी कि कस्बे के शरीफ और प्रतिष्ठित व्यक्ति होने की कुर्बान भाई की ख्याति से हमें चाहे लाभ न हुआ हो, हमारी बदनामी की लपेट में वह भी आने लगे। जिस परिमाण में कुर्बान भाई का जो समय हमें मिलता, उसी परिमाण में वह उनके पुराने दोस्तों—लतीफ साहब, हाजी साहब, इमाम साहब वगैरह के हिस्से से कम हो जाता। नमाज पढ़ने वह सिर्फ शुक्रवार को जाते थे, अब वह भी बन्द कर दिया। वाज वगैरह में चलने को कोई पहले भी उनसे नहीं कहता था, अब भी नहीं कहता। मदरसे को पहले भी चन्दा देते थे, अब भी देते। हाँ, कभी-कभी होने वाली राजनीतिक सभाओं में जाने को और कस्बे की राजनीति में दिलचस्पी लेने को उनके लिए खतरनाक समझकर बिरादरी वाले उन्हें टोकने जरूर लगे। पॉलिटिक्स अपन लोगों के लिए नहीं हैं, समझे? चुपचाप सालन-रोटी खाओ और अल्ला का नाम लो। चैन से जीना है तो इन लफड़ों में मत पड़ो। बेकार कभी धर लिए जाओगे...हमें भी फँसवाओगे। अब यहाँ रहना ही है तो...पानी में रहकर मगरमच्छों को मुँह चिढ़ाने से क्या फायदा?

लेकिन अपनी मस्ती में मस्त थे हम लोग। न हमें पता चला न खुद कुर्बान भाई को कि अब उन्हें इमामबाड़े वाले ही नहीं, शाखा वाले भी घूरते हुए निकलने लगे हैं। शाम को उनकी दुकान पर आनेवाले कुछ देश-प्रेमी किस्म के लोगों की सतत अनुपस्थिति का गूढ़ार्थ भी हमने नहीं

समझा। इसीलिए आखिर वह घटना हो गई...जिसने इस कहानी को एक ऐसे अप्रिय मुकाम पर पहुँचा दिया जो मन को कड़वाहट से भर देता है।

एक दिन दोपहर की बात है। एक बैलगाड़ी वाले ने ठीक उनकी दुकान के सामने गाड़ी रोकी। बैल खोले और गाड़ी का अगला हिस्सा कुर्बान भाई के चबूतरे पर टिका दिया। गाँव से आने वाले इसी चौक में गाड़ियाँ खड़ी करते हैं, बैल खोलते हैं, और उन्हें चारा डालकर अपना काम-काज निपटाने चले जाते हैं। शाम को लौटते हैं और जोतकर चले जाते हैं। लेकिन वे गाड़ी किसी की दुकान के ऐन सामने खड़ी नहीं करते और किसी के चबूतरे पर रखने का सवाल ही नहीं उठता। इस शख्स ने तो इस तरह गाड़ी खड़ी की थी कि अब कोई ग्राहक कुर्बान भाई की दुकान तक पहुँच ही नहीं सकता था। बल्कि वह खुद भी पड़ोसी के चबूतरे पर से हुए बिना नीचे नहीं उतर सकते थे। गाड़ी वाला वकील ऊखचन्द का हाली था और कुर्बान भाई को मालूम था कि अभी यह गाड़ी खड़ी करके गया तो शाम को ही लौटेगा। कुर्बान भाई ने उससे गाड़ी जरा बाजू में खड़ी करने को और बैलों को किनारे बाँध देने को कहा। उसने अनसुनी कर दी। कुर्बान भाई ने फिर कहा तो एक नजर उन्हें देखकर अपने रास्ते चल पड़ा। कुर्बान भाई ने खुद उठकर चबूतरे पर टिके उसकी गाड़ी के अगले छोर को उठाया और गाड़ी को धकाकर...लेकिन तभी उस आदमी ने कुर्बान भाई का गरेबान पकड़ लिया और गालियाँ बकने लगा और कुर्बान भाई का चश्मा नोच लिया और धक्का-मुक्की करने लगा। ठीक इसी समय कोर्ट से लौटते वकील ऊखचन्द उधर से गुजरे और उन्होंने आवाजें मारकर पूछा—क्या हुआ रे गोम्या? गोम्या बोला—म्हनै कूटै! यानी मुझे मार रहा है। वकील ऊखचन्द ने पूछा—कौन? गोम्या बोला—ये मींयों।

कुर्बान भाई सन्न रह गए। बात समझ में आते-आते भीतर तक हचमचा गए। आँखों के आगे तारे नाचने लगे। वहीं जमीन पर उकड़ू बैठ गए और सिर पकड़ लिया। अँधेरे का एक ठोस गोला कलेजे में उठा और हलक में आकर फँस गया। बरसों से जमी रुलाई एक साथ फूट पड़ने को जोर मारने लगी।

...ये क्या हुआ?...कैसे हुआ? क्या गोम्या उन्हें जानता नहीं? एक ही मिनिट में वह 'कुर्बान भाई' से 'मियाँ' कैसे बन गए? एक मिनिट भी नहीं

लगा! बरसों से तिल-तिल मरकर जो प्रतिष्ठा उन्होंने बनाई...हर दिन का हर पल जैसे एक अग्नि परीक्षा से गुजरकर जो सम्मान, जो प्यार अर्जित किया...हर दिन खुद को समझाकर...कि पाकिस्तान जाकर भी कोई नवाबी नहीं मिल जाती...जैसे हैं यहीं मस्त हैं...अल्ला सब देखता है...जाने दो जोश को, डूबने दो सुरैया का सितारा...भुला देने दो दोस्तों को...लुट जाने दो कारोबार को...झूठे बदमाशों के कब्जे में चली जाने दो हवेलियाँ...गुमनाम पड़ी रहने दो भाइयों की कब्रें.. दफना दो भरे-पूरे घर का सपना...शायद कभी फिर अपना भी दिन आए...तब तक सबर कर लो...क्या-क्या कीमत रोज चुकाकर कस्बे में थोड़ा-सा अपनापन...थोड़ी-सी सामाजिक सुरक्षा...थोड़ा-सा आत्मविश्वास...थोड़ी-सी सहजता उन्होंने अर्जित की थी...और कितनी बड़ी दौलत समझ रहे थे इसको...और लो। तिल-तिल करके बना पहाड़ एक फूँक में उड़ गया! एक जाहिल आदमी...लेकिन जाहिल वो हैं या मैं? मैं एक मिनिट भर में 'कुर्बान भाई' से 'मियाँ' हो जाऊँगा। यह कभी सोचा क्यों नहीं? अपनी मेहनत का खाते हैं। फिर भी ये लोग अपनी छाती का बोझ ही समझते हैं। यह बात कभी नजर क्यों नहीं आई? पाकिस्तान चले जाते...तो लाख गुरबत बर्दाश्त कर लेते...कम से कम ऐसी ओछी बात तो नहीं सुननी पड़ती! हैफ है। धिक्कार है! लानत है ऐसी जिन्दगी पर!

अल्लाह! या अल्लाह!

वकील ऊखचन्द गोम्या हाली को समझाते-बुझाते साथ ले गए। गाड़ी-बैल वहीं छोड़ गए। अड़ोसियों-पड़ोसियों ने कुर्बान भाई को सम्हाला। उनकी बत्तीसी भिंच गई थी और होंठों के कोनों से झाग निकल रहे थे। लोगों ने गाड़ी-बैल हटाये। कुर्बान भाई को चबूतरे पर लिटाया! हवा की। मुँह पर ठंडे पानी के छींटे दिए। वकील ऊखचन्द को गालियाँ दीं। कुर्बान भाई को आश्वस्त करने का प्रयत्न किया। उन्हें क्या मालूम था कुर्बान भाई के भीतर क्या टूट गया? अभी-अभी। जिसे उन्होंने इतने बरस नहीं टूटने दिया था! अन्दर की चोट दिखाई कहाँ देती है?

लोग इकट्ठे हो गए। सारे कस्बे में खबर फैल गई। जिस-जिस को पता चलता गया, आता गया। हम लोग भी पहुँचे। अब बीसियों लोग थे और बीसियों बातें। काफी देर फन्नाने-फुफकारने के बाद तय हुआ कि यह बत्तमीजी चुपचाप बर्दाश्त नहीं करनी चाहिए। थाने में रपट लिखाना चाहिए।

लिहाजा चला जुलूस थाने।...पर रास्ते में किसी को पिशाब लग गया किसी को हगास। थाने पहुँचते-पहुँचते सिर्फ हम लोग रह गए कुर्बान भाई के साथ!

थानेदार नहीं थे। अभी-अभी मोटरसाइकिल लेकर कहीं निकल गए। मुंशी था। मुंशी ने रपट लिखने से साफ इनकार कर दिया। क्यों न करता? थानेदार के पास पहले ही वकील ऊखचन्द का टेलीफोन आ चुका था। वकील ऊखचन्द सत्ता पार्टी के जिला मंत्री थे। कुर्बान भाई कौन थे? हम लोग कौन थे?

आधे घंटे तक हुज्जत और डेढ़ घंटे तक थानेदार की प्रतीक्षा करने के बाद अपना-सा मुँह लेकर लौट आए। शाम को फिर आएँगे। शाम को हम लोगों के सिवा कोई नहीं पहुँचा। और हम लोगों के साथ थाने चलने का जरा भी उत्साह कुर्बान भाई ने नहीं दिखाया। दुकानदारी ने उन्हें जैसे एकदम व्यस्त कर लिया। जैसे हमसे बात करने का भी समय नहीं।

एक अपराध बोध के तहत हम भी कुर्बान भाई से कटे-कटे रहने लगे। हालाँकि घटना इतनी बड़ी नहीं थी जिसे तूल दिया जाए। थानेदार तो क्या...कोई भी होता...खुद पुलिस-उलिस के चक्कर में पड़ने की बजाय जो हो गया उसे एक जाहिल आदमी की मूर्खता मानकर भूल जाने को तैयार हो जाता। पर हम...हमें लग रहा था...हमारे दोस्त पर हमला हुआ और हम कुछ नहीं कर सके। किसी काम नहीं आ सके। यह भी लग रहा था कि ज्यादा उत्साह दिखाया तो कुर्बान भाई के लिए और मुसीबतें खड़ी हो जाएँगी, हम कुछ नहीं कर पाएँगे। यह भी लग रहा था कि जो हुआ, उसमें पुलिस से हस्तक्षेप और सहायता की उम्मीद बेकार है, इसका मुकाबला राजनीतिक स्तर पर ही किया जा सकता है, जिसके लिए जल्दी से जल्दी अपनी शक्ति बढ़ानी चाहिए। पाँच से पचास हो जाना चाहिए।

लेकिन यह सब बहानेबाजी थी। सच यह है कि हमने कुर्बान भाई को एकदम अकेला छोड़ दिया था। शायद हम उनकी तकलीफ शेयर कर ही नहीं सकते थे। पर हमें कोशिश जरूर करनी चाहिए थी।

कुर्बान भाई की दुकान पर कई दिन, पहले का-सा रंगतदार जमावड़ा नहीं हुआ। वह बुझे-बुझे से रहते थे, बहुत कम बोलते थे और हमें देखते ही दुकानदारी में व्यस्त हो जाते थे। वह घुट रहे थे और घुल रहे थे...

पर खुल नहीं रहे थे। हम उन्हें नहीं खोल पाये। एक दिन जब मैं पहुँचा, मेरी तरफ उनकी पीठ थी, किसी से कह रहे थे, "आप क्या खाक हिस्ट्री पढ़ाते हैं? कह रहे थे पार्टीशन हुआ था! हुआ था नहीं, हो रहा है, जारी है..." और मुझे देखते ही चुप होकर काम में लग गए।

इस कहानी का अन्त अच्छा नहीं है। मैं चाहता हूँ कि आप उसे नहीं पढ़ें। और पढ़ें भी तो यह जरूर सोचें कि क्या इसका कोई और अन्त हो सकता था? अच्छा अन्त? अगर हाँ, तो कैसे?

बात बस यह बची है कि कई दिन बाद जब एक दोपहर मैं आजाद चौक से गुजर रहा था—जिसका नाम अब संजय चौक कर दिया गया है—और वह शुक्रवार का ही दिन था—मैंने देखा कि कुर्बान भाई की दुकान के सामने लतीफ भाई खड़े हैं...और कुर्बान भाई दुकान में ताला लगा रहे हैं। और उन्होंने टोपी पहन रखी है...और फिर दोनों मस्जिद की तरफ चल दिए हैं।

गौरी का गुस्सा

यह एक सुहाना दिन था।

नन्दी पर आरूढ़ शिव-पार्वती आकाशमार्ग से विचरण कर रहे थे। धराधाम की शोभा निहारते। मगन और मुदित। कहीं बर्फ ढँके पहाड़, कहीं नीलम-सा समुद्र, कहीं मूँगे-से मैदान, कहीं सोने-सी फसलें, कहीं चाँदी-सी धूप। कहीं बागों में बहार तो कहीं कलियों पर निखार।

सहसा पार्वती की नजर रतनलाल अशान्त पर पड़ी जो पंचरतन टाकीज के सामने फत्तू नाई की केबिन के बाहर बैठा अपनी फूटी किस्मत को कोस रहा था। उसके हाथ में स्थानीय चारपेजी अखबार 'फसलांचल टाइम्स' था जिसे वह सुबह से अब तक पाँच बार पढ़ चुका था। पहले उसने समाचार, सम्पादकीय और विज्ञापन पढ़े, फिर किराये पर देना है, अदालती सूचना, सौ तालों की एक चाभी वगैरह और अन्त में उठावणा, तुम्हारी पुण्यतिथि पर और श्रद्धांजलि आदि। फिर उसने धराधाम से अभी-

अभी या पहले कभी कूच कर गए भाग्यशालियों की तस्वीरें ध्यान से देखीं और फिल्म अभिनेताओं-अभिनेत्रियों के चेहरों से उनका मिलान किया। पेन में रिफिल खत्म हो गई थी वर्ना वह दो-चार दिवंगत महिलाओं के चेहरों पर दाढ़ी-मूँछ जरूर बनाकर देखता कि पुरुष-स्वरूप में वे कैसी लगती हैं। पंचरतन टाकीज में शाहरुख खान की नयी पिक्चर लगी थी, लेकिन रतनलाल अशान्त पोस्टर देखने के अतिरिक्त कुछ नहीं कर सकता था। इसलिए भी अब वह अपनी फूटी किस्मत को कोस रहा था।

रतनलाल अशान्त जन्म से अशान्त नहीं था। अशान्ति का पहला बोध उसे तब हुआ जब अपने गरीब घर की आर्थिक असलियत उसे समझ में आई फिर भी असली अशान्त तो वह सरला गर्ग के प्रेम में पड़कर ही हुआ। फिर इस उपलक्ष्य में जब वह बीए फाइनल में फेल हुआ तो काफी मात्रा में अशान्त हो गया और अन्ततः बीए किसी तरह पास कर लेने के बावजूद जब न कहीं नौकरी मिली न बीएड में एडमिशन, तो वह लगभग स्थायी रूप से अशान्त हो गया। पिछले दो साल से स्थायी अशान्ति की यह स्थिति चल रही थी। इसके लिए सरला गर्ग की सात पीढ़ियों के अलावा वह नौकरी दे सकने वाले तमाम विभागों की आठ-आठ पीढ़ियों का भी अच्छी तरह तर्पण कर चुका था और अन्ततः उसके भविष्य के सारे संभावित प्रकाश का 'प्र' निकल गया था और 'काश' रह गया था। काश! वह दस-बीस साल पहले पैदा हुआ होता जब बगैर बीएड किये भी मास्टरी मिल जाती थी। काश! वह किसी अमीर घर में पैदा हुआ होता। काश! कोई उसे घरजमाई बना लेता। काश! वह एससी-एसटी होता। काश! किसी एससी-एसटी ने उसे गोद ही ले लिया होता। क्या विडंबना है कि आप पसन्द के माँ-बाप को गोद नहीं ले सकते। एक बार तो यह संताप यहाँ तक बढ़ गया कि रतनलाल अपने मोहल्ले की बूढ़ी जमादारिन से ही निवेदन कर बैठा—काकी! तू मेरे को गोद ले ले। काकी बोली तो कुछ नहीं, बुरा-सा मुँह बनाकर चली गईं शायद वह बात की लक्षणा को नहीं समझ पायी थी, निहितार्थ तो खैर क्या समझती। या कहीं ऐसा तो नहीं कि वह निहितार्थ भी समझ गई थी? क्या पता।

अब हालत यह है कि रतनलाल अशान्त को परिवार वाले अपने दुश्मन लगते हैं और घर काटने को दौड़ता है। सुबह-सुबह तैयार होकर

जैसे-तैसे चाय की एक प्याली सुड़ककर घर से निकल जाता है और फिर कहाँ जाए? तो यहाँ फत्तूनाई की दुकान पर आ बैठता है। क्या पता किसी दिन कोई फायनांसर-डिस्ट्रीब्यूटर या डायरेक्टर पंचरतन टाकीज के सामने से गुजरे, उसकी नजर रतनलाल अशान्त पर पड़ जाए, वह सामने आकर खड़ा हो जाए और रतनलाल अशान्त से पूछे—'मेरी फिल्म में काम करोगे?' क्यों नहीं हो सकता? इस दुनिया में कुछ भी हो सकता है बॉस! सिर्फ लक चाहिए। काश!

डिस्ट्रीब्यूटर-फायनेंसर-डायरेक्टर की तो नहीं, पार्वती की नजर जरूर रतनलाल अशान्त पर पड़ गई, जो उस सुहाने दिन शिवाजी के साथ नन्दी पर आरूढ़ धराधाम की शोभा निहारती आकाशमार्ग से विचरण कर रही थीं। रतनलाल उन्हें बेचारा बड़ा दुखी लगा। बेचारे को घरवाले तक दुत्कारने लगे हैं! कहाँ जाए! पार्वती से उसका दुख देखा न गया। वे रतनलाल के सामने प्रकट हो गईं और बोलीं, "तुम्हें क्या चाहिए बेटा?"

रतनलाल ने सोचा पुराने फैशन की सीधे पल्ले की साड़ी पहने ये कौन बाई है और क्यों चलते रास्ते उससे पंगा ले रही है? चाहिए तो थी उसे एक छोटी-मोटी कैसी भी नौकरी पर इस समय उसे पता नहीं कैसे एक टीवी सीरियल 'कहने में क्या हर्ज है' याद आ गया और उसने तत्काल जवाब दिया, "क्या चाहूँगा? यही कि मेरा खूब ठाठदार मकान हो, ढेर सारा पैसा हो और लड़कियाँ मुझ पर मरें। और क्या?"

पार्वती काफी आगे निकल गए नन्दी-शिव की तरफ लपकीं और शिवजी से लिपटकर बोलीं, "जल्दी से बोलिए तथास्तु!" महादेव झीना-सा मुस्कुराये और उन्होंने तथास्तु बोल दिया।

पलक झपकते रतनलाल अशान्त ने अपने-आपको एक अत्यन्त ठाठदार फ्लैट के आलीशान बेडरूम में एक आलीशान डबलबेड पर पड़ा पाया। यह फ्लैट एक आलीशान इमारत के दसवें माले पर था और इसकी आन्तरिक साज-सज्जा उतनी ही भव्य थी जितनी हिन्दी फिल्मों के हीरो या हीरोइन—जो भी अमीर हो—के मकान की होती है। फर्श पर कालीन, छत पर झाड़-फानूस आदि। और तो और वहाँ कुछ आलीशान सुन्दरियाँ भी थीं जो बारी-बारी या एक साथ, जैसे रतनलाल चाहे, उस पर मरने को प्रस्तुत थीं। अलमारियाँ, कबर्ड, अटैचियाँ, सूटकेस नोटों से भरे हुए थे

और पैसे से जो-जो सुख-सुविधा खरीदी जा सकती है उसका वहाँ अंबार लगा हुआ था। रतनलाल अशान्त को पहले तो यकीन ही नहीं आया कि यह सब वास्तविक भी हो सकता है। यकीन आया तो घरवालों की याद आई और उन्हें ले आने की इच्छा हुई, पर मरने को उत्सुक सुन्दरियों के रहते अभी वैसा करना ठीक न रहता, इसलिए वह घरवालों को लाने के विचार को टाल गया और कुछ घंटे खूब मजे मारता रहा।

अचानक हवा चलने लगी तो खिड़कियाँ खुल गईं और परदे उड़ने लगे। हवा के साथ बड़ी गन्दी-सी बदबू आई और कुछ ही देर में पूरा कमरा भीषण बदबू से भर गया। कुछ देर तो रतनलाल सहन करता रहा, पर कब तक सहन करता? मितली आने लगी थीं बदबू इतनी भीषण थी कि बावजूद डियोड्रेंट्स, परफ्यूम्स, रूम फ्रेशनर्स के रतनलाल को उबकाई छूटने लगी और बाथरूम में जाकर उल्टी करनी पड़ीं रतनलाल ने बालकनी की तरफ का दरवाजा खोलकर देखने की कोशिश की कि माजरा क्या है?

नीचे झोंपड़पट्टी थीं एक-दूसरे में फँसी-फँसी आड़ी-टेढ़ी काली-कलूटी सैकड़ों झोंपड़ियाँ! काई, कीचड़ और गन्दगी में धँसी हुईं। झोंपड़पट्टी के पीछे कुछ जंगली झाड़ियाँ और उसके पीछे नदी वहाँ लोग-लुगाई लाइन से बैठे टट्टी फिर रहे थे। नदी का पानी काली कीचड़ जैसा था और उसमें सैकड़ों बल्कि हजारों मरी हुई मछलियाँ सड़ रही थीं। हवा के हर झोंके से वे आगे-पीछे होतीं और बदबू छोड़तीं। पता नहीं वहाँ लोग कैसे रहते थे। दूसरी तरफ की बालकनी से झाँका तो देखा इमारत के ठीक सामने एक कत्लखाना और चमड़े का कारखाना है। कत्लखाने में बछड़े काटे जा रहे हैं। मरे जानवरों की खालें सूख रही हैं। दूसरी तरफ कुछ कुंडों में नमक के पानी में कच्ची खालें पड़ी हैं, जिन्हें मजदूर लोग पाँवों से खूँद रहे हैं और खालों पर चिपके मांस के छीछड़े निकाल-निकालकर बाहर फेंकते जा रहे हैं, जिन पर चील-कव्वे, गिद्ध और कुत्ते एक साथ झपटे पड़ रहे हैं।

रतनलाल भागकर भीतर आया और मरती सुन्दरियों को अकेले मरने के लिए छोड़ उल्टियाँ करता और अपनी ही उल्टी में रपटता-ल्हिसड़ता भागकर पूजाघर में बन्द हो गया। उसने आँखें बन्द कर हाथ जोड़ फत्तू की दुकान पर मिली सीधे पल्ले की साड़ी वाली बाई का ध्यान किया और रोते हुए मानो गिड़गिड़ाया, "बाई! इत्ता अच्छा मकान दिया था तो कम

से कम मोहल्ला भी तो ढंग का देती! यहाँ तो मैं साँस भी नहीं ले सकता। ऐसा भीषण मजाक कायको किया तून मेरे साथ, बोल?"

पलक झपकते रतनलाल अशान्त ने खुद को एक दूसरे शानदार मकान के शानदार ड्राइंगरूप में एक शानदार सोफे पर बैठा पाया। अटैचियों में ठुँसे कड़क नोट और मरनेवाली सुन्दरियाँ यहाँ भी थीं, हालाँकि अलमारियों के नोट बैंकों की पासबुकों और लॉकरों की चाभियों में बदल गए थे और सुन्दरियाँ भी यहाँ तमीज से मर रही थीं।

यह शानदार मकान एक शानदार कॉलोनी में था जिसमें मकान, गाड़ियाँ, सड़कें, पेड़ सब कुछ विलायत जैसा था—सिवा नाम के, जो संस्कृत का था—विलास कुंज। यहाँ के लोग एकदम अपटुडेट थे और बच्चे तो ऐसे गुलाबी और गबदुल्ले कि पूछो मत। एकदम विलायती जैसे। सिर्फ उनके नाम संस्कृत से लेकर रखे हुए थे।

कुछ रोज रतनलाल अशान्त ने वहाँ खूब मजे किये। जी भरकर खाया-पिया, विलायती शराबें पीं, विलायती पिक्चरें देखीं, विलायती चॉकलेटें चबायीं और सुन्दरियों को टर्न बाई टर्न अपने पर मरने का मौका दिया। फिर घर में पड़े-पड़े जी ऊबने-सा लगा तो तय किया कि आज अपनी विलायती गाड़ी लेकर थोड़ा बाहर निकला जाए। एक सुन्दरी को भी साथ ले लिया।

विलास कुंज से बाहर निकलते ही रतनलाल अशान्त ने पाया कि शहर की सारी दुकानें बन्द हैं और सारी सड़कें सूनी पड़ी हुई हैं।

कुछ ही आगे बीभत्स दृश्य दिखाई देने शुरू हो गए।

आजू-बाजू की इमारतें-दुकानें-गोदाम जले हुए थे। कहीं-कहीं से अब भी धुआँ उठ रहा था। सड़कों पर जले हुए टायर, लुढ़की हुई जीपें, उलटे हुए हाथठेले और जाने क्या-क्या काठ-कबाड़ पड़ा था। एक जगह अनाज का एक लूटा हुआ गोदाम आया। लगता था लूटने के बाद वहाँ भी आग लगा दी गई थी कुछ ही दूर चले होंगे कि देखा एक फटेहाल आदमी जान बचाकर भागा जा रहा है। तभी गली में से एक भीड़ निकली और उस आदमी का पीछा करने लगी आदमी बचते-बचते भी भीड़ के हत्थे चढ़ गया। भीड़ ने लाठियों-चेनों-सरियों-हॉकी स्टिकों से उस आदमी की धुनाई शुरू कर दी किसी तरह वह फिर उठकर लड़खड़ाता हुआ भागा तो

एक आदमी ने उसकी पीठ में चाकू घोंप दिया। उसी समय पुलिस जीप का सायरन सुनायी दिया। भीड़ भाग गई, घायल आदमी सड़क पर पड़ा रह गया। पुलिस ने उसे कूड़े के ढेर की तरह अपनी गाड़ी में पटका और चलते-चलते रतनलाल अशान्त की गाड़ी रोककर उससे पूछा, "इधर कहाँ जा रहे हो? पास कहाँ है?"

"काहे का पास?"

"कर्फ्यू का, और काहे का?"

"कर्फ्यू?"

"बाहर से आये हो क्या? पता नहीं शहर में कर्फ्यू लगा हुआ है? टीवी नहीं देखते? कभी-कभी दूरदर्शन भी देख लिया करो। कहाँ से आ रहे हो?"

"विलास कुंज से।"

विलास कुंज का नाम सुनकर पुलिस वाले की जबान कुछ नरम पड़ी बोला, "आगे मत जाइए। घर लौट जाइए। खतरा है। वारदातें हो रही हैं।"

रतनलाल ने पुलिसवाले की बात मानकर गाड़ी घुमा ली, पर पूछे बगैर रहा नहीं गया कि माजरा क्या है? क्यों लगा है कर्फ्यू? पुलिसवाले ने कहा, "आपको कुछ नहीं पता? शहर में भयानक दंगा हो गया है। पंद्रहपंथी और सोलहपंथी एक-दूसरे के घर-मकान-दुकान जला रहे हैं, एक-दूसरे की हत्या कर रहे हैं और एक-दूसरे को लूट रहे हैं—जबकि दोनों चौदहपंथियों की औलाद हैं।"

रतनलाल अशान्त की गाड़ी वापस विलास कुंज लौट आई विलास कुंज में भी सन्नाटा था। सारे घर भीतर के बन्द। बात करने के लिए मरनोत्सुक सुन्दरियों के सिवा कोई नहीं। और उन्हें कुछ भी नहीं पता कि दुनिया में क्या हो रहा है। मरने से फुर्सत मिले तब ना! रतनलाल दुनिया की खोज-खबर लेने के लिए टीवी चलाता तो उस पर ऐसे भयानक दृश्य दिखाये जाते कि घबराकर टीवी बन्द कर देता। करते-करते एक महीना हो गया। रतनलाल बुरी तरह ऊब गया। उसका हाजमा खराब रहने लगा। न कुछ खाने की इच्छा होती न पीने की। सुन्दरियाँ भी बोर करने लगी थीं।

तंग आकर एक दिन वह इस नये मकान के पूजाघर में बन्द हो गया और आँखें मूँदकर दोनों हाथ जोड़कर फत्तू की दुकान पर मिली बाई का ध्यान करने लगा। बाई दिखाई दी तो दुखी स्वर में बोला, "माताराम! मैं

तो घबरा गया हूँ। अरे! इत्ता अच्छा मोहल्ला दिया था तो शहर भी कोई अच्छा-सा देना था न माताराम! तूने तो मेरे को जेहल में डाल दिया। कायको करती तू ऐसा?"

इस बार रतनलाल अशान्त ने अपने आपको एक शानदार महानगर के शानदार मोहल्ले के शानदार मकान की शानदार स्टडी में पाया। वहाँ सब कुछ शानदार था। इमारतें, सड़कें, गलियाँ, गाड़ियाँ, स्कूल, अस्पताल, सिनेमाघर, तरणताल यहाँ तक कि धरती, आसमान, पंछी और मौसम तक हर चीज आलीशान ही आलीशान। सारा काम यंत्र करते। रुपयों के स्थान पर क्रेडिटकार्ड चलते। सारा व्यापार टेलीफोन पर हो जाता, सारी खरीदारी इंटरनेट पर। हर चीज घर बैठे हाजिर। कहीं जाने की जरूरत ही नहीं। घूमने का मन हो तो इंटरनेट पर ही घूम लो। किसी चीज की हाय-हाय, दाँता-किलकिल, कुत्ताफजीती नहीं। अहा! जीवन हो तो ऐसा हो।

दो-तीन महीने रतनलाल अशान्त ने वहाँ खूब मजे किये। खूब चैनल सर्फिंग की, सायबर दोस्तियाँ की, सारी दुनिया की सैर की, समुद्रतल से ध्रुवों तक के पशु-पक्षियों, कीड़े-मकोड़ों के जीवन का नजारा किया और तरह-तरह से सुन्दरियों को अपने पर मरने का मौका दिया।

रतनलाल अशान्त की मौज-मस्ती चलती रहती, लेकिन तभी सरकार बदल गई और नयी सरकार ने पहला काम यह किया कि इंटरनेट के सारे कनेक्शन काट दिये और सारे बड़े बैंक खाते सील कर दिये। नयी सरकार ने फरमान जारी किया कि सभी पुरुषों को दाढ़ी रखनी पड़ेगी, सारी महिलाएँ घर के भीतर रहेंगी और सारी सिगरेट-शराब की दुकानें बन्द। चोरी करने वालों के हाथ काट लिए जाएँगे और व्यभिचार में लिप्त स्त्रियों को सरेआम संगसार किया जाएगा!

अब सरकारी कानून तो महानगर को भी मानना पड़ता है। लिहाजा सारे पुरुषों ने दाढ़ी बढ़ानी शुरू कर दी, सारी कारें-बसे-स्कूटर-साइकिलें-ताँगे-हथठेले हरे रँगे जाने लगे—बच्चों की ट्राइसाइकिल तक, और सारी औरतें घरों में दुबक गईं। पहले ही हफ्ते एक सौ सत्ताइस चोरों के हाथ काट दिये गए और पाँच सौ पचपन व्यक्ति सिगरेट-शराब की चोरबाजारी में धर लिये गए।

रतनलाल अशान्त ने भी दाढ़ी बढ़ानी शुरू कर दी। सुन्दरियों को दिनभर पूजाघर में बन्द करके रखना पड़ता। बगैर इंटरनेट करें तो क्या करें? बैंकखाता भी सीज हो गया था।

लेकिन अगले महीने फिर सरकार बदल गई। इस सरकार ने पिछली सरकार की सारी व्यवस्थाएँ उलट दीं। इसका कहना था कि जिसकी मर्जी आये दाढ़ी रखे, जिसकी मर्जी आये सफाचट रहे, स्त्रियाँ मर्जी आये जो करेंगी, वाहनों के एक जैसे रंगों का क्या मतलब? और कि सरकार कौन होती है यह बताने वाली कि आदमी क्या खाये क्या पिये? चोरी जैसे छोटे-से अपराध के लिए हाथ काटना तो अमानवीय है। जब तुम किसी के हाथ लगा या उगा नहीं सकते तो उन्हें काटने का तुम्हें, यानी हमें, यानी सरकार को क्या हक है?

लो साहब! अब फिर गाड़ियाँ रँगी जा रही हैं, शराबें पी जा रही हैं, चोरियाँ की जा रही हैं, सुन्दरियों को किलकारियाँ मारने के लिए छोड़ दिया गया है और दाढ़ियाँ घुटवायी जा रही हैं। जिन चोरों के हाथ कट गए थे। उन्हें नये हाथ लगवाने सरकारी खर्च पर विदेश भेजा जा रहा था।

लेकिन यह सरकार ज्यादा नहीं चली उन्नीसवें दिन ही सरकार का तख्ता पलट दिया गया। अब जो नयी सरकार आई, उसने आते साथ ही घोषणा की कि सब पुरुषों को शिखा रखनी पड़ेगी, सभी वाहनों का रंग भगवा होगा, सारी महिलाएँ सन्तोषी माता का व्रत रखेंगी और नित्य पुरुषों के जूते और चरण धोकर पियेंगी, सभी सौभाग्यवतियों के लिए अपने पति के साथ सती होना अनिवार्य होगा और चोर अपने चौरकर्म के लाभ का एक निश्चित प्रतिशत शासकीय कोष में जमा करेंगे। व्यभिचार की सार्वजनिक भर्त्सना की जाएगी, लेकिन यदि दुर्भाग्य से किसी व्यभिचारी की मृत्यु हो गई तो उन सभी स्त्रियों के लिए उसके साथ ससम्मान सती होना अनिवार्य होगा जो उसके व्यभिचार में शामिल थीं।

अर्थात्? अर्थात् हवाई जहाज, रेल, ट्रक, कार, स्कूटर-साइकिल, ताँगे-ठेले, बच्चों की ट्राइसाइकिल तक अब भगवे रंग में रँगे जा रहे हैं, रतनलाल अशान्त शिखा उगाने में जी-जान से जुटे हुए हैं, सुन्दरियाँ साध्वीवेश धारण कर विलाप किये जा रही हैं, उनका विलाप रुकने में ही नहीं आ रहा है और चोरों के बड़े-बड़े अन्तर्राष्ट्रीय सिंडिकेट बन रहे हैं।

फिर वही हुआ कि बार-बार के इस तख्तापलट से जनता तंग आ गई। गाँवों-जंगलों-पहाड़ों-घाटियों के लोग गोलबन्द हो गए। उन्होंने बार-बार बदलते कानूनों को चिंदी-चिंदी कर हवा में उड़ा दिया और चारों तरफ से महानगर को घेर लिया। सारे महानगरों को, राजधानियों को, व्यापार-उद्योग-वाणिज्य केंद्रों को घेर लिया। उन्होंने शहर को अनाज-सब्जी-चारा-लकड़ी-ईंधन की सप्लाई एकदम रोक दी, बिजली की लाइनें काट दीं और नदियाँ-बाँधों-नहरों-जलाशयों से आते पानी की पाइपलाइनें तोड़-फोड़ डालीं।

वे कह रहे थे कि जंगल-जोत-जमीन सब हमारा है, तुम लोग होते कौन हो हमारी मेहनत पर मजे मारने वाले? अब हमारे इलाके में हम सरकार और तुम्हारी तुम जानो।

फलस्वरूप त्राहि-त्राहि मच गई न बिजली, न पानी, अँधेरा ही अँधेरा। सेना आ गई, पर वह भी दो फाँट हो गई शहर की सारी बाइयाँ-दाइयाँ-दर्जी-धोबी-नाई-दूधिये-मालिशिये-कसाई-हलवाई-झल्लीवाले-रेहड़ीवाले-हम्माल-कारीगर गाँव भाग गए। क्रेडिट कार्ड से दूध नहीं निकलता, गैस भी नहीं, उसे निचोड़ों तो एक बूँद पेट्रोल न निकले और चबाओ तो एक गेहूँ जितना स्वाद भी न आये। शहर भिनभिन करने लगा। सुन्दरियाँ सूखने लगीं।

रतनलाल से सहा गया तब तक सहा, अन्त में पूजाघर में घुस गया और आँखें बन्द करके बाई का ध्यान करने लगा।

बाई बड़ी देर बाद और बड़ी मुश्किल से दिखाई दीं। बाई को देखते ही रतनलाल फफक-फफककर रोने लगा और बोला, "मातेश्वरी! ये क्या खेल है तुम्हारा? इससे तो मैं वहाँ फत्तू की दुकान पर ही ठीक था। कम से कम रोज नहा तो लेता था। पाँच रोज से नहाया नहीं हूँ। लेटरीन तक में पानी नहीं है। चाय के लिए तरस गया। माते! घर दिया, मोहल्ला दिया, शहर भी दिया तो क्या ढंग का देश नहीं दे सकती थीं? कायको दरटेम अइसाइच फालतू मजाक करतीं तुम मेरे साथ? मज्जा आता क्या?"

इस बार रतनलाल अशान्त की आँख खुली तो उसने अपने आपको एक शानदार देश के शानदार शहर के शनदार मोहल्ले के शानदार मकान शानदार के बगीचे में पाया।

लेकिन बात को खामखाँ लम्बा क्यों किया जाए? तो रतनलाल वहाँ भी अशान्त ही रहा। वहाँ सब कुछ था, लेकिन कुछ नहीं था। भोजन था, लेकिन भूख नहीं थी। प्यास थी और पेयपदार्थ भी थे, लेकिन तृप्ति नहीं थी। नींद थी लेकिन सपने नहीं थे। भोग था, लेकिन तुष्टि नहीं थी। बच्चे थे, लेकिन बचपन नहीं था। यौवन था, लेकिन अल्हड़पन नहीं था। सूचनाएँ अपार थीं, बोध गायब था। समुदाय थे, लेकिन सामाजिकता नदारद थी। संगीत था, लेकिन सुरीलापन नहीं था। चित्र थे, लेकिन सुन्दरता गायब थी। फूल ढेरों थे, खुशबू जरा भी नहीं। पंछी अनेक थे, लेकिन चहचहाहट का पता नहीं था। हताशा थी, सांत्वना नहीं थी। दर्दनाशक बहुत थे, हमदर्द एक भी नहीं। संपर्क था, लेकिन संवाद नहीं था। मनुष्य थे, लेकिन मनुष्यता ढूँढ़नी पड़ती थी। बस्तियाँ थीं, लेकिन बसावट नहीं थी। लोग थे, लेकिन लगावट गायब थी।

इस बार रतनलाल जो पूजाघर में घुसा तो सात रोज तक बाहर नहीं निकला। सात साल-पूरे सात साल उसने इस हृदयहीन परिवेश में किस तरह निकाले, उसका दिल जानता था। इधर सुन्दरियाँ रो-रोकर हलकान हो रही हैं उधर रतनलाल आँखें मूँदे हाथ जोड़े बैठा है और बाई है कि दर्शन ही नहीं दे रहीं सुन्दरियाँ पूजाघर का दरवाजा पीटे जा रही हैं और रतनलाल समाधि से उठने को तैयार नहीं। होते-होते यह हुआ कि रतनलाल को सुन्दरियों पर और अपने-आप पर ही नहीं, बाई पर भी गुस्सा आने लगा। रो-धोकर सुन्दरियाँ चुप हो गईं, बल्कि डर गईं। उन्होंने मानसिक शान्ति की गोलियाँ गटकीं, वेलफेयर सर्विस को फोन कर रतनलाल की आशंकित मृत्यु की सूचना दी और तैयार होकर अपने-अपने मित्रों के साथ बाहर चली गईं।

आठवें रोज बाई ने दर्शन दिये। बाई यानी कौन? तो पार्वती।

रतनलाल चिढ़कर बोला, "अम्मा! क्यों मुझे हलकान करती हो? मेरी परीक्षा ले रही हो क्या? तुम्हारे झाँसे में आकर मेरी तो जिन्दगी ही बरबाद हो गई।"

"क्यों? क्या हुआ?" पार्वती ने पूछा, "जो तुमने माँगा वही मिला न?"

चूँकि यह बात सच थी, इसलिए रतनलाल और चिढ़ गया। चिढ़कर बोला, "तुम मेरे को इत्ता अच्छा घर दिये, अच्छा मोहल्ला दिये, अच्छा

शहर दिये, अच्छा देश भी दिये, तो अच्छी दुनिया देने में मौत आती थी क्या? हर चीज बोलना पड़ेगी क्या?"

पार्वती को बुरा लगा। ऐसे कह रहा जैसे दुनिया हमने ही ऐसी खराब बनाई हो! संयत स्वर में बोलीं, "दुनिया में क्या खराबी है?"

"क्या खराबी नहीं है?" रतनलाल बहस करने लगा।

"ठीक है, कुछ खराबी है तो ठीक कर लो। बदल दो दुनिया को। इतने सारे काम हमने तुम्हारे किये, क्या यह एक काम तुम अपने-आप नहीं कर सकते?" पार्वती ने कहा।

पार्वती की इस बात का रतनलाल ने बड़ा अजीब-सा जवाब दिया। लापरवाही से बोला, "अम्मा! तू तो ऐसे बोलती जैसे मैंने दुनिया को बदलने का ठेका ले रखा हो!"

इस बार पार्वती को सचमुच ही बहुत बुरा लगा। यह मूर्ख सोचता है कि दुनिया ठेके पर बदली जाती है? ठेकेदार दुनिया बदलते हैं? या कहीं ऐसा तो नहीं कि यह नालायक दुनिया बदलने की कोशिश करने वालों को ही ठेकेदार कह रहा है?

वे तत्क्षण अन्तर्धान हो गईं। तमतमाती हुई शिवजी के पास पहुँचीं और बोलीं, "प्राणनाथ! उसे जो कुछ दिया है तुरन्त वापस ले लीजिए।"

"क्यों, क्या हुआ?"

"वह नालायक है। वह आपकी दया का पात्र नहीं है। एकदम नालायक। नालायक कहीं का!"

महादेव जानते थे। सब जानते थे। पार्वती की आदत भी उन्हें पता थी। पहले दयार्द्र होकर किसी को भी कुछ भी दिलवा देंगी, बाद में पश्चात्ताप करेंगी लेकिन इस बार नया यह था कि पार्वती क्रोध में थीं। पार्वती का क्रोध उन्होंने पहली बार देखा था। क्रोध में पार्वती और भी सुन्दर लग रही थीं। महादेव के जी में आई, इसी समय पुकारकर गणेश-कार्तिकेय को बुलाएँ और कहें—देखो, जरा अपनी माँ को!

महादेव थे, मुस्कुराकर रह गए और 'तथास्तु' कर दिया।

रतनलाल अशान्त वापस फत्तू नाई के खोखे पर पहुँच गए।

जिसे कहते हैं 'लौट के बुद्धू घर को आये' या 'पुनर्मूषको भव' यानी वापस चूहा बन जा और चूहा दौड़ में घुस जा।

कहानी खत्म।

लेकिन इस लोक में। उस लोक में नहीं।

जैसी कि देवताओं की आदत थी, वे एक-दूसरे की निजी बातों की पूरी खोज-खबर रखते थे। उन्होंने भी पार्वती का गुस्सा पहली बार देखा था। वह उन्हें अच्छा लगा, और वह मुद्दा भी, जिस पर पार्वती को गुस्सा आया। उन्होंने सिर जोड़े और—जैसी कि उनकी आदत थी—पुष्पवर्षा की।

जैसी रतनलाल अशान्त के साथ बीती, किसी के साथ न बीते।

बोलो गौरी मैया-महादेव बप्पा की...

बर्डे

बड़ी मुश्किल से फुर्सत निकालकर श्रीमती बैजल ड्रेसिंग टेबल के सामने बैठ पायी हैं। उन्होंने सुबह मेकअप किया था, और अब तीसरा पहर है। इस बीच एक बार भी आईने के सामने नहीं बैठ पायीं। कोई और दिन होता तो बेस-फाउंडेशन-फिनिश-टच की यह चिरप्रिय क्रिया कम-से-कम चार बार हो चुकी होती। आज स्वीटू का बर्डे है और उनके शब्दों में वे सुबह से 'बैल की तरह' खटती रही हैं।

देह कुछ स्थूल हो चली है। पहले उस पर कसे वस्त्रों को वस्त्रों की शक्ति की सीमा तक कसेंगी बार-बार। बाल झर रहे हैं पर उन्हें सुलझाकर फिर उलझाकर फिर सेट करके फिक्स कर देने से चल जाता है। नहीं तो स्विच लगा लेती हैं। चेहरा-मोहरा सुन्दर है। ईयरिंग चेंज करने पड़ेंगे। कौन से पहनेंगी, अभी तय नहीं हुआ। वह साड़ी तय होने के बाद तय होगा। और यहीं आईने के सामने ही तय होगा। मैक्सफेक्टर भी क्या रद्दी चीजें बनाने लगे हैं आजकल। पहले कस्टम वाले गुप्ताजी कितनी अच्छी इम्पोर्टेड कॉस्मेटिक्स ला देते थे!

अचानक ध्यान आया, कस्टर्ड के लिए दूध का भगोना गैस पर ही छोड़ आई हैं। सीता को तो कुछ पता नहीं चलेगा और दूध जल जाएगा। केक पर आइसिंग भी अभी तक नहीं हुई। भँवरसिंह को स्ट्रॉ और पेपर

नेपकिन के लिए भेजा था—पर्ची पर लिखकर दिया था—पर अभी तक लौटा नहीं है। पता नहीं इस गाँवड़े में कोई दुकानदार पर्ची का आशय समझेगा भी या नहीं। कहीं फुटपाथ पर बिकने वाले छींट के रूमाल न उठा लाए। कुछ नहीं कहा जा सकता।

उठीं। सीता को आवाज दी—'भगोना उतार दे।' फिर बैठ गईं। साड़ी बनारसी वाली ठीक रहेगी। पर इस मौसम में डार्क कलर? इससे तो कांजीवरम वाली ही ठीक है—लेकिन ड्राइंगरूम के कार्पेट और कुशन के साथ बेहूदा लगेगी, और आजकल वैसे ही लेडीज को जरा-जरा-सी बात पर क्रिटिसाइज करने की आदत है—और वे नहीं चाहतीं कि कोई उन्हीं के यहाँ आकर उनकी इंसल्ट कर जाए।

अचानक ध्यान आया कि गुब्बारों में हवा भँवरसिंह ही भरेगा। और भरेगा तब जब आयेगा। और आयेगा तब जब उसे स्ट्रॉ और नेपकिन मिल जाएँगे या नहीं मिलेंगे। क्या मुसीबत है। एक ही नौकर, और वह भी चपरासी। न सुने, न समझे। न गाँठे। जरा-सा कुछ कह दो तो मुँह फुलाकर चल दें। और एक वो—इसकी पटरानी सीता! कहो खेत की सुने खलिहान की। कहो हरिद्वार सुने फर्रुखाबाद। कोई काम उसके भरोसे छोड़ा नहीं जा सकता। एक दिन सब्जी बनवा लो, इतनी मिर्च झोंक देगी कि उसे खाओ या रो लो। चाय तक ठीक से नहीं बना सकती। कभी इतनी फीकी बनाएगी कि लगे, कब्ज से निबटने के लिए कुछ पी रहे हैं, और कभी इतनी मीठी कर देगी कि पीने के बाद मुँह में ब्रुश घुसेड़कर चिपके हुए होंठों को खोलना पड़े। खाने को ढेर चाहिए—नहीं, खाओ जी भर के। उनकी ऐसी आदत नहीं जो किसी की खुराक पर नुक्ताचीनी करें—पर मरे, काम के दिन जरा ज्यादा ही सताते हैं।

उन्हें लगा, यहाँ कोई ब्यूटी पॉर्लर होता तो कितना अच्छा होता! चैन से जाकर पसर जातीं। नेल्स—हेयर डू—आइब्रो—सब हो जाती।—यहाँ तो मरी वेक्सिंग तक हाथ से करनी पड़ती है। खैर, अब अगर प्योर सिल्क की साड़ी ही पहननी है तो नेलपॉलिश तो उसी शेड की लगा ही लें। उठाई—खोली—फिर सोचा—सर्व कौन करेगा? और इतनी चिल्लर-पिल्लर सँभालेगा कौन? सुधीर तो कुछ करेंगे नहीं, उन्हें ही करना पड़ेगा। कोई इधर से खींचेगा कोई उधर से, साड़ी का सत्यानाश हो जाएगा—चाशनी के

हाथ तो जरूर लगेंगे। चलो, ऑरगंडी की ही पहन लेते हैं—जो बम्बई से लाए थे—बस, झंझट खत्म। सेट—सेंडल—लिपस्टिक—चूड़ियाँ सब हैं उसके साथ की। लेकिन ब्लाउज? क्या वह छोटा तो नहीं हो गया होगा? क्या अब उसे खोलकर ठीक करने का वक्त है?

श्रीमती बैजल रुँआसी हो गईं।

उन्हें लगा, उनकी किस्मत ही खराब है। वरना क्यों सुधीर एन्फोर्समेंट इंस्पेक्टर की इतनी बढ़िया नौकरी छोड़कर लेक्चररशिप में आते। अच्छे-खासे शहर में थे। ठाठदार मकान था। नौकर-चाकर थे। गिफ्ट देनेवालों की लाइन लगी रहती थी। किसी को भी फोन कर दो; गाड़ी आ जाती थी। इतने सिनेमा हॉल थे, कभी याद नहीं आता कि कहीं टिकट लेना पड़ा हो। सुधीर बताते नहीं—उन्हें तो अब भी शक है कि चिरंजीलाल बद्रीप्रसाद वाले केस में सुधीर फँस गए थे। फँस ही गए होंगे—वरना इतनी अच्छी नौकरी छोड़कर ये फटीचरी करने कौन आता?

सुधीर की यही बात उन्हें पसन्द नहीं है। एक दिन की छुट्टी नहीं ले सकते। इन्विजिलेशन ड्यूटी है तो क्या—सिक भी तो किया जा सकता है। उसमें मिलता ही क्या है? पर नहीं। अब आयेंगे ऐन चार बजे। मरती रहें श्रीमती बैजल अकेली। जैसे स्वीटू सिर्फ उनका बेटा हो। और उसे भी छुट्टी नहीं लेने दी। जैसे बर्डे साल में दस-बीस बार आता हो! बच्चा है। एक दिन नहीं जाता स्कूल तो क्या बिगड़ जाता?

हर बर्डे को ऐसा ही होता है। यह स्वीटू की पाँचवीं बर्डे है। स्कूल जाने लगा है। पिछली बार तो दिनभर उसे हल्का बुखार भी था। झींक रहा था। उसे भी सँभालती जातीं और खटती भी जातीं। हालाँकि मदद के लिए चार आदमी थे, पर आदमियों से काम लेना क्या कम मुसीबत है? और फिर छोटी जात के आदमी। जरा नजर फेरो कि चीनी ही फाँक लें। मलाई ही चाट लें। बीड़ी पीने ही बैठ जाएँ। गन्दे-सन्दे हाथ इस-उसमें लगा दें। सारी बातों का ध्यान रखना पड़ता है। खूब थकीं श्रीमती बैजल उस दिन, और थकने के बाद झुँझलाहट भी स्वाभाविक है। पर मजाल है एक भी नुक्स निकाल सका हो कोई! कितने बड़े-बड़े घरों के लोग आये थे। सबकी जबान पर एक ही बात थी—कमाल कर दिया मिसेज बैजल! कितनी

राहत मिलती है काम सफल होने पर! सारी मेहनत सकारथ हो जाती है।

कल्पनालोक में खो गईं श्रीमती बैजल। मधुर यादों में। पार्टी खत्म हो चुकी है। सारे मेहमान उनके खाने और उनके इंतजाम की तारीफ करते हुए जा चुके हैं। बिखरे हुए ड्राइंगरूम में—गुब्बारों के टुकड़ों में—पिचकी हुई टोपियों में—इधर-उधर पड़ी रह गई मिठाई की किसी अधखायी प्लेट में—फूलों की कुचली हुई पंखुड़ियों में—हर चीज में बच्चों की मोहकता का अलस बिंब सुगंधित है। और वह मीठी-मीठी थकान और तृप्ति में डूबीं—उपहारों का एक-एक पैकेट खोलकर देख रही हैं—अच्छा! तो आहूजा साहब ने बैट्रीवाली ट्रेन दी है!—और यह लाल पैकेट किसका है? भार्गवाज का? क्या है? हाय! कित्ता प्यारा सूटपीस है। स्वीटू पर खूब फबेगा। और ये शेख साहब इतना भारी क्या उठा लाए? जापान का स्लाइड प्रोजेक्टर? गजब करते हैं। और जरा वह बैंगनीवाला पैकिंग तो देखें—देखिए—क्या खूबसूरत एलबम है—यह भी इम्पोर्टेड है। लूथराज सचमुच बहुत फॉर्मेलिटीज करते हैं—लीजिए जितना खर्च हुआ इससे चार गुना तो वसूल ही गया।

यही बात है। यही बात है जो हर साल महिलाओं को बच्चों की वर्षगाँठ मनाने के लिए उत्साहित कर देती है। थकेंगी, खटेंगी, झुँझला लेंगी, सब कर लेंगी, लेकिन जब अपने व्यंजन दूसरों को खिलाएँगी और दूसरे वाह-वाह कर उठेंगे—कैसा सुख मिलता है और खासकर जब वे महँगे-महँगे उपहार भी दे जा रहे हों! वैसे भी जेवर-कपड़े-डिनरसेट, क्रॉकरी और घर की सजावट किसी को दिखाने का मौका कब-कब मिलता है।

लेकिन आज का तो दिन ही खराब था।

सुबह केक बनाने बैठीं तो दो अंडे खराब निकल गए। केक में बेकिंग पाउडर की जगह गलती से खाने का सोडा डाल बैठीं। सारा फेंककर दोबारा बनाना पड़ा। पति को क्रीम लेने भेजा तो वह बरतन ही ले जाना भूल गए, और दूसरे चक्कर में क्रीम लेकर आये तो खबर लाए कि आइसिंग सुगर कहीं नहीं मिली। फिर छोलों में नमक ज्यादा हो गया और कस्टर्ड का दूध बचाते-बचाते भी जल गया। चार चक्कर स्कूटर पर बाजार के लगाकर पतिदेव बगैर खाना खाये कॉलेज चले गए, क्योंकि कुकर का ढक्कन

ठीक ढंग से बन्द नहीं हुआ था और समय पर दाल नहीं बन सकी थी। मेकअप जो सुबह हुआ था—शाम तक दोबारा नहीं हो सका था। पेपर नेपकिन लेने गया भँवरसिंह खाली हाथ हिलाता लौट आया और आते ही सीता से किसी बात पर उलझ पड़ा। सीता ने चाइना ग्लास की तश्तरियाँ तोड़ दीं और कुछ खास मेहमानों के निमंत्रण-पत्र, जो पति कॉलेज जाते समय साथ ले जानेवाले थे—टेबल पर पड़े ही रह गए। प्याज काटते समय श्रीमती बैजल की उँगली कट गई और ऑरगंडी की साड़ी के साथ का ब्लाउज वाकई छोटा हो गया निकला।

लेकिन श्रीमती बैजल के दुखों का यहीं अन्त नहीं था।

पति एकदम ऐन वक्त पर कॉलेज से लौटे और स्वीटू तो मेहमानों का आना शुरू हो चुकने पर आया। वह सुबह से चिड़चिड़ा हो रहा था—उसने कपड़े बदलने से इनकार कर दिया और स्कूल ड्रेस ही पहने रहने की जिद करने लगा। बड़ी मुश्किल से उसे अच्छे कपड़े पहनने के लिए फुसलाया जा सका। मेहमान बहुत ही कम आये। निश्चित समय से एक घंटे बाद भी ड्राइंगरूम में सिर्फ कुछ बच्चे और एक-दो अत्यल्प परिचित पड़ोसनें ही नजर आ रही थीं। ऐन वक्त पर रेकॉर्ड प्लेयर खराब हो गया और सुधीर उसे ठीक करने में लग गए। अनेक आमंत्रितों ने खुद न आकर सिर्फ अपने बच्चों को भेज दिया था जो लिपे-पुते—सहमे-सहमे से बैठे थे। न हँस-बोल रहे थे न उधम-धड़ाका कर रहे थे। वे ज्यादातर निम्न-मध्यवर्गीय परिवारों के बच्चे थे जिन्हें शालीनता और तहजीब के नाम पर यही सिखाया गया था। श्रीमती बैजल बार-बार अन्दर-बाहर चक्कर लगा रही थीं और प्रफुल्लमन होने की असफल और कठिन कोशिश कर रही थीं। उन्होंने नाश्ते और खाने दोनों का इंतजाम किया था। योजना यह थी कि खास-खास पच्चीस-तीस परिवारों को खाने के लिए रोक लिया जाएगा और बाकी को नाश्ता कराकर विदा कर दिया जाएगा। लेकिन मेहमानों की संख्या और उनके आगमन की सुस्तरफ्तारी देखकर श्रीमती बैजल को अन्दाजा हो गया था कि बहुत-सा खाना बचा रह जाएगा। दिनभर सचमुच खटती रहने और इस उपलक्ष्य में अपने पति की नाराजगी बरदाश्त करने के बाद सीता अब एकदम निठल्ली खड़ी थी—श्रीमती बैजल के भावी आदेशों की प्रतीक्षा में—और उसका इस तरह खड़े रहना श्रीमती

बैजल को और बुरा लग रहा था। रेकॉर्ड-प्लेयर ठीक करते सुधीर की उपस्थिति में आगंतुक बच्चे आतंकित जैसे लग रहे थे और स्वीटू अकेला किस-किस से बात करता! एक छोटी-सी लड़की अपनी बड़ी बहन का फ्रॉक खींचकर अभी से 'चलने' की जिद करने लगी थी और वह उसे इधर-उधर देखकर झूठा मुस्कुराते हुए बरज रही थी। बड़ी अटपटी और कठिन स्थिति होती जा रही थी।

फिर खैर सुधीर के कुछ दोस्त अपने-अपने बच्चों की उँगलियाँ पकड़े आये और सुधीर रेकॉर्ड-प्लेयर छोड़कर उनसे गपशप में लग गए। बच्चे भी कुछ खुले। सौभाग्य से कुछ बहुत बोलनेवाली और बोलती रहने वाली महिलाएँ भी तभी आ गईं और बात-बात पर जोर-जोर से हँसने लगीं। बच्चे भी माँ-बाप की अच्छी सीख और नसीहतें भूल कर आखिर एकदम सहज हो गए। एकदम बच्चे। रोना-धोना, चिल्ल-पों, किलकारियाँ, हा हा-हू हू—लगा कि हाँ, घर में पार्टी हो रही है। श्रीमती बैजल अब सचमुच प्रफुल्ल थीं और सीता अब सचमुच व्यस्त। सीता पूड़ियाँ उतार रही थी, भँवरसिंह नाश्ते की प्लेटें लगा रहा था और सुधीर और उनके मित्र प्रिन्सिपल और कॉलेज के किस्सों में डूबे थे। और बच्चों की आँखों में स्वीटू के खिलौनों के प्रति ईर्ष्या, उसके मालिकाना बघारने पर चिढ़ और खाने-पीने का इंतजार दिखाई देने लगा था। आखिर वह क्षण आ ही गया जिसे पार्टी की सफलता का शिखर बिन्दु कहा जा सकता है और जिसका श्रीमती बैजल इंतजार ही कर रही थीं। बड़ी अदा और तकल्लुफ के साथ केक लाया गया, उस पर पाँच नन्ही-नन्ही मोमबत्तियाँ जलायी गईं और स्वीटू बेटे को फूँक मारने को कहा गया। श्रीमती बैजल अकेली 'हैप्पी बर्डे टू यू—' गाने लगीं—क्योंकि और बच्चों को यह गाना नहीं आता था। वे हो ऽ ऽ करने लगे। छोटे कद के नन्हे-मुन्ने जिन्हें न कुछ समझ में आ रहा था, न केक पर की जाती कोई हरकत नजर आ रही थी, अपनी छोटी-छोटी हथेलियों से ताली बजाने लगे। एक खूबसूरत रिबन बँधा चाकू स्वीटू को पकड़ाकर केक कटवाया गया और बच्चों के बहाने बड़ों से बैठने को कहा गया। नाश्ते की प्लेटें, फेंटा की बोतलें आने लगीं और बच्चे खाने-पीने में—छीना-झपटी में लग गए। सुधीर गुब्बारे उतार-उतारकर बच्चों में बाँटने लगे। तभी ध्यान आया कि टोपियाँ तो अन्दर कमरे में ही रखी रह

गईं। वे लायी गईं और एक स्वीटू को पहनाकर बाकी बाँट दी गईं। टोपियाँ कम थीं, बच्चे ज्यादा—और स्वीटू जिद करके जो टोपी लेता, दो ही पल बाद उसे फेंककर दूसरी के लिए मचलने लगता, जो किसी और बच्चे ने लगा ली होती। वह जलसे का सबसे महत्त्वपूर्ण बच्चा था और आज बहुत सुविधापूर्वक जिद्दी और चिड़चिड़ा होने की आजादी ले सकता था।

खैर, लोग खाने-पीने लगे और बगैर तारीफ किये खाते रहे। काफी देर श्रीमती बैजल तारीफों की प्रतीक्षा करती रहीं और फिर उन्होंने कवि सम्मेलनी तुक्कड़ों की तरह खुद ही दाद माँगनी शुरू कर दी। 'क्यों मिसेज गोयल? छोले कैसे बने?—भाभीजी—आपने कचौड़ी को तो हाथ ही नहीं लगाया...अच्छी नहीं लगी क्या...भई सुमन...नमक-मिर्च तो सब ठीक है न?' महिलाओं ने ठंडी-ठंडी अच्छा-अच्छा की, जिससे श्रीमती बैजल और बुझ गईं। उधर पुरुषों को मरे प्रिन्सिपल की चर्चा से अब तक फुर्सत नहीं हुई थी कि जो भकोस रहे हैं उसके लिए मुँह से दो बोल भी निकाल दें कि भई ठीक है, खराब है, क्या है!

खा-पीकर सब जाने को हुए तब श्रीमती बैजल को पता चला कि उनका अन्दाजा कितना गलत था। इस बार पिछले साल की बनिस्बत मेहमान कम थे, पर खाना सारा सफाचट हो गया था। नादीदों-मरभुक्खों को जैसे घर पर कभी देखने को नहीं मिलता हो ऐसा खाना! वो खाते-पीते लोग थे जो अब तक स्वीटू की बर्थडे पार्टी में आते रहे। और ये!—छोटे-छोटे बच्चों की खुराक तो देखो!—नहीं, वे किसी की खुराक पर टोकाटोकी नहीं करतीं—उनका ये मतलब नहीं...आखिर वे खुद भी तो ऐसे ही साधारण परिवार से आई हैं—उनके बाउजी क्या थे? नगरपालिका में क्लर्क ही तो थे।—जीमण वगैरह में कभी वो आठों बहन-भाई जाते तो किस कदर ठूँसते थे—और बाद में तीन दिन तक अफसोस करते थे... कि कुछ मिठाई और क्यों नहीं खा ली?...पर जीमण की बात और है... उसमें पता नहीं चलता...पर पार्टी में तो कम से कम...क्या फायदा... रातभर बच्चे लोटा ले-लेकर भागेंगे...क्या पता...कोई अभी ही चड्ढी उतारकर न आ जाए...आंटीजी हमें...

खैर, किसी तरह पार्टी निबटी। मेहमान...सुखी और सन्तुष्ट...दाँत कुरेदते हुए...और डकारें लेते हुए...और सुपारी-इलायची के मुट्ठे भरते

हुए चले गए। चलो। शान्ति मिली। सीता को चाय का पानी रखने को कहकर श्रीमती बैजल सुधीर के साथ उपहारों के पैकेट देखने-सँभालने बैठीं।...कितनी तृप्ति मिलती है जब...लेकिन इस बार उनकी आशा से एक-चौथाई उपहार भी नहीं थे। अब श्रीमती बैजल को पता चला...और उन्हें यह जानकर धक्का लगा...कि कई मेहमान बगैर कोई उपहार लाए... खाली हाथ हिलाते हुए ही आ गए थे। और नहीं...न उन्होंने स्वीटू के हाथ में पाँच का नोट दिया...न सुधीर को...और खा-पीकर हाथ झाड़कर चले भी गए। खैर, पर...जो लाए हैं, उन्हें तो देखा जाए।

अब श्रीमती बैजल छोटे-छोटे उपहारों के पार्सल खोल-खोलकर देखती जाती थीं और उनका दुख बढ़ता जाता था। उनकी बाँह पर रक्तचाप नापक लगा होता तो वह हर पैकेट के अनावरण के बाद नीचे-नीचे खिसक रहा होता। अधिकांश लोगों ने गोली-चॉकलेट या सस्ते प्लास्टिक के खिलौनों से बला टाली थी कुछ ने हैंडलूम या पॉलिस्टर के सस्ते फुटपाथिया कटपीस भेज दिये थे। और कुछ गधों ने तो दो-दो ग्लूकोज बिस्कुटों के पैकेट ही पतंग के कागज में बाँधकर बच्चों के हाथ भिजवा दिये थे। हाय! कैसे असभ्य, टुच्चे, जाहिल लोगों में आ फँसीं श्रीमती बैजल!

उन्हें अब भी—अब भी यह पता नहीं चला कि वे कौन लोग थे जो पिछले वर्षों में स्वीटू के लिए महँगे-महँगे उपहार लाते थे? और क्यों?

सब छोड़-छाड़कर सोफे की पीठ से सिर लगा, बाल खोल श्रीमती बैजल पसर गईं आँखें बन्द कर लीं। सिर, दर्द के मारे फटा जा रहा था।

तभी बाहर से किसी ने आवाज मारी, 'स्वीटू भाय!'

कोई भारी पुरुष स्वर। श्रीमती बैजल की त्योरियाँ चढ़ गईं। कौन है?

सुधीर 'कौन है' कहकर उटे...और अभी उठ भी नहीं पाए होंगे कि भीतर के कमरे से सरपट दौड़त हुआ 'हो ऽऽ' चिल्लाता हुआ स्वीटू निकला और उनके सामने से पूरा ड्राइंगरूम पार करता हुआ बाहर निकल गया।

सुधीर उठे। बाहर गए। कुछ पल बाद वापस आए। बताया, 'बन्ने है।'

'कौन बन्ने?'

'स्वीटू का ताँगेवाला। स्वीटू के स्कूल का ताँगेवाला।'

श्रीमती बैजल ने बगैर कोई प्रतिक्रिया व्यक्त किए फिर आँखें बन्द कर लीं।

सुधीर बाहर गए। फिर भीतर आए। सहमते हुए-से बोले, 'एक प्लेट लगवा दो।'

फुरती से उठीं श्रीमती बैजल और भौंहें चढ़ाकर बोलीं, 'बाहर ही भिजवा देती हूँ।'

तभी बाहर से स्वीटू का उल्लास भरा हो...ओ...ओ..., बन्ने की पहलवानी हँसी...और दो छोटे हाथों की...दो बड़े हाथों की सम्मिलित तालियों की आवाज सुनाई दी...जैसे पखावज-संतूर की जुगलबन्दी।

श्रीमती बैजल किचन में गईं। एक प्लेट उठाई। देखा नहीं कि जूठी है या साफ। क्या फर्क पड़ता है! मुसट्टा तो है! बिना बुलाए आ गया। एक-एक करके मरे मन से प्लेट में सारी चीजें रखीं। केक...वेफर्स...समोसा... गुलाब...गुलाबजामुन का मर्तबान खाली पड़ा था। उन्होंने चखा तक नहीं। जबकि सुधीर ने भी नहीं। जरूर सीता ले गई होगी—भँवरसिंह के लिए। प्लेट खाली-खाली लग रही थी। समोसा कुचल गया था और काला पड़ गया था। वेफर्स में आधे से ज्यादा चूरा था। इधर-उधर देखा। किसी बच्चे की छोड़ी हुई प्लेट में एक साबुत गुलाबजामुन पड़ा था। श्रीमती बैजल ने उसी को उठाकर प्लेट में धर दिया और प्लेट लेकर पल्ला सँभालती हुई बाहर निकलीं।

स्वीटू उस हट्टे-कट्टे दाढ़ी वाले ताँगे वाले की गोद में था और उसकी गरदन में गेंदे के फूलों की बड़ी-सी माला पड़ी हुई थी। दाढ़ीवाला डाकुओं की तरह सफेद-सफेद दाँत दिखाता हँस रहा था। उसने नमस्ते की। श्रीमती बैजल ने प्लेट बढ़ाईं। डाकू ने स्वीटू को उतारकर प्लेट पकड़ी... और उसमें से गुलाबजामुन उठाकर...श्रीमती बैजल कुछ बोलें-बोलें उससे पहले ही...स्वीटू के खुले मुँह में रख दिया। स्वीटू खुश होकर कुदकने लगा। श्रीमती बैजल भीतर आ गईं और धम्म से सोफे पर गिर गईं। आज जूठन भी खानी थी हमारे स्वीटू को।

घंटे भर बाद स्वीटू घर में इधर से उधर धमाचौकड़ी कर रहा था। पापा को चौथी बार बता रहा था कि उसने सुबह ही बन्ने भाय से कह दिया

था कि 'शाम को जरूर-जरूर-जरूर आना, आज शाम को हमारी बर्डे होगी।' और उसकी गरदन में अब भी गेंदे के फूलों का बड़ा-सा हार पड़ा था जो बन्ने उसके लिए लाया थ और जिसे पहनाते-पहनाते वक्त दोनों ने तालियाँ बजाई थीं—पखावज और संतूर की जुगलबन्दी।

और जूठे बरतनों के पहाड़ के सामने बैठीं श्रीमती बैजल सोच रही थीं कि उनकी तो किस्मत ही खराब है।

बलि

घनी हरियाली थी, जहाँ उसके बचपन का गाँव था। साल, शीशम, आम, कटहल और महुए के पेड़। ये बड़े-बड़े पेड़। पेड़ के नीचे खड़े होकर एकदम ऊपर देखो तो सूरज न दिखाई दे। चारों तरफ धान के खेत, छोटे-बड़े पोखर और कुछ दूर इच्छा नदी। लकड़ी-मिट्टी-घास-गोबर के मकान और केले के पेड़, लौकी-कद्दू की बेलें और बैंगन-टमाटर की बाड़ी। हाथ-हाथ भर के काले बिच्छू और चार-चार गज के जहरीले साँप। पोखर में कूदती-फाँदती मछलियाँ और चूल्हे पर चढ़ी काली हांडी में खदबदाता भात।

अगर सुख का मतलब पेट-भर भात और आँख-भर नींद ही होता है तो वह एक सुखी बचपन ही रहा होगा। था ही। पेट-भर भात और आँख-भर नींद से ज्यादा भी कुछ चाहिए होता है क्या?

परिंदे सुखी होते हैं, लेकिन वे भी लड़ते हैं पेड़ की एक शाखा विशेष के लिए...मादा विशेष के लिए...वहाँ भी लड़ाइयाँ थीं। कई साल पहले लिए कुछ रुपयों की खातिर मर्द लड़ते...बच्चों को लेकर, घर के सामने कचरा फेंकने से लेकर बेटा-बहू पर टोना करने तक के अबूझ आविष्कृत कारणों पर औरतें, और मरद पर काबू रखने या उससे पिटने के लिए पत्नियाँ अपने पतियों से लड़तीं। लेकिन लड़ाइयाँ ठंडी, कसैली, एकरस, हूहू रातों में आत्मा को, जीवन को जगाए रखने के लिए ज्यादा होती थीं। लड़कर भी कोई पराया नहीं होता था। कितनी ही लड़ाई के बावजूद किसी पर किसी का अधिकार खत्म नहीं होता था।

छोटे-छोटे खेल थे। खेल के साधन थे पत्थर, मिट्‌टी, घास, पत्तों, चिड़ियाओं के पंख, फलों के बीज...लकड़ी के अटपटे खिलौने...क्या खजाना था जिसे छाती से लगाकर रखा जाता था। खेल माने शर्त बदकर नदी पार करना...किसी का बछड़ा खोल देना...किसी का कटहल चुरा लेना...किसी को कीचड़ में धक्का दे देना...खिल-खिल...खिल-खिल...

कहानियाँ थीं। उनमें भूत-प्रेत-चुड़ैल-डाकन, पंखों वाले साँप, परियाँ और राजा-रानी बहुत पास थे...बीस किलोमीटर दूर आबाद जिला मुख्यालय सुन्दरगढ़ बहुत दूर था। उसका मानो अस्तित्व ही नहीं था। अस्तित्व को मानो उसकी आवश्यकता ही नहीं थी।

फिर देखते-ही-देखते सब कुछ बदल गया। टोप पहने कुछ लोग जीप और ट्रक में बैठकर आए और जगह-जगह तंबू लगाकर रहने लगे। वे मशीन से जमीन में घर्रर छेद करते और पत्थर की पूरी लाठी निकालकर डिब्बे में रखकर कहीं भेज देते। फिर कुछ दिन बाद कुछ ज्यादा लोग आए। उन्होंने गाँव के मरदों से बात की। उन्हें भात चाहिए, मुर्गा चाहिए, दारू चाहिए, रास्ता दिखाने वाला चाहिए। उन्होंने बताया, जमीन के नीचे खजाना है। खजाना माने कुदाल से खोदने से नहीं चलेगा। सिक्के नहीं हैं। मोहरें-अशर्फियाँ नहीं हैं। धातु का पत्थर है। पत्थर कीमती है। उसे निकाला जाएगा और उससे सीसा बनाया जाएगा। वही...जिससे बन्दूक की गोली बनती है।

देखते-ही-देखते वहाँ एक कारखाना बन गया। पेड़ कटे। उनकी जगह पक्के मकान खड़े हो गए। भूमि समतल कर दी गई। बड़ी-बड़ी मशीनें। मकान...और मकान के बीच भी डामर की सड़क। सारी जिन्दगी बदल गई। अब खूब मुर्गे चाहिए। भात चाहिए। काम करने वाले आदमी चाहिए। पहली बार बड़े-बड़े नोट देखने को मिले। घर-घर मारामारी। और अंडे... और मुर्गे...और मछली और भात।

पतलून पहने आदमी...जूते पहने बच्चे...गोरे-गोरे...और सिनेमा के परदे से मानो निकलकर आई हों ऐसी औरतें।

लेकिन जब ग्रामलक्ष्मी ने एक बार जाना शुरू किया तो दूसरे रास्ते से दबे पाँव दरिद्रता भीतर घुस आई। अब जो कुछ अच्छा था...सब बेचे जाने के लिए था। अपने उपभोग के लिए नहीं। न दूध न माछ। न सब्जी

न भात। अब रुपए थे और भस्मासुरी इच्छाएँ। मरद दिन-भर साहब लोगों के पीछे-पीछे कुत्ते की तरह घूमते थे और हर रात दारू में धुत्त नजर आते थे। खेत पड़े रहते थे उपेक्षित। महिलाएँ जो जितना कर पातीं उसी से घर चलता था। कइयों की जमीनें चली गईं। बदले में कुछ नोट और नौकरी का आश्वासन। खजाना है भी क्या? क्या हम उसे छू सकते हैं? देख सकते हैं? हाँ-हाँ, क्यों नहीं! चाहें तो ले भी जाइए। पर यह तो पत्थर है। कुछ चमकता है बस! क्या इसे चूल्हे में डालने से...नहीं-नहीं...वह सब बड़ा प्रोसेस है। वह सब यहाँ नहीं होगा। दूसरे कारखाने में भेजा जाएगा।

अब झगड़े होते रोज। और कड़वे। गाली-गलौच। अबोलाबोली। लम्बे मुनमुटाव। गाँव के लड़के साहब लोगों की नकल करते। सुन्दरगढ़ से पतलून सिलवाकर लाते। सिगरेट पीते। साइकिल की जिद करते। नौकरी का ख्वाब देखते। सड़क पर तरह-तरह के बाहर के लोग आने-जाने लगे। दुकानें खुलने लगीं। कोई कद्दू बेच रहा है, कोई चाय-भजिया। एक कद्दू का एक रुपया! माई रे! इन साहब लोगों के पास फेंकने के लिए कितना पैसा है! यह आरंभ था समाज के बाजार बनने की प्रक्रिया का। बच्चे भूखे रहते थे। चोरी करने के लिए हालात द्वारा उकसाए जाते थे और हमेशा के लिए गाँव से मुक्त हो जाने का सपना देखते थे। जर्जर और कृशकाय औरतें सभ्य समाज का चालचलन जिन नजरों से देखती थीं, उनमें कुतूहल कम होता था, भय ज्यादा। अब तालाब पर कभी भी नहाने नहीं जाया जा सकता था...न दिशा-फरागत के लिए और यदि नदी में मछली थी, पेड़ पर फल, आसमान में परिंदा और धरती में जड़...तो जरूर उनकी भी कोई कीमत होगी। सोचना जरूरी था कि क्या?

यहीं और इसी समय में थी लड़की।

उत्सुकता के मारे वे कुछ बच्चे साहब लोगों की कॉलोनी में चले गए थे। एक मकान में रेडियो बज रहा था। कोई गाना। वहीं खड़े हो गए। कैसी सुगंध आती है इन लोगों के घरों से। कैसी भीनी-भीनी। उसे खा जाने की इच्छा हो, ऐसी। कैसे गोल-गोल हाथ होते हैं इनके। कैसे रेशमी बाल। कितने सुन्दर कपड़े—एकदम सिनेमा जैसे। मालकिन निकली थीं। इन्हें देखा था। आशंका से। चोरी तो नहीं करेंगी? फिर मुस्कुराई थीं। जवाब

में बच्चे भी बरबस मुस्कुरा दिए थे। मालकिन भीतर जाते-जाते पलटकर आई थीं। हाथ के इशारे से पास बुलाया था। काम करोगी? खाना देंगे। भात। पैसे भी देंगे।

सब बच्चे खिलखिलाकर भाग आए थे बगटुट।

कुछ दिन बाद सुना, मंगली एक मामी के घर काम करने लगी है। 'मामी क्यों? क्या वह तुम्हारे मामा की घरवाली है?' 'नहीं, पर उसके बच्चे उसे मामी ही कहते हैं। तो मैं भी।' 'अच्छा बताओ, क्या किया वहाँ? और क्या दिया उन्होंने तुम्हें खाने को?'

मंगली का बाप नहीं था। माँ बहुत बूढ़ी हो गई थी। उससे कुछ काम नहीं होता था। चार-चार दिन माँगे हुए नमक-मांड से गुजारा करना पड़ता था। कभी-कभी कोई मछली मिल जाती। या इस-उस घर की जूठन। बस, यही आसरा था। तन पर पूरे कपड़े नहीं थे। कहीं से होंगे, इसकी भी आशा नहीं थी। चेहरा लाश जैसा लगता था। बदन कटे पेड़ की सड़ी लकड़ी-सा। बातों में, सपनों में हर वक्त भूख-भूख। कौन उसके साथ खेलता! पर आने वाले महीने-भर के लिए वह गाँव की लड़कियों के लिए हीरोइन बन गई। 'साहब लोग क्या खाते हैं, कैसे बोलते हैं, कैसे हँसते हैं, क्या करते हैं...क्या अपनी घरवाली को एकदम नहीं मारते? एक बार भी तुमने उन्हें मारते नहीं देखा?...क्या-क्या चीज है वहाँ? क्या तुमने खुद देखा?...' छूकर देखा?...आदि-आदि।

फिर जब उसे उसकी मामी ने अपनी बेटी का एक पुराना फ्रॉक पहनने को दे दिया और साबुन का एक छोटा-सा टुकड़ा, कि नहाकर आना कल...तो मंगली अभागिन उत्सुकता की नहीं, ईर्ष्या की चीज हो गई। साबुन खुशबूदार था। सबने बारी-बारी सूँघकर देखा। फ्रॉक? अहा! कैसा नीला रंग था उस फ्रॉक का कि जिसे देखते ही पीने की इच्छा हो जाएगी। उस पर कुछ-कुछ लाल-सफेद फूल थे, जो बस हिलते भर नहीं थे...और एक खरगोश था...मुन्ना-सा...सफेद झक्क...गुलाबी गोल आँखों से बिटर-बिटर ताकता...जैसे अब फुदका कि तब। और कपड़ा कैसा मुलायम और रेशमी...जैसे किसी बछड़े का गलकंबल! बदन पर फ्रॉक हो तो बदन को कैसा महसूस होता होगा? उसे भी कई और लड़कियों की तरह लगा कि या तो मामी ने भूल से यह फ्रॉक मंगली को दे दिया है

या यह चुराकर लाई है। या तो कल वह वापस माँग लेगी या यह फ्रॉक मंगली पहनकर जाएगी ही नहीं। देख लेना।

लेकिन दूसरे दिन मंगली वही फ्रॉक पहनकर काम पर गई और मामी ने उससे फ्रॉक वापस भी नहीं माँगा।

बस, उसी दिन लड़की ने मन-ही-मन निश्चय कर लिया था कि चाहे जो हो जाए, वह भी काम करेगी और ऐसा ही फ्रॉक पाएगी। उसकी इच्छा के सामने अनेक बाधाएँ थीं। पहली तो यह कि वह अभी छोटी थी, अपने घर का काम भी ठीक से नहीं कर पाती थी, झाड़ू की मूठ तक कसकर नहीं पकड़ पाती थी...और दूसरे यह कि वह मंगली की तरह बेआसरा या विपन्न नहीं थी। काश! कि वह बेआसरा और विपन्न होती! तब उसने ऐसा ही सोचा।

उसे चार साल लग गए इसमें। तब तक गाँव की लगभग पच्चीस-तीस स्त्रियाँ-लड़कियाँ साहब लोगों के घर काम करने लगी थीं। तब तक साहब लोगों का भय पूरी तरह समाप्त हो गया था, लेकिन काफी कुछ कुतूहल भी। तब तक कामवालियाँ भात और कपड़े के अलावा पैसे भी पाने लगी थीं और काम करने के अलावा चिरौंजी-काजू-चावल-माछ साहब लोगों को बिकवाने की दलाली भी। साहब परम्परागत ग्रामीण संस्कृति पर हमला करने वाला दुश्मन नहीं था अब, बल्कि एक मोटा मुर्गा था जिसका किसी भी तरह फायदा उठाना था। तब तक लड़की का घर भी इतना विपन्न हो चुका था कि वह उठते-बैठते कारण-अकारण माँ-बाप की डाँट-मार खाने लगी थी।

सबसे पहले पंद्रह रुपए महीने पर बच्चा सम्हालने का काम किया लड़की ने। पंद्रह रुपया मामी ने अपने मन से कहा। लड़की पाँच भी पाती तो प्रसन्न ही होती। दोपहर को भात-नमक दिया। बैंगन की सब्जी भी। भात लड़की की जरूरत के हिसाब से कम था, लेकिन वह कुछ नहीं बोली। दरअसल उस पूरे दिन वह कुछ भी नहीं बोली। हाँ-ना का जवाब भी गरदन हिलाकर दिया। खूब सारी नई और कौतुकमय चीजों के बावजूद सच पूछो तो उसका मन नहीं लगा। पूरे समय एक तीन साल के बच्चे के पास बैठे रहो बस। इससे तो तालाब में नहाना, पेड़ों पर चढ़ना, भैंस की पूँछ मरोड़ना, पत्थर

से इमली गिराना, खुली हवा में नीम के पेड़ की छाँव में पसरकर सोना और गला फाड़कर हँसना-गाना यकीनन ज्यादा सुखद रहा होता।

घर में एक और नौकरानी थी। जानकी मौसी। सारा काम वही करती थी। लड़की की देखा जाए तो वहाँ कुछ खास जरूरत नहीं थी। लेकिन मामी एक जानकी मौसी के ही भरोसे नहीं रहना चाहती थी। मान लो, कल को जानकी भाग गई तो लड़की झाड़ू-पोंछा तो कर ही लेगी। कम-से-कम बच्चे को तो सम्हाल लेगी।

फिर कुछ दिन में डाँट पड़ने लगीं, 'परे हट के बैठ, कालीन गन्दा हो जाएगा।' ...'नहाकर आई? सिर क्यों खुजा रही है?' ...'ठीक से पकड़ बेबी को। मुँह दूर रखाकर उसके मुँह से'...'सुबह लेटरीन जाकर साबुन से हाथ धोती है या नहीं?' ...'शक्ल-सूरत नहीं दी भगवान ने तो कोई बात नहीं, कम-से-कम कपड़े तो ढंग के पहनकर आया करो...' 'हे भगवान... एड़ियाँ देखो जरा इसकी...जानकी! सिखा इसे, उकड़ूँ बैठकर खाना नहीं खाते!...और खाते समय इतना पच-पच आवाज क्यों निकालती है?' '... जानकी, कंघी दे दे इसे! मेरे घर में यह सब नहीं चलेगा। इन लोगों को तो इन्फेक्शन की कोई फिकर है नहीं।' आदि-आदि।

लड़की ऊपर से कुछ नहीं कहती, पर मन-ही-मन उसमें एक शत्रुभाव घनीभूत होता जाता, 'खाने को तो पूरा देती नहीं और रोब कैसा झाड़ती है! महीना पूरा होगा तब पंद्रह रुपया देगी। सो मेरे काम आएगा? माँ ले लेगी वह तो। मैं तो उसमें से एक टिकुली भी नहीं खरीद पाऊँगी। कैसी-कैसी चीजें कचरे में फेंक देती है! उस दिन कचरे में से एक टिकुली निकालने लगी तो तुरन्त टोक दिया—नहीं, उनमें से नहीं लो! चाहिए तो माँग लो... माँग लें। दो घंटे! रगड़कर नहाएगी...फिर पॉउडर-क्रीम-लाली थोपेगी... खून जैसे होंठ और खून जैसे नाखून बनाएगी...फिर भी किसी से पूछ लो... मैं ही ज्यादा सुन्दर दिखूँगी...जरा-सा खाएगी...और दिन-भर ढ ढ डकार लेगी। पता नहीं बच्चा कैसे जन दिया! एक दिन घर में झाड़ू लगानी पड़े तो हाँफ जाए! कैसे साफ-साफ कपड़े धोने के लिए डाल देती है। हमारे यहाँ किसी को ऐसी लुगाई मिल जाए तो दूसरे दिन झोंटा पकड़कर बाहर निकाल दे। हमारी जमीन से रुपा-सोना निकालकर मजे मारते हैं और हमीं पर रुआब गाँठते हैं!'

लड़की के क्रोध को व्यक्त होने का कोई उपाय नहीं था। न मामी के घर, न अपने गाँव में। काम से लौटकर आती तो प्रसन्नता का ही आवरण रखना पड़ता, वरना काम भी छूट जाता। क्या एक-से-एक खिलौने हैं। वह खुद भी चाभी भरकर चलाना सीख गई है—ऐसा ही बताती। कभी बच्चों को कमर पर टाँगकर बाहर घूमने जाती तब अकेले में बड़बड़ाती। मन करता, बच्चे को ही नोच ले जोर से।

एक बार नोच भी लिया। पर फिर वह जो रोया तो लड़की को लगा, गई उसकी नौकरी! भागी उस रोते बच्चे को कमर में टाँगे दूर, ताकि उसके रोने की आवाज मामी के कानों तक नहीं पहुँच पाए। दो घंटे लग गए बच्चे को चुप कराने में। गाई, नाची, लाड़ लड़ाया, तरह-तरह के फूल दिए, फल दिए... और रोना बन्द किया तो कैसे? एक कुत्ते के पिल्ले की कूँ-कूँ सुनकर...डरते-डरते उसकी पूँछ पकड़कर...घबराते-घबराते उसकी पीठ पर हाथ फेरकर।

मामी लड़की को ऐसी चीजों के लिए भी कोसती, जिन पर लड़की का कोई बस नहीं था। मसलन कहेगी, 'कैसी भाषा बोलते हो तुम लोग! जैसे लोटे में कंकड़ डालकर हिला रहे हो!' या 'क्या वाहियात इलाका है! पानी बरस रहा है तो बस पागलों की तरह बरसता ही जा रहा है! मार सीलन-ही-सीलन, कीचड़-ही-कीचड़!' या जैसे 'यहाँ के अनाज में वह स्वाद ही नहीं है!' या जैसे 'जमाना कहाँ-से-कहाँ पहुँच गया, ये वैसे-के-वैसे ही रहे! जंगली के जंगली!'

इन आक्षेपों का लड़की कोई प्रतिवाद नहीं कर सकती थी। लड़की को टूटकर बरसते पानी में तर-ब‌तर भीगते हुए एक गाँव से दूसरे गाँव चले जाने में अपार आनन्द की अनुभूति होती थी। वेग से हवा चलती तो शूँ-शूँ...झूँ-झूँ की आवाज आती। लगता, धरती पर नहीं किसी दिव्य लोक के रहस्य-रोमांच के बीच है। बिजली चमकती और बादल गरजते तो किसी से भी कसकर लिपटने को जी करता। पेड़ों के पत्ते और तने इधर-उधर झूमते-झुकते तो लगता, धरती को चँवर डुला रहे हैं। नदी-नाले पूरते तो लगता, अमृत की गागरें औंधी हुई हैं...ऐसे में कोई भी औरत प्याज-बैंगन के गरम-गरम भजिए छानने या तर मालपुए उतारने के अलावा कुछ नहीं सोचेगी। घर के पिछवाड़े अरबी के पत्ते हों तब तो कहना ही क्या! और इसे देखो! यह वर्षा को ही कोस रही है!

लेकिन वर्षा ही क्यों, इसे तो यहाँ कुछ भी पसन्द नहीं। इसे तो ग्वार-फली जानवरों के खाने की चीज लगती है। और पके कटहल में से उबकाई लेने वाली बदबू आती है। हमारी गायों का दूध इसे पानी जैसा लगता है और हमारे खेतों का अनाज बेस्वाद। हमारे उत्सव पिछड़ापन और हमारे परिधान जंगली!

लेकिन लड़की कुछ नहीं कर या कह पाती। कभी सोचती, कल नहीं आऊँगी। दूसरे दिन पाती कि आ ही गई है और तब कल का यह निश्चय याद आया है। बच्चा भी उससे हिल गया था। अब माँ के पास भी नहीं रहता। माँ कुछ देर लाड़ करती है, कुछ देर ठीक से बात करती है, फिर कुछ देर उपेक्षा करती है। और फिर जाने को कहती है, न जाए तो थप्पड़ मार देती है। बच्चा उसे चिपकू लगता है, रोतला लगता है। व्यवधान लगता है, इल्लत लगता है, आफत लगता है।

लड़की को नहीं लगता। लगता भी, तो वह क्या कर सकती थी? बच्चे को चिपकाए अथवा उठाए रखने और बच्चे से माँ को आजाद रखने की ही वह उजरत पाती थी। लड़का उस पर लदा रहता। दो कदम पैदल नहीं चलता। कभी उसकी नाक पकड़ता, कभी कान खींचता, कभी गाल खरोंचता, कभी बालों को मुट्ठी में भर लेता। लड़की हर बार प्रसन्न रहने को बाध्य थी। क्रीत थी।

फिर एक दिन लड़की नहीं गई। उसने कहा कि उसकी तबीयत ठीक नहीं है। माँ ने ज्यादा पूछा-पाछी नहीं की। कभी-कभी माँएँ ज्यादा पूछा-पाछी नहीं भी करतीं। होता ही है। उस दिन लड़की ने सोचा था कि खूब मौज-मस्ती करेगी। सहेलियों के साथ दिन-भर धमाचौकड़ी मचाएगी। आसमान को सिर पर उठा लेगी। इतने दिनों की सारी कसर पूरी कर लेगी। लेकिन वैसा कुछ भी नहीं हो पाया। साथ की लड़कियाँ मिल ही नहीं पाईं। कई तो काम पर गई थीं। जो नहीं भी जाती थीं वे उछल-कूद मचाने की बजाय एक पेड़ की घनी छाँव में छिपी बैठी गप्पें मार रही थीं। वे शरमा रही थीं। किसी मामी ने किसी लड़की को अपनी पुरानी ब्रेसरी पहनने के लिए दे दी थी। अब इस वक्त और इस स्थान पर उसे पहनकर देखने की समस्या सुलझानी थी। फिर उन्होंने मामियों के बारे में सुने-सुनाए किस्से शुरू कर दिए कि मामियाँ माहवारी में भी रसोई में चली जाती हैं! कि

एक शीशी में से एक सफेद मलाई निकालकर लगाती है। बाल उड़ाने के लिए आदि-आदि। लड़की से भी उसकी मामी के बारे में पूछा जाने लगा। वह उठ आई।

उस दिन लड़की उन सब स्थानों पर गई जिन स्थानों की स्मृति ने उसे मामी के घर सुबह से शाम तक काम करने के दौरान विह्वल किया था। लेकिन कहीं मजा नहीं आया। न पेड़ पर चढ़ने में, न पत्थर मारकर इमली तोड़ने में, न भैंस की पूँछ मरोड़ने में, न तालाब में नहाने और तैरने में। सारा कुछ एकदम सूना और भाँय-भाँय लग रहा थ, जैसे हर तरफ धूल उड़ रही हो। हवा जैसे बहुत थकी हुई हो। आसमान जैसे बहुत बूढ़ा हो गया हो। तालाब जैसे बहुत गन्दला हो गया हो। धरती जैसे बहुत खुश्क हो गई हो।

देर दोपहर घर लौटी तो ठंडा भात-मांड़ रसोई में ढका रखा पाकर मामी के घर मिलने वाला खाना याद आ गया।

शाम तक सोचने लगी, इससे तो चली ही जाती तो ठीक रहता।

दूसरे दिन गई तो बच्चा दौड़कर आया और लिपट गया। मामी लाड़ नहीं लड़ाने लगी, पर उसने डाँटा भी नहीं। वह निरन्तर सशंक थी और चुप। उस दिन लड़की को उसने भात के साथ-साथ अपने जैसा खाना भी दिया। थोड़ी-थोड़ी मात्रा में। मसाले वाली तर सब्जियाँ, हींग-घी से बाघारी हुई दाल और कटोरी भर खीर। शाम को आते समय मामी ने एक पाँच का नोट पकड़ा दिया—'रख ले। काम आएँगे। तनखा में से काट लूँगी।'

यह लड़की की अपनी कमाई का पहला नोट था। नोट बहुत मैला और मुड़ा-तुड़ा था। उसे जल्दी-से-जल्दी चला देने की इच्छा होती। लड़की का मन काँप रहा था। उसने सोचा था, जब जिन्दगी में पहली बार उसे पगार मिलेगी तो वह खूब खुश होगी। रोमांचित भी हो सकती है। लेकिन अभी ऐसा कुछ भी नहीं लग रहा थ। वह चाहती थी कि वैसा कुछ लगे। उसने कोशिश भी की, पर उससे बना नहीं। वह बहुत उदास, बहुत तनहा, बहुत व्यथित थी। काली घिरी हुई वेबरसी घटाओं में प्यासी और उमस से छटपटाती। क्यों उसे खुशी नहीं हुई? क्यों दिन-भर ही उसके—मामी के बीच तनाव बना रहा?

फिर उसे गुस्सा आने लगा। यह औरत डरपोक भी है। सोचती होगी, मैं चली जाऊँगी तो बच्चा उसे खुद सम्हालना पड़ेगा। बच्चा उसकी साड़ी की इस्त्री खराब करेगा। वह रिश्वत दे रही है। वह सुस्वाद भोजन भी रिश्वत था और यह पाँच का मैला-मुसा नोट भी। नहीं, यह उसकी मेहनत की, हक की कमाई नहीं है जो सुख-सन्तोष लाती है। यह रिश्वत है जो उसने चुपचाप सिर झुकाकर स्वीकार कर ली है। यह उच्छिष्ट है...जो उसे दिया गया है और जिसे निर्विरोध गटक लेने के लिए मानो वह अभिशप्त है।

उस सारी रात सो नहीं पाई लड़की। सोचती रही कि अब क्या करना है उसे? कल काम पर जाना है या नहीं जाना है? क्या कोई और घर देख लें? लेकिन वे पूछेंगे कि वहाँ पिछले घर में क्यों काम छोड़ा तो? और सब घरों में तो बच्चे भी नहीं होंगे। और उस घर में भी ऐसा ही व्यवहार मिला तो, कहाँ तब भागेगी?

मामी पर क्रोध आता। क्रोध में आँसू आ जाते, पर फिर मामी पर दया भी आती। क्या वह जान-बूझकर अपमान करना चाहती है? उसे बोध ही नहीं होता कि उसके व्यवहार से किसको क्या कष्ट हुआ? बच्चा याद आता। वह रोएगा, पिटेगा, मार खाएगा। फिर कुछ रोज में कोई और लड़की आ जाएगी, बच्चा उससे हिल जाएगा, और कहीं राह-बाट में यह लड़की सामने पड़ गई, तो इसे पहचान भी नहीं पाएगा। क्या ऐसा नहीं हो सकता कि बच्चा उससे उसकी भाषा सीख ले और यहाँ के लोगों से, फूलों से, फसलों से, मौसमों से प्यार करने लगे?

गाँव में और घर पर सब लोग कितना बदल गए थे इन्हीं कुछ दिनों में। पाँच का नोट माँ को दिया तो माँ ने उसके सिर पर हाथ फेरा और नोट को फैलाकर, देखकर, आँखों से लगाकर भगवान के सामने रख दिया। लड़की मानो रो पड़ी, 'काश! माँ थोड़ा बिगड़ती। पूछती, कहाँ से लाई? चुराकर तो नहीं लाई? माँगा तो नहीं? दिया भी तो मना क्यों नहीं किया? क्या तुम्हारी पगार के बिना हम लोग भूखे मर रहे हैं? क्या सोचती होगी तुम्हारी मामी भी? बेशऊर लड़की! ताड़ बराबर हुई, जरा-सी अकल नहीं। उन्होंने दिया और ये तुरन्त ले आई। सारा ध्यान तो पैसे में है। अब तुम्हीं चाटो इसे।' काश! ऐसा ही कुछ कहा होता माँ ने।

लेकिन नौकरी के पहले दिन से ही माँ डाँटना छोड़ चुकी है। वह काम न करे तो भी, बात न सुने तो भी माँ डाँटती नहीं। किसी दिन वह कपड़े न धोए तो माँ न केवल अपने बल्कि उसके भी कपड़े धो डालती हैं। कहती कुछ नहीं, केवल, जा रही है? आ गई? बस, यहीं तक सिमटकर रह गई है।

लड़की अपने ही घर में घुटने तोड़े बैठी विपन्नता से अपरिचित थी। जमीन कारखाने में चली गई थी। नौकरी का आश्वासन अभी तक पूरा नहीं हुआ था। मुआवजे की राशि के लिए भूमि में स्वामित्व का अकाट्य प्रमाण प्रस्तुत करने थे, पिता को कभी भी जिनकी जरूरत नहीं पड़ी थी। वहाँ इतना कहने से नहीं होता था कि मेरा बाप भी इस जमीन पर खेती करता था। अब पिता पटवारघर-तहसील-कचहरी—वकील-दलाल-पंच-प्रधान आदि-आदि के चक्कर काट रहे थे। और उन्हें जो भी अपने पास था, एक-एक कर भेंट चढ़ा रहे थे। उन्हें हर दिन नए सिरे से पता चलता था कि उनसे बड़ा मूर्ख दुनिया में दूसरा नहीं और हर दिन बताया जा रहा था कि जो आदमी होकर भी काइयाँ नहीं हुआ, उसका तो जन्म ही अकारथ है, जीवन ही एक तरह से अवैध है।

लेकिन यह सब लड़की कैसे समझती?

उस रात लड़की ने एक कठिन निर्णय लिया। वह इसी मामी के यहाँ काम करेगी। लेकिन दिखा देगी कि जो-जो और जैसे-जैसे मामी खुद करती है और दूसरी मामियाँ करती हैं...वह भी कर सकती है। बल्कि उनसे भी अच्छा। घर में जितने भी काम होते हैं—खाना पकाना, सीना-पिरोना, काढ़ना-बुनना, बोलना-चालना, लिखना-पढ़ना...वह सब सीखेगी...इन्हीं से सीखेगी और एक दिन इन्हीं से अच्छा करके दिखा देगी। हरदम हँसती रहेगी। कभी किसी बात की खुद से भी शिकायत नहीं करेगी। हँसी और सेवाभाव—यही उसके हथियार होंगे। और जिस दिन मामी मान जाएगी कि ये जंगली लोग भी उनसे किसी बात में कम नहीं, बस मौका मिलने की बात है...और जिस दिन मनुष्य की तरह व्यवहार करने लगेगी, जंगली लोगों से बराबरी का बरताव—वह उसे उसके हाल पर छोड़कर अपनी दुनिया में वापस आ जाएगी 'एक उन्मुक्तता और उत्फुल्ल प्राकृतिक दुनिया' जिसका रूप, रस, गंध और स्पर्श नामी जैसों के नसीब में ही नहीं है।

अगले दो साल लड़की के सम्पूर्ण कायांतरण के साल थे। पहले अनुनय से, फिर आग्रह से और फिर अधिकार से उसने धीरे-धीरे घर का एक-एक काम सीखना, करना और अपने हाथ में लेना शुरू कर दिया। सीधा-सादा गुरुमंत्र था—उसने इस दुनिया की अपनी दुनिया से, इस जीवन की अपने जीवन से और इन मूल्यों की अपने परम्परागत-प्रचलित मूल्यों से तुलना करना एकदम बन्द कर दिया। ठीक है। हैं, जैसे हैं। इन्हें अपने जैसा तो बनाना नहीं है। जब तक हैं, रहेंगे, फिर लौट जाएँगे। लेकर क्या जाएँगे? कुछ देकर ही जाएँगे। एक बार मन पक्का करके मान लो कि ये लोग पराए हैं, बस, हो गया।

अब कठिनाई की जगह रोमांच ने ले ली। हाँ, वह बिजली की झाड़ू चला सकती है, मशीन से कपड़े धो सकती है, बटन दबाकर टीवी, रेडियो या ठंडे पानी का पंखा चला सकती है। उसे मालूम है, मेजपोश मेज पर बिछाया जाए तो कौन-सा कोना सामने रखना चाहिए, किसी को पानी पिलाया जाए तो गिलास कहाँ तक भरे रहना चाहिए, टेलीफोन की घंटी बजे और उसे उठानेवाला कमरे में कोई न हो तो टेलीफोन उठाकर क्या-किस स्वर में कहना-पूछना चाहिए, कोई आए तो उसकी अगवानी किस तरह की जानी चाहिए...किसे बाहर खड़े रहने को कहना चाहिए, किसे बरामदे में बैठाना चाहिए, और किसे भीतर ड्राइंग रूम में ले आना चाहिए, रास्ते में बच्चे के साथ उसे देखकर कोई मुस्कुराए तो क्या करना चाहिए और कोई कुछ दे तो उसे कैसे स्वीकार अथवा अस्वीकार करना चाहिए।

अब देखा जाए तो इसमें भी हजारों उलझाने वाले प्रश्न थे। इस समाज की छुटाई-बड़ाई, दूरी-नजदीकी, आव-आदर की तदनुसार बदलती भंगिमाएँ, शिष्टाचार के नाम पर प्रचलित नफीस अभिनय और लगभग अबूझ कुंठाएँ...लेकिन इन तथा ऐसे प्रश्नों को लड़की ने स्थगित करना सीख लिया था। समझ में आना होगा तो एक दिन अपने-आप समझ में आ जाएगा। नहीं आना हो, न आए, उसकी बला से!

एक साल बाद ऐसी बात चली कि साहब का ट्रांसफर हो रहा है। साहब खुश हुए। सारा घर। साहब बहुत दिनों से कोशिश कर रहे थे। बात चली कि जाएँगे तो क्या ले जाएँगे, क्या छोड़ जाएँगे, नई जगह कैसे क्या किया जाएगा, बच्चे की पढ़ाई का क्या करेंगे...वगैरह। रस लेकर ये

बातें की जा रही थीं। बातों-ही-बातों में मामी ने कहा कि कुछ भी कहो, नई जगह जाकर उसे लड़की की बहुत याद आएगी, क्योंकि इतने कम पैसों में इतना काम करने वाली, इतनी ईमानदार और मेहनती लड़की उन्हें कहाँ मिलेगी?

यह बात सुनकर लड़की को एक गर्हित-सी खुशी हुई। कद्र की आखिर। मेहनत की, ईमानदारी की। पर अभी पूरी तरह उस पर निर्भर नहीं हुई है। ऐसा नहीं कहा कि लड़की के बगैर कैसे काम चलेगा? चलो, इसे भी ले चलें। जाती तो वह क्या, पर सुनकर अच्छा लगता। शायद उसे जल्दी करनी चाहिए। खैर, देखते हैं।

लड़की ने उन्हीं दिनों रसोई में प्रवेश किया था और मालिकों की पसन्द के व्यंजन बनाना तेजी से सीख रही थी। उसने जिद करके एक घंटा रोज मामी से पढ़ना भी शुरू कर दिया, लेकिन इस क्षेत्र में उसकी प्रगति आश्चर्यजनक रूप से मन्द थी। लगभग नहीं के बराबर। हिन्दी का व्याकरण और देवनागरी के संयुक्ताक्षर उसकी खोपड़ी में एकदम नहीं घुसते। वह एकदम नहीं समझ पाती कि कार स्त्रीलिंग है तो स्कूटर पुल्लिंग कैसे है? दोनों ही क्लीव लिंग क्यों नहीं हैं? 'सीता आ रही है' तो 'राम-सीता आ रहे हैं' कैसे हो गया? आमदनी को ये लोग आम दनी क्यों बोलते हैं? एक दफा हम गए। ठीक है तो हम दफा-दफा जाएँगे में हँसने की क्या बात है? हम भूल करते हैं तो ये लोग हँसते क्यों हैं? ये हमारी भाषा सीखेंगे तो भूल नहीं करेंगे क्या?

इस दिन मामी ने लड़की को एक नई शैम्पू की शीशी उपहार में दी। शैम्पू खुशबूदार और महँगा था। लेकिन लड़की जानती थी कि साहब द्वारा कहीं से लाया गया वह शैम्पू मामी को पसन्द नहीं आया था और वह साहब के सामने इसकी आलोचना भी कर चुकी थी कि इसे लगाने से तो उनके सिर में दर्द हो गया। पर लड़की ने आश्चर्य, उत्फुल्लता और अविश्वास का अभिनय किया। क्या सचमुच आप मुझे दे रही हैं? इतना महँगा? लेकिन मैं कैसे ले सकती हूँ? क्या अच्छा लगेगा हम लोगों को इतनी महँगी चीज इस्तेमाल करना? आप सचमुच कितनी दयावान हैं आदि। परिस्थितियों ने उसे सच छिपाकर सामने वाले को खुश करने वाली बातें करना सिखा दिया था। अपनी इस बकवास का वांछित प्रभाव

देखकर उसे खूब मजा आता था। तुम लोग इसी लायक हो। यही पाकर प्रसन्न रहो। यह गलत था, लेकिन इस दुनिया में समझदार और स्वीकार्य बनने की यही शर्त थी।

लेकिन साहब का ट्रांसफर टल गया। नहीं हुआ। और लड़की कस्टर्ड, जैम, जेली, पुडिंग, नानखताई, आइसक्रीम, शरबत, स्क्वैश, ये वो जो-जो वे खूब पसन्द करते थे, खूब अच्छा बनाना सीखती गई।

प्रिय पाठक! मैं अगर भगवतीचरण वर्मा टाइप लेखक होता तो कितनी आसानी से अभी कह देता कि इस तरह धीरे-धीरे लड़की को बच्चे से सचमुच प्यार हो गया और वह हृदय की कल्पना से छिप-छिपकर रोने भी लगी और एक दिन उसने अपनी जान पर खेलकर...वगैरह-वगैरह। पर ऐसा कुछ नहीं हुआ। बच्चे की उद्दंडता में कोई कमी नहीं आई, बल्कि धीरे-धीरे लड़की की जरूरत उसके लिए कम-से-कम होने लगी। फिर जब वह स्कूल जाने लगा तो उसके अपने ढेरों संगी-साथी हो गए। शुरू-शुरू में लड़की उसका बैग-बॉटल उठाए उसे स्कूल छोड़ने लेने जाती। पर दूसरे बच्चे नौकर-नौकरानियों को लेकर नहीं आते थे। वे इस बच्चे का मजाक उड़ाने लगे, तो उसने एक दिन साफ कह दिया कि वह अपने-आप स्कूल चला जाएगा। इस काली माता को साथ आने की कोई जरूरत नहीं है। लड़का अब उसके लिए ऐसी ही भाषा का प्रयोग करता था और उससे चिल्लाकर बात करता था। तू-तू तो सभी कहते थे 'साली, नालायक, गधी, पागल, पानी ला' चीखकर बोला गया वह वाक्य घर-भर को प्रसन्न और मुदित कर देता था। मामी कहतीं जरूर, ऐसे नहीं बोलते, तमीज से बोलना चाहिए...पर यह आदेश या अनुदेश नहीं...एक नैतिक या धार्मिक किस्म की राय ही होती, जिसकी परवाह करना जरूरी नहीं होता।

मामी एकाधिक बार साथवालियों-सहेलियों-पड़ोसिनों को यह बताकर चमत्कृत कर चुकी थीं कि सुबह आपने जो दही-बड़े खाए या कल आपको जो पुडिंग भिजवाया था...वह लड़की ने बनाया था। उनमें से अनेक मामी के सामने लड़की की प्रशंसा करती थीं, पीठ पीछे मामी से जलती थीं और एकाध तो लड़की को फुसला भी चुकी थीं कि हमारे यहाँ आ जाओ, वह जितनी तनखा देती है उससे पाँच रुपए ज्यादा ले लेना।

इसलिए बगैर भेजे लड़की यदि किसी के भी घर जाती तो मामी सशंक हो जातीं। क्योंकि मामला अब सिर्फ आराम और सहूलियत का नहीं, सामाजिक प्रतिष्ठा का भी हो गया था, इसलिए एक दिन साहब से बात करके मामी ने लड़की की तनखा दुगुनी कर दी और वहीं एक कोठरी में उसके रहने की व्यवस्था कर दी। इतवार के इतवार दो-चार घंटे के लिए अपने घर चली जाया करेगी।

लड़की के मन में सवाल तो उठा कि जैसे पालतू जानवर होते हैं, क्या वह पालतू आदमी बनाई जा रही है? चुभा भी, पर उसने स्वीकार कर लिया। माँ को भी राजी कर लिया। माँ को अजीब तो लगा, जब सुबह जाकर शाम को आ जाती है, यह रात में भी क्यों रहेगी? आशंका भी हुई...लड़की जवान हो रही है...कोई उलटा-सीधा चक्कर तो नहीं है? कुछ पूछताछ भी की...कोई आदमी तो नौकर नहीं है? या चपरासी या रिश्तेदार जो वहाँ रुकता हो? साहब कैसा आदमी है? हँसकर तो बात नहीं करता?...सिर या पाँव की मालिश तो नहीं करवाता?...पानी का गिलास पकड़ाते समय बहाने से उँगली तो नहीं दबाता?...मामी की अनुपस्थिति में बार-बार कमरे में तो नहीं बुलाता?...लुंगी-कपड़े ठीक से पहनता है तो?...सब तरह से आश्वस्त होकर दुगुनी पगार की बात सोचकर हाँ कर दी। इस पर भी दूसरे दिन साहब और मामी खुद कार में बैठकर लड़की के घर आ गए और माँ-बाप को आश्वस्त कर गए...कि जैसे हमारे बच्चे वैसे ही यह लड़की। किसी तरह की चिन्ता न करें।

यह कितना बड़ा छल था, इसे उन लोगों ने कई साल बाद समझा। पर तब तक काफी से ज्यादा देर हो चुकी थी। इस समय तो पूरी बस्ती में कोलाहल ही मच गया। क्या साहब खुद आया था? अच्छा? मामी भी थी? फिर तुम लोगों ने उन्हें कहाँ बिठाया? उन्हें क्या खिलाया-पिलाया? कार का रंग कैसा था? ठेठ घर तक कार आई? वगैरह।

अब लड़की वही खा रही थी जो वे खा रहे थे। उसी बाथरूम में नहा रही थी क्योंकि बाथरूम एक ही था। उसी संडास का इस्तेमाल कर रही थी और उसी साबुन से हाथ धो रही थी। धीरे-धीरे वह परिवार की सदस्य जैसी हो गई। किसी को रात बारह बजे भी प्यास लगती तो अब रजाई से निकलने की जरूरत नहीं थी। लड़की को आवाज दी जा सकती थी। साहब

का परिवार तीन रोज को भी बाहर जाता तो लड़की के भरोसे घर छोड़ जाता। चोरी का भी अन्देशा नहीं रहता और लौटने पर घर भी झड़ा-पुँछा मिलता। सौदा-सुल्फ तो वह करती ही थी, अब हिसाब भी रखने लगी। अब पहनने-ओढ़ने-खाने-पकाने में उसकी राय भी ली जाने लगी और साहब अब जब भी बाहर से आते, जैसे सबके लिए वैसे उसके लिए भी कुछ-न-कुछ जरूर लाते। वह खुद भी इस-उस मामले में राय देती या टोकती और सलीके तथा मितव्ययिता से घर चलाकर दिखाने की धुन में रहती।

मामी लड़की से बहुत अपनापन महसूस करती और जब भी लड़की को ध्यान से देखती उन्हें लगता, उन्हें इसके लिए कुछ करना चाहिए। यह उन पर कर्ज चढ़ा रही है जिसे कभी किसी तरह उतारने की जुगत सोचनी चाहिए। सोचतीं और सोच में पड़ जाती, देखो! कहाँ के हम और कहाँ की यह! और कैसे घुलमिल गई है! जैसे दूध में बताशा। जरूर पिछले जन्म का कोई रिश्ता है।

मामी पति से भी कभी-कभी यही बात कहतीं। वे भी भीग-से जाते। कितना घबराते हुए आए थे इस जगह! पता नहीं कैसे रहेंगे बच्चों के साथ! कैसे दो-चार साल कटेंगे। कठिनाइयाँ भी हैं। लेकिन कठिनाइयाँ कहाँ नहीं होंगी। इस लड़की ने कठिनाइयों में जीवन आसान कर दिया है। पिछली जगहों के नौकरों के बारे में सोचते...सब-के-सब साले चोर, मक्कार, भुक्खड़...तुलना करते तो लगता कि नहीं, लड़की को सिर्फ नौकर नहीं माना जा सकता। अब तबादला न भी हो तो कोई बात नहीं। कुछ पढ़ी-लिखी होती तो अपनी कम्पनी में ही कहीं लगवा देते।

लड़की जो अब हर चीज छू-बरत सकती थी, सब चीजों पर अपना जरा-जरा मालिकाना समझने लगी थी। 'हमारा साहब' और 'हमारी मामी' अब 'हमारा घर' और 'हमारी कार' तक पहुँच गए थे। एक दिन लड़की ने कमरे में जाकर खुद को खोला और टटोला तो हैरान होकर पाया कि जो शत्रुभाव उसने इस घर में रहने की मूल प्रतिज्ञा और अभिप्राय के रूप में धारण किया था, वह पता नहीं कब, कैसे बहुत पतला और फीका पड़ गया है। बल्कि वह इसे बीच-बीच में तो एकदम भूल जाती है। बल्कि उसे खुद को याद दिलाना पड़ता है कि वह इन लोगों में से एक न है, न हो सकती है। उसकी दुनिया कोई और है और वह वहाँ किसी और मतलब से आई है।

जब उसकी हैरानी, ग्लानि और आत्मक्रोध थोड़ा ठंडा पड़ा तो एक नई समस्या उठ खड़ी हुई। उसने पाया कि अब उसमें घृणा और शत्रुता धारण करने की शक्ति ही शेष नहीं रह गई है। वैसा आत्मविश्वास ही कहीं नजर नहीं आ रहा है जैसा विजय की आकांक्षा के लिए लाजमी होता है। और जो था, किसने उसे ठग लिया? किसने छीनी यह दौलत उससे? बल्कि हद है, शर्म जैसी बात है कि वह अपनी प्रतिज्ञा, अपने अभिप्राय के औचित्य पर ही प्रश्नचिह्न लगा रही है! अब मन-ही-मन, खुद से भी चोरी-चोरी पूछ रही है कि क्या यह बेहतर अभिप्राय नहीं होगा कि खाओ, पीओ, मजा करो, जब तक साहब यहाँ हैं, फिर भूल जाओ इसे और कोई दूसरा घर पकड़ लो। क्या उसके भासित रूप से सक्षम होते जाने ने उसे भीतर से एकदम अक्षम ही बना दिया है?

लड़की को बहुत असहायता का अनुभव हुआ। उसे लगा, जैसे अब वह तैर नहीं रही है, सिर्फ बह रही है। बहना आसान है, तैरना कठिन... लेकिन तैरने वाले को पता होता है कि उसे कहाँ जाना है अथवा कहाँ नहीं जाना है। बहने वाले के हाथ में कुछ नहीं होता। लड़की उदास और अनमनी-सी रहने लगी और तरह-तरह के अटपटे और असम्भव दिवास्वप्न देखने लगी...खरीदारी में से पैसे बचाकर उसने दो रुपए वाला लॉटरी का टिकट खरीद लिया है...और उसका एक लाख रुपए का इनाम खुल गया है...कोई यूनिट इन जंगलों में अपनी फिल्म की शूटिंग करने आई है और इन्हें एक लड़की की तलाश है जो पेड़ों पर चढ़ सकती हो और थोड़ी-बहुत अंग्रेजी भी समझती हो...और उन्होंने लड़की को चुन लिया है और अपनी अगली फिल्म में उसे नायिका का रोल दे दिया है...किसी साहब का खूबसूरत लड़का उस पर मोहित हो गया है और दोनों ने मन्दिर में जाकर गुपचुप विवाह कर लिया है...जानती थी। जानती थी कि ऐसा कुछ भी कभी भी नहीं होगा। फिर और दुखी, और अनमनी, और अकेली, और उदास हो जाती थी। वह अपने भीतर की बात किसको बता सकती थी?

अन्ततः एक दिन साहब का तबादला हो गया।

जब सचमुच हो गया तो खुशी मनाने की कोई जरूरत महसूस नहीं की गई। खुशी का स्थान व्यस्तता ने ले लिया। कब जाना है? कैसे जाना

है? क्या-क्या ले जाना है? क्या-क्या छोड़ जाना है? देखो, पता नहीं चलता और सामान कितना बढ़ जाता है। अब पैकिंग। अब कारपेंटर। अब पेंट। अब रस्सी-सुतली-कील-लकड़ी-टाट-जूट। अब ट्रक। अब रिजर्वेशन। अब चिट्ठियाँ। अब विदाई पार्टियाँ। अब बच्चे का टीसी। अब बैंक खाता। अब अलमारी-पलंग-सोफा-टीवी-कूलर-फ्रिज-कोठी-कालीन-कील-काँटा। सबकी गिनती हो चुकी तब जाकर अन्त में लड़की का ध्यान आया। लड़की का क्या करेंगे? क्या इसे यहीं छोड़ जाना होगा?

और लड़की को तो बस रोना-ही-रोना आ रहा था। पता नहीं क्यों? क्या वह नहीं जानती थी कि ये लोग एक दिन जाएँगे? क्या वह अपने मिशन के अधूरा छूट जाने पर दुखी थी? लेकिन देखा जाए तो वह मिशन तो कभी का पूरा हो चुका था। क्या वह यह सोच रही थी कि अब जीवन में कभी भी दोबारा इन लोगों को नहीं देख पाएगी? क्या यह कि अब दूसरी किसी मामी के यहाँ काम करना पड़ेगा और फिर से एक ओछा और गला हुआ फ्रॉक पहनकर एक नीम अँधेरी कोठरी में उकड़ूँ बैठकर नमक-भात खाना पड़ेगा?

लड़की जो भी सोच रही हो, यह सोचने की फुर्सत किसी को नहीं थी कि वह क्या सोच रही है। घर में अब न झाड़ू की जरूरत थी न पोंछे की। न सजावट-सलीके की न व्यंजनों-पकवानों की। न सौदा-सुल्फ की न सैर-सपाटे की। न मेहमाननवाजी की न हिसाब-किताब की। अब घर में लकड़ी-टाट-बोरे-रस्सी-सुतली-कील-कनस्तर बिखरे हुए थे। दीवारों पर से सजावटें उतार ली गई थीं। दीवारें नंगी और भुतहा लग रही थीं। अब सिर्फ सामान जल्दी-जल्दी पैक करने की जरूरत थी...जिसका लड़की को कोई अभ्यास या अनुभव नहीं था। दो-चार चीजें उसने तोड़ भी दीं। वह फिर डाँट खाने लगी। मामी उसे हर गलती, हर नुकसान के लिए जोर से डाँटतीं और जब वह रोने लगती तो मामी भी रोने लगती। जैसे-जैसे जाने का दिन नजदीक आता गया मामी की घबराहट, उच्च रक्तचाप और हाथ-पाँव फूलना बढ़ता गया। जब सबसे ज्यादा फुर्ती की जरूरत थी, मामी एकदम निढाल हो गई। ऑफिस के पाँच-छह नौकर उनकी मदद को हर रोज थे, पर मामी को लगता था लड़की के अलावा कोई उनका काम ठीक से नहीं करेगा। और क्या करें, लड़की को न आता है, न अब सिखाया ही जा सकता है।

यह अभी निबटा भी नहीं था कि दावतों का सिलसिला शुरू हो गया। सुबह इनके यहाँ जाना है तो शाम को उनके यहाँ। सुबह गोयल्स के यहाँ लंच है तो शाम को परीडाज के साथ डिनर। दो-चार जगह वे लड़की को छोड़कर गए तो सबने लड़की के बारे में पूछा कि उसे भी साथ क्यों नहीं ले आए? वह क्या अकेली के लिए चूल्हा जलाएगी? फिर उसे साथ ले जाने लगे तो और ज्यादा परेशान हो गए। लड़की की थाली अलग से लगाकर दे दी जाती कि उधर कोने में बैठकर खा ले और फिर अपेक्षा की जाती कि घर-भर के बरतन साफ कर जाएगी।

लड़की को भी अजीब लगता इस सजे-धजे परिवार के साथ मेहमान की तरह और घरों में खाने जाना। आखिर वह तो यहीं है। कहीं जा नहीं रही। फिर विदाई-भोज में उसका क्या काम?

लड़की के पास प्रस्ताव आने लगे, हमारे यहाँ काम करना, हमने पहले ही कह दिया है। कहो तो तुम्हारी मामी से भी कह दें। किसी और को हाँ मत कहना। लड़की को ऐसे प्रस्तावों पर विचार करना भी बेवफाई जैसा लगता। वह कान ही नहीं देती।

फिर वे नई जगह की बातें करने लगे। वहाँ कैसा घर होगा, कौन-कौन पुराने लोग मिलेंगे, वहाँ से कौन-कौन शहर पास पड़ेंगे और कहाँ-कहाँ घूमने जाया जा सकेगा आदि-आदि।

इन अनुमानों-अन्दाजों-कल्पनाओं में भी लड़की कहीं नहीं थी। लड़की को लगा, जैसे पिंजरे में फँसे चूहे को दूर छोड़ आया जाता है, घर में नहीं रखा जाता, और फिर याद भी नहीं किया जाता, उसी तरह उसे भी छोड़ जाया जाएगा और फिर कभी याद नहीं किया जाएगा। धीरे-धीरे उसने फिर अपने मन की कमर कसी और सोचने लगी कि इन लोगों के बगैर भी उसका जीवन क्यों नहीं सम्भव हो सकता? ऐसा होने का एक कारण यह भी था कि मामी हर दिन कोई-न-कोई फालतू चीज उसे पकड़ा रही थीं, तू ले ले, तू रख ले करके और इन चीजों से उसकी सन्दूकची भर गई थी और हर चीज इतनी लुभावनी थी कि फिर वह चीजों के बारे में ही सोचने लगी कि देखें ये और ये और वो मामी साथ ले जाती हैं या उसे दे जाती है।

जैसे-जैसे जाने का दिन पास आता गया, मामी का व्यवहार ऐसा होता गया जैसे वह लड़की को पहचानती ही न हो। मानो लड़की से उन्हें कोई

मतलब ही न हो। मानो वह कोई और औरत थी जो लड़की से पिछले जन्म का कोई रिश्ता मान रही थी। अब लड़की को फिर मामी के दोष दिखाई देना शुरू हो गए और वह थककर सोचने लगी कि जाएँ बाबा ये लोग जल्दी ताकि उसे मुक्ति मिले और वह चैन से बैठकर कुछ सोच सके कि आगे उसे क्या करना है?

लेकिन रवानगी से एक दिन पहले साहब और मामी फिर लड़की के घर थे। बहुत सारे उपहारों के साथ। बहुत सारी दिल जीत लेनेवाली बातों के साथ। बहुत सारे सभ्य चमत्कारों के साथ। छह महीने की अग्रिम तनखा के साथ। और इस अनुरोध के साथ कि लड़की को वो सिर्फ दो महीने के लिए उनके साथ भेज दें। वहाँ सब घर-गृहस्थी जमाकर वापस आ जाएगी। साहब खुद छोड़ जाएँगे। और किसी बात की चिन्ता न करें, क्योंकि जैसे आपकी बेटी वैसे हमारी बेटी। क्योंकि अब इनसे तो कुछ होता नहीं और नई जगह जाएँगे तो सब नए सिरे से शुरू करना पड़ेगा। फिर बच्चा भी इससे इतना हिल गया है कि...मैं तो कहती हूँ माँजी का जरूर अपना पिछले जन्म का कोई सम्बन्ध है...वरना कौन किसी के लिए... और अगले दिन लड़की ट्रेन में बैठी थी। जिन्दगी में पहली बार। उसकी आँखों के आगे उसके अपने प्यारे देश के नदी-पहाड़-तालाब-झरने-पेड़-गाछ-खेत-मैदान-गाँव-जवार-आम-महुआ-केले-कटहल-कोयल-मैना... भाग-भागकर पीछे छूटता जा रहा था और वह मन-ही-मन बार-बार खुद से कह रही थी, मैं जानती थी, यही होगा। मैं जानती थी। मैं जानती थी।

नई जगह, नया शहर, नए लोग, नया मकान, नया माहौल। पुराना था तो बस मामी का उच्च रक्तचाप और लड़की के सिर पर गृहस्थी का सारा बोझ। लेकिन लड़की बोझ को जरा भी बोझ नहीं समझ रही थी, बल्कि सब कुछ इस तरह कर रही थी कि जैसे वह नहीं करेगी तो और कौन करेगा?

यह एक बड़ी जगह थी। यहाँ इस बड़ी जगह में मकान छोटे थे। और साहब भी इतना बड़ा साहब नहीं था जितना उस छोटी जगह में था। नौकरों के लिए मकान में अलग से कोई कोठरी नहीं थी। लड़की के लिए एक खाट बच्चे के ही कमरे में डाल दी गई। अभी लोग मिलने-जुलने आ रहे थे। पूछ रहे थे कि कोई काम हो तो बताएँ। पूछ रहे थे कि क्या लड़की

उनकी कोई रिश्तेदार है? उन्हें अंग्रेजी में बताया जा रहा था कि रिश्तेदार नहीं, नौकरानी है, कुछ दिनों के लिए साथ आ गई है, फिर चली जाएगी।

यहाँ आजू-बाजू के मकानों में काम कर रही सहेलियाँ-मौसियाँ-नानियाँ-ताइयाँ नहीं थीं। यहाँ लड़के थे जो साइकिल पर घंटी बजाते हुए आते थे और घंटे-दो-घंटे में काम निबटाकर साइकिल पर चढ़कर घंटी बजाते हुए चले जाते थे। उसकी तरफ देखते भी नहीं थे।

लड़की के मन में आया कि वह भी साइकिल चलाती! बच्चे के आगे एक दिन उसके मुँह से यह बात निकल गई। बच्चे ने माँ से कह दी। माँ ने साहब से। साहब को लगा कि यह तो अच्छी बात है। इसमें तो कोई हर्ज नहीं है। सीखना ही चाहिए। बड़े बाजार से सब्जी ले आया करेगी। राशन वगैरह खरीदने के लिए, गेहूँ पिसवाने के लिए हर बार कार लेकर नहीं जाना पड़ेगा। लेकिन इसे साइकिल सिखाएगा कौन?

लड़की ने एक दोपहर एक नौकर से बात की, 'तू मुझे साइकिल सिखा देगा?' उसने कहा, 'मेरे पास फालतू की बातों के लिए टैम नहीं है। चल फूट।' लड़की ने आजिजी से कहा, 'सिखा दे न! ऐसा क्या करना है? कोई घिस जाएगा क्या? जिन्दगी-भर तेरे गुण गाऊँगी।' लड़के ने पूछा, 'साइकिल कहाँ है? लड़की ने झिझकते हुए बताया, 'साहब लाने वाले हैं। पर तब तक तेरी साइकल से ही सीख लूँगी।' लड़का हँसकर बोला, 'ये तो जेंट्स है। डंडे वाली।' लड़की बोली, 'तो क्या हुआ? रात के टैम सड़क खाली होती है। एक बार कूदकर कैसे भी बैठ जाऊँगी, तू पीछे से पकड़े रहना, बस।' लड़का लड़की का हाथ पकड़कर आँख मारकर बोला, 'बदले में क्या देगी?' लड़की 'धत' कहकर हाथ छुड़ाकर भीतर भाग गई।

एक दिन साइकिल आ गई। नई-नकोर। उस दिन लड़की की खुशी का ठिकाना नहीं था। उस रात साहब मामी से कह रहे थे, 'चलो! तुम्हारे लिए छह महीने का तो आराम हो गया। चिट्ठी लिख दो कि अभी साइकिल सीख रही है, इसलिए अभी नहीं आ पाएगी। कुछ रुककर आएगी। फिर देखेंगे।'

लड़की लेकिन साइकिल सीख नहीं पाई। तीसरे ही महीने उसका बाप आया और उसे ले गया। बाप को भी वहीं ठहरना पड़ा। बच्चे के कमरे में।

वहीं वह खाँसा। वहीं उसने बीड़ी पी। शायद थूका भी। उसे जल्दी भेजना जरूरी था। मामी अब लड़की को रोकने का कोई बहाना नहीं कर सकी। घर जमा हुआ था। गृहस्थी चल रही थी।

मामी ने बाजार जाकर तरह-तरह के बहुत सारे कपड़े लड़की के लिए खरीदे। हैंडलूम की साड़ियाँ, सलवार-कमीज के कटपीस, गाउन और नाइटी भी। पेंटी भी। ब्रा भी। रोते-रोते टिकुली भी। चुटीला भी। चूड़ियाँ भी। मामी को लग रहा था जैसे घर से बेटी को विदा कर रही हो। लेकिन आखिर तो एक दिन उसे जाना था। कब तक रहती? कितना मुश्किल हो जाएगी! झाड़ू-पोंछा...कपड़े-बरतन...लड़के क्या-कितना कर लेंगे? नौकरानी यहाँ मिलती नहीं। सबसे कहकर देख लिया। क्या करें? खुद ही करना पड़ेगा। मरी ने काम करने की आदत ही छुड़वा दी। सुखी रहे जहाँ रहे। हमारा आशीर्वाद तो साथ रहेगा। क्या इसके बाप से पूछें कि कोई और औरत अगर आने को तैयार हो...आने-जाने का किराया दे देंगे... क्या पूछना ठीक रहेगा?

लड़की ना-ना कहती जा रही थी और मामी जाने क्या-क्या उसकी सन्दूकची में ठूंसे जा रही थी। लड़की का रोना बन्द ही नहीं हो रहा था। हिचकियाँ बंध गई थीं। मामी ने खुद अपने हाथ से रास्ते के लिए खाना बनाकर दिया। साहब ने लड़की के बाप को टिकट पकड़ाया और राहखर्च के लिए दस-दस के पाँच नोट। बाप ने पैसे माथे से लगाकर जेब में रख लिए और दोनों हाथ जोड़कर बीड़ी-पानी के लिए कुछ पैसे और माँगने लगा। फिर बोला, 'रास्ते में कहाँ पानी के लिए रेल से उतरेंगे...हम तो ठहरे अनपढ़ गँवार आदमी...ट्रेन ने सीटी मार दी तो दौड़कर चढ़ भी नहीं पाएँगे...आप कहें तो बबुआ के कमरे में जो पानी की बोतल टँगी है, वह मिल जाती तो...' फिर पाँव छुए उसने साहब के और मामी के, बच्चे के भी छूने लगा और फिर जाते-जाते बोला कि यह साइकिल तो अब आपके कोई काम आएगी नहीं, आपके तो पैसे बेकार हो गए। अगर हमें ही दे देते...आप चाहें तो हम खरीद लेंगे...और जेब से वही पचास रुपए निकालकर बढ़ा दिया जो अभी-अभी साहब ने उसे दिए थे। साहब को यकीनन बुरा लगा होगा, पर उन्होंने सिर्फ इतना कहा कि ले कैसे जाओगे? इस पर अपूर्व आत्मविश्वास के साथ बूढ़ा बोला कि आपकी कार के पीछे

बाँधकर स्टेशन तक ले जाएँगे और एक बार रेलगाड़ी में चढ़ गई तब तो अपने गाँव पहुँच ही गई समझिए।

लड़की अब धाड़ें मार-मारकर रोने लगी। वह मामी से एकदम चिपक गई। अपना बाप उसे बहुत टुच्चा, नीच और कसाई जैसा लगने लगा। उसने कसकर मामी के पाँव पकड़ लिए और रोते-रोते गुहार करने लगी, 'मुझे मत निकालो! मुझे मत निकालो!'

साहब और मामी को कुछ समझ में नहीं आया कि बात क्या हैं? घर जाने में यह लड़की इतना रो क्यों रही है? निकाल कौन रहा है? बाप लेने आया है और यह छोड़कर जा रही है। चक्कर क्या है?

ऊँची आवाज में रोना-धोना सुनकर पास-पड़ोस के बच्चे और महिलाएँ भी निकल आईं। ताका-झाँकी करने लगीं। साहब का दिमाग भन्नाने लगा। यह हो क्या रहा है? कोई तरीका है। नई जगह है। लोग देखेंगे तो क्या सोचेंगे! खामखा बातें उड़ेंगी। उन्होंने एकदम साहबी अख्तियार कर ली। बाहर निकल लिए। नौकर से जोर से कहा, 'साइकिल डिग्गी में घुसेड़ दे।' मामी ने लड़की को समझाया, 'तेरी भी जिन्दगी है कि नहीं कुछ? माँ-बाप का भी तुझ पर हक है। जाकर शादी-ब्याह कर। अपना घर बसा। हमारे साथ सारी जिन्दगी थोड़ी न रह सकेगी। जा। जी छोटा मत कर। वहाँ तुझे अच्छा लगेगा। जितनी साथ लिखी थी, निकल गई। हमें तो खुद ही बहुत बुरा लग रहा है, पर क्या करें, पेट की जाई को भी विदा तो करना ही पड़ता है।'

पच्चीस-तीस बार प्रणाम करके बूढ़ा आखिर गाड़ी में बैठा और लड़की विदा हुई।

लड़की को ट्रेन में बिठाकर साहब लौटे तब तक मामी स्थिरचित्त हो चुकी थीं। घर पर हालाँकि उदासी पुती हुई थी। जैसे अभी-अभी तक कुछ चीज यहाँ थी जो अब नहीं है। एकदम खाली-खाली लग रहा था। साहब ने बूढ़े के काइयाँपन की एक-दो बातें बताईं। इन दोनों ने लड़की को कुछ देर बड़ी ममता के साथ याद किया। उसकी अच्छाइयों को याद किया, उसकी तारीफ की। मामी ने एकाध बार पल्लू से आँखें भी पोंछी। फिर कहा, 'चलो बाबा! राजी-राजी गई। जवान-जहान लड़की घर में थी। पराई औलाद। डर लगता था। जरा-सी कुछ ऊँच-नीच हो जाती तो किसी

को मुँह दिखाने लायक नहीं रहते। उमर तो सब पर आती है, पर उस मरे रामेश्वर से साइकिल सीखने के बहाने हँसकर बातें करती थी तो मेरी तो तभी से नींद हराम हो गई। मैंने तो मानता कर ली थी कि हे भगवान! राजी-राजी जाए अपने घर तो परसाद चढ़ाऊँ। चलो ठीक हुआ। गई।'

यह बातचीत इस बिंदु पर समाप्त हुई कि अब दूसरी कोई नौकरानी ढूँढ़ो जल्दी से। उससे बिलकुल नहीं होगा घर का काम।

'अच्छा, देखते हैं। एक कप चाय पिलवाओ।' साहब ने कहा।

मामी के मुँह पर लड़की का नाम आते-आते रह गया कि चाय बना ला। घुटनों पर जोर देकर उठीं..रसोई में गई...और...जैसे पहली बार चाय बना रही हों...चाय बनाने लगीं।

वैसी ही ट्रेन थी और छूटते गाँव-घर-नदी-नाले-पेड़-पुल-खेत-मैदान-ऊसर-जंगल-पर्वत-पठार...आँसू-से धुँधले। कहें कि लड़की सारे रास्ते रोती ही रही तो भी गलत नहीं होगा, क्योंकि जब आँखें नहीं रो रही थीं, तब भी दिल तो रो ही रहा था। एक दुनिया...एक पूरी दुनिया...सपनों और सम्भावनाओं का एक पूरा ब्रह्मांड उसके हाथ आकर छिटक गया था। हाथ से छूटकर चूर-चूर हो गया था। जरूर मामी ने ही चिट्ठी लिखकर बाप को बुलाया होगा। उस दिन जब वह और रामेश्वर रात ग्यारह बजे तक घर के बगीचे के दरवाजे पर बातें करते रहे थे और जब मामी ने उसे देख लिया था और जब आँखें फाड़-फाड़कर देखा तो था, पर कहा कुछ नहीं था। हाँ, बिलकुल यही बात है। और कुछ हो ही नहीं सकता। दूसरे दिन मामी ने लड़की से कुछ चिट्ठियाँ पोस्ट भी करवाई थीं। और देखो दुर्भाग्य! कि लड़की खुद अपने ही हाथों से वे चिट्ठियाँ डाक के डिब्बे में डाल आई थी। काश! उसे पता होता। काश! वह पढ़ना सीख गई होती।

रामेश्वर कहता था, नाइट क्लास चलती है। दो घंटे जाना पड़ता है। फीस नहीं लगती। वह जाता है। वह उसे भी ले जाया करेगा। छोड़ भी जाया करेगा। पोथी-पाटी वहीं से फ्री मिलती है। आखिर में एक सर्टीफिकेट भी मिलता है। तू मेमसाब से परमीशन ले ले बस। काम जरा जल्दी निबटा देगी, सात बजे तक, तो मेमसाब मना थोड़ी करेंगी। पढ़ना तो अच्छी चीज है।

लेकिन मेमसाब ने परमीशन नहीं दी। वह समझ रही थीं कि पढ़ाई प्रेमालाप का बहाना है और कुछ नहीं। पढ़ना होता तो वहीं न पढ़ लेती? जरूर ये लोग रोमांस की बातें करते हैं। सेक्स की बातें करते हैं। गन्दी-गन्दी बातें करते हैं। जरूर रामेश्वर लड़की को भगाकर ले जाने की योजना बना रहा है। देखना, एक दिन आँख खुलेगी तो पता चलेगा, लड़की घर में नहीं है...और पुलिस...क्या घर में पुलिस आएगी? हो सकता है, वो लोग लड़की को रेप करके जंगल में मारकर पटक दें और...

...रामेश्वर कहता था, एम्प्लॉयमेंट में नाम लिखाने से वे लोग खुद चिट्ठी भेजते हैं नौकरी के लिए। सात सौ-आठ सौ कमाना कोई मुश्किल बात नहीं है। मजे से अलग घर लेकर रहो। कब तक दूसरों की जूठन साफ करना!

रामेश्वर जैसे लोग बदमाश थे। किसी आदिवासी कबीले के नरभक्षी जंगली थे। लड़की को उबलते तेल के कड़ाह में डालकर पकानेवाले और फिर किलकारियाँ भरते हुए उसकी बोटियाँ नोच-नोचकर खाने वाले। लड़की को रामेश्वर जैसे लोगों से बचाना जरूरी था। और मान लो, पढ़ने वाली बात ठीक भी थी तो भी इसे रोकना जरूरी था। सब पढ़ लिए तो घर का काम कौन करेगा? परमात्मा ने पाँचों उँगलियाँ बराबर तो नहीं बनाईं।

लड़की सपने देखती है...हरी घाटी में लाल कवेलू की छतवाली एक झोंपड़ी है। छत पर कद्दू की बेल चढ़ी हुई है और उसमें पीले-पीले फूल खिले हुए हैं। आँगन में एक खटिया पर पड़ा रामेश्वर ट्रांजिस्टर सुन रहा है और वह भीतर अजवायन के पत्तों के भजिए छान रही है...साइकिल पर बैठकर ऑफिस जा रही है और स्कूल की यूनिफॉर्म पहने एक छोटी-सी, गोरी गोल-मटोल बच्ची अपनी नन्ही हथेली नचाते हुए उसे दरवाजे पर खड़ी टा, टा कर रही है। पास ही रामेश्वर खड़ा हँस रहा है...

...रेलगाड़ी बोगदे से गुजर रही थी।

रेलगाड़ी बोगदे में रुक गई। चारों तरफ घुप्प अँधेरा है। मामी और साहब टॉर्च लेकर लड़की को ढूँढ़ रहे हैं। लड़की बर्थ के नीचे छुप जाती है। उसकी छाती धक-धक धड़क रही है। एक बूढ़ा जमीन पर लेटकर उसे टटोलने लगता है...उसकी कलाई पकड़ लेता है और चिल्लाता है—ये रही...माँजी...ये रही...मामी आती है और उसके मुँह पर टार्च मारकर बोलती हैं—चल...जूठे बरतन पड़े हैं कल के।

...सब अंडबंड। सब गड्डमड्ड। सब ऊलजलूल। सब चीजों का अर्थ कहीं छूट गया है। सारे शब्द निरर्थक ध्वनियाँ बन गए हैं। सारे विचार स्वार्थ भरे शोर। सारी कल्पनाएँ खंड-खंड भय। और सारे सपने सूखी रुई चबाने की तरह बेस्वाद और उबकाई-भरे।

रात होते-होते लेकिन नींद आ जाती है। नींद दोस्त है। रहम है। ईश्वरीय कृपा है। वह नहीं होती तो शायद हममें से बहुत-से पशु हो जाते।

बाप ने पूरे रास्ते बात नहीं की है। न खाने को पूछा है, न पानी को। मामी ने जो खाना साथ रखा था, सारा बैठे-बैठे अकेला भकोस चुका है। पानी उसने पहले पीया, फिर उसी पानी से मुँह-हाथ धोए, कुल्ला किया, पाँव धोए और बोतल खाली करके लटका दी। हम वहाँ भूखे मर रहे थे। और ये यहाँ तर माल उड़ा रही थी। अब रह भूखी। अभ्यास कर ले भूखे रहने का, ठीक रहेगा। उठेगी तो आप ही किसी स्टेशन से भर लाएगी। ज्यादा भूख-भूख करेगी तो मूड़ी ले दूँगा कहीं।

लड़की एक स्टेशन पर पानी भर लाई। पानी पीकर फिर लेट गई। खाली पेट गुरड़-गुरड़ कर रहा था। उठकर बैठ गई और खिड़की से मुँह सटा लिया। और फिर रोने लगी।

कुछ ही देर में वही जाने-पहचाने दृश्य थे। वही कोयल-मैना, केले-कटहल, आम-महुआ, गाँव-जवार, खेत-मैदान, पेड़-गाछ, तालाब-झरने, नदी-पहाड़...वही ठंडी हवा...वैसी ही मादक सुगंध...अचानक उसे लगा, वह अपने-आपको बहला रही है...सुगंध नहीं दुर्गंध है...कहीं कुछ सड़ रहा है...हवा में कुछ सड़ रहा है...जैसे कहीं किसी जानवर की लाश सड़ रही हो...उसे लगा, मक्खियाँ बहुत हैं। डिब्बे में भी। वे वाकई थीं। उसे लगा, उमस बहुत है। उसे लगा, उसके प्यारे देश ने उसके स्वागत में बाँहें नहीं फैलाईं। उसकी मातृभूमि ने उसे उछाह में आकर अंक में नहीं भर लिया। अब वह एक अजनबी की तरह, एक भगोड़े की तरह, एक द्रोही की तरह अपने ही गाँव-घर में प्रवेश करेगी।

और वैसा ही हुआ। माँ उसे देखकर रोने नहीं लगी। मौसियाँ-ताइयाँ देखते ही सिर पर, गाल पर हाथ नहीं फेरने लगीं। चाचा-ताऊ आसीसने नहीं लगे...सखियाँ दौड़कर गले नहीं लग गईं...बच्चे लटूमने-लटकने नहीं लगे...लड़के दीदी-दीदी कहकर हँसी-मजाक नहीं करने लगे।

सब उसे दीदे फाड़-फाड़कर देख रहे थे। अब वह एक अजूबा थी। एक चमत्कार थी। एक अविश्वसनीयता थी। उसका बदन भर गया था। रंग साफ हो गया था। हथेलियाँ गुदगुदी थीं। पाँवों में बिवाइयाँ नहीं थीं। बाल लम्बे और साफ थे। बदन पर पूरे बल्कि अच्छे कपड़े थे। डिजाइनदार सैंडल पहने थी। छातियाँ औरों की तरह थुलथुल या लटकी हुई नहीं, चोंचदार थीं। आँखों में चमकदार तरलता थी...दंतपंक्ति बिजली जैसी चमकती थी। नहीं, यह वह लड़की नहीं है जो यहाँ से गई थी। जिसे हम जानते थे। जो हमारी थी।

गली में कीचड़ है। लड़की एक हाथ से साड़ी को जरा उठाए हुए चलती है। खाने से पहले हाथ धोती है। मक्खियाँ उड़ाती है...कमरे के भीतर जाकर दरवाजा बन्द करके कपड़े बदलती है...मुस्कुराकर 'कैसे हैं आप' जैसी बातें पूछती हैं...तेल-मसाले में तरकारी भूनती है...गाय-भैंस से बचकर निकलती है...बार-बार चाय पीने की इच्छा करती है...साइकिल चलाना जानती है...नहीं, यह वह हमारी लड़की नहीं है।

लड़की फिर अकेली थी। वहाँ जैसे कपड़े पहनने के बाद भी और कीचड़ में फट-फट नंगे पाँव चलने-फिरने के बाद भी। दरअसल उसके भीतर ही कुछ बदल गया था। उसे कुछ अच्छा ही नहीं लग रहा था। उससे कुछ किया ही नहीं जा रहा था। अब न तालाब पर नहाया जाता था, न बगैर साबुन फचीट-फचीटकर कपड़े धोए जाते थे, न नमक-भात खाया जाता था, न मुस्कुराया जाता था, न खुले में फरागत के लिए जाया जाता था।

लेकिन इससे पहले कि वह कुछ सोचती, कुछ अनुकूल होने की कोशिश करती...कुछ दी हुई परिस्थितियों को अपना भाग्य मानकर स्वीकार करती...कुछ अपनी पुरानी दुनिया को भूल पाती...कुछ रातों को रामेश्वर के सपने देखना बन्द कर पाती...और शायद वह जरूर ऐसा कर लेती, पर इससे पहले कि वह ऐसा कर पाती...उसकी शादी कर दी गई।

सब कुछ पहले से निश्चित था। तीसरे दिन सुबह उसे जल्दी उठाकर, नहलाकर हल्दी लगा दी गई और फिर नहलाकर ताँत की एक कोरी साड़ी पहनाकर पवित्र नारियल हाथ में पकड़ाकर उसे पूजा में बैठा दिया गया। वह छटपटाई, तड़पी, रोई, गिड़गिड़ाई, चीखी, चिल्लाई, लेकिन उसकी

किसी ने न सुनी। गाँव-भर की औरतें उसे समझाती रहीं। गाँव-भर के पुरुषों ने उसके आगे हाथ जोड़ लिए। तीसरे पहर बरात आ गई। बाप उसके आगे साष्टाँग दंडवत की मुद्रा में लेट गया...हुलहुल ध्वनि और मंगलवाद्यों के शोर में उसकी आत्मा का हाहाकार अनसुना ही रह गया। और रात एक बैलगाड़ी पर सवार होकर वह दस कोस दूर अपनी ससुराल पहुँच गई।

रो-रोकर लड़की की आँखें सूज गई थीं। वह रो रही थी अपनी साइकिल के लिए...अपने कपड़ों-सैंडल के लिए...अपनी टिकुली-चुटीले के लिए... ब्रा-पेंटी के लिए...साड़ी-तौलिए के लिए...शैम्पू-साबुन के लिए...साहब-मम्मी के लिए...अपनी खोई हुई आजादी के लिए...रामेश्वर के लिए... अपने अस्तित्व के लिए...अपनी असहायता-निरुपायता के लिए...अपने नारी-जन्म के लिए।

दो दिन पहले उसका मन रो-रोकर पूछ रहा था, क्यों मुझे स्वीकार नहीं करते हो भाई? मैं तुम्हारी ही हूँ। आगे बढ़ जाना ऐसा कोई अपराध तो नहीं, और आज उसे लग रहा था कि जिनसे वह अपने लिए स्वीकार चाह रही थी, उन्होंने ही मिलकर उसे एक कुएँ में धक्का दे दिया है और बाहर खड़े जय-जय बोल रहे हैं। बस...खत्म। खत्म। अब कुछ नहीं हो सकता।

लड़की का पति शराबी और निकम्मा था। वह शराबी और निकम्मा ही होता—लड़की निभा लेती। बहुत-से लोग शराबी और निकम्मे होते हैं। लेकिन यह मूर्ख भी था। घर में कोई भी औरत नहीं थी। अड़ोसनें-पड़ोसनें ही चाची-ताई थीं। वे सारा शुभकर्म और शकुन की रस्में यथासम्भव कर-कराकर चली गईं।

मूर्ख पति ने उस रात लड़की के साथ जो किया उसे पशुता-बर्बरता-बलात्कार-पाशविकता क्या कहा जाए? क्या कहा जाए? मानो वह लड़की को मार ही डालने पर उद्यत था। लड़की कर्तव्य-भाव से भी भोग के लिए प्रस्तुत हो जाती, लेकिन नहीं, उसे अपने पौरुष का लोहा मनवाना था। उसे मानो सारे आगामी जीवन के लिए एक अधिपति भाव धारण करना था। उस मल्ल को मानो लड़की की बुनियादी अस्मिता तक का मानमर्दन करना था। मानो लड़की कोई कटखना साँड़ हो, जिसे काबू में करके दिखाना हो। उसे विश्वास ही नहीं था बगैर बलप्रयोग और पशुता के भी यह सब संपन्न किया जा सकता है।

सुबह लेकिन उस मैली-टुटली सुखशैया पर लड़की के सिर के उखड़े बालों और खून के कुछ धब्बों के अतिरिक्त इस हिंसा के कोई चिह्न नहीं थे। और इन्हें भी देखने वाला कोई नहीं था। लड़की वितृष्णा और उबकाई से भर गई। क्या शादी इसी को कहते हैं? क्या रामेश्वर भी उसके साथ ऐसा ही करता? उठकर लस्त-पस्त बाहर आई और एक पेड़ की छाया में उकड़ूँ बैठ गई। सिर पकड़कर। क्या भाग जाऊँ? लेकिन भागकर जाऊँगी कहाँ? इस अपने मुलुक में क्या कोई भी ऐसी जगह है जहाँ वह भागकर चली जाए और उसे दोबारा यहीं पकड़कर न मंगवाया जाए? एक बार जो स्टेशन तक पहुँच पाती। लेकिन दस कोस अपना गाँव और वहाँ से पचपन किलोमीटर स्टेशन...पास में दमड़ी नहीं...और यहाँ तो प्राइवेट बस भी नहीं आती। क्या मामी...क्या रामेश्वर...कितनी दूर हैं वे सब! लेकिन एक दिन...एक दिन वह जरूर इस नरक में से निकल जाएगी, देख लेना।

सारी देह से मानो सड़ांध फूट रही थी। अभी सूरज नहीं निकला था। लोग सो रहे थे। आकाश पर तारे थे। घर के पीछे ही पोखर था। लड़की ने निश्चय किया कि सबसे पहले देह से 'उसका' स्पर्श छुड़ाएगी। गई और नहा आई।

लौटी तो आदमी अभी सो ही रहा था। नाक बज रही थी और खुले मुँह में मक्खियाँ घुस रही थीं। लड़की को भूख लगी। घर में कुछ नहीं था। बाहर आई कि एक पड़ोसन दिखाई दे गई। दोनों ने एक-दूसरे को देखा। पड़ोसन ने पास आते ही कहा, 'सुबह-सुबह मिल जाए तो मिल जाए वरना फिर गोबर दिन-भर नहीं मिलता। गाँव की औरतें इतनी खराब हैं कि गाय-भैंस की पूँछ में हाथ घुसेड़कर सारा गोबर निकाल ले जाती हैं। तुम सुनाओ, मरद के साथ रात कैसे कटी?' लड़की ने ससंकोच भूख का जिक्र किया। पड़ोसन तुरन्त गई और एक दोने में पके कटहल का एक टुकड़ा रखकर ले आई। सिर पर हाथ फेरकर बोली, 'ले, खा ले। ईश्वर तुझे जल्दी से बेटे का मुँह दिखाए।'

अभी यह बात चल ही रही थी कि लड़की की पीठ पर जोर से किसी ने लात मारी। इतनी जोर से कि लड़की आगे की तरफ मुँह के बल गिरी और दाँतों से खून निकलने लगा। दोना कहीं गिरा। पड़ोसन डरकर भाग गई।

पिटाई जरूरी है। कारण का होना आवश्यक नहीं है। पत्नी की नियमित पिटाई जरूरी है। कल रात जो कुछ हुआ वह तो घर के भीतर हुआ। अब

सार्वजनिक रूप से उस आधिपत्य की घोषणा भी तो आवश्यक है। जब तक सारा गाँव जमा होकर लड़की के लिए दया की भीख न माँगने लगे, वह उसे मारता ही जाएगा। इसी तरह औरत काबू में रहती हैं।

लड़की को चाहिए था कि पहली चोट लगते ही दहाड़ें मारकर रोती या फिर पलटकर खुद भी मारती, जो हाथ में आए उसी से। इतने साल मामी के यहाँ नहीं रही होती तो शायद ऐसा ही करती। लेकिन लड़की भूल चुकी थी और परेशानी यह थी कि वह एक तरह से पूरे इलाके में कुख्यात हो चुकी थी। जैसे कोई पालतू कुत्ता जंगली कुत्तों के बीच आ गया हो। परेशानी यह थी कि वह सुन्दर जैसी थी, यानी जरूर कुलटा भी होगी। परेशानी यह थी कि साहब लोगों के बीच रहकर दीन-दुनिया के बारे में बहुत सारी बातें जानने लगी थी—यानी जरूर मन-ही-मन पति को मूर्ख और हेठा समझती होगी—या समझेगी। परेशानी यह थी कि रेल में बैठकर दूसरे मुलुक घूम आई थी...यानी जरूर खूब माल कमाकर लाई होगी। और परेशानी यह थी कि इसके बाप ने वादा करके भी दहेज में कुछ नहीं दिया था और अपने कर्ज और अपनी दरिद्रता का राग अलापने लगा था ऐन टाइम पर। जिसे साइकिल जैसी वस्तु उपहार में मिल जाती हो, उसका बाप यदि कुछ न दे तो उसे तो मारना ही चाहिए। बल्कि मार ही डालना चाहिए।

पूरे एक साल लड़की सहन करती रही। खुद को हालात के अनुसार ढालने की कोशिश करती रही। दिनभर खटने और रात-भर पिटने के बावजूद हँसने-बोलने की कठिन कोशिश करती रही। कामना करती रही कि किसी दिन तो पति भी कुछ सदय होकर सोचेगा...कुछ बदलेगा... कुछ काम करेगा...पूरे साल निकल भागने के सपने देखती रही...लेकिन जीना दिन-ब-दिन और कठिन होता गया। वह सबकी हरसम्भव मदद करने की कोशिश करती है...किसी से कड़वा नहीं बोलती है...सेवाभाव की प्रतिमूर्ति...झगड़ा ही नहीं किसी से...न गाली-गलौज...न पति से न और किसी से। इससे पति की देह में और आग लग जाती। सब उसकी तारीफ क्यों करते हैं? वह अच्छी है तो अच्छी क्यों है? लबार क्यों नहीं है? छिनाल क्यों नहीं है? कुलटा क्यों नहीं है? पति की आशंकाओं को गलत सिद्ध करने का उसे क्या अधिकार है? जरूर वह पति को नीचा दिखाने और उसका मजाक उड़वाने के लिए ही अच्छी है।

पति-पत्नी के झगड़े में कोई बीच में नहीं पड़ता...लेकिन जब वह घर के बाहर लड़की को बेदर्दी से पीटता तो बहुत-से लोग बीच में पड़ते और उसे बचाने की कोशिश में पति को भला-बुरा कहते। इससे वह और चिढ़ता। साली ने सबको अपनी तरफ मिला रखा है। उसने लड़की के और साहब के, लड़की के और मामी के, लड़की के और शहरी लोगों के बीच कुछ बेहद गन्दे सम्बन्ध कल्पित किए और उन्हें घर-घर जाकर सुनाने लगा, ताकि उसकी क्रूरता और वहशीपने को एक तार्किक आधार तो मिल ही जाए। अनेक लोगों ने इस बकवास पर विश्वास नहीं किया, लेकिन लड़की के कानों तक भी बात तो पहुँची ही...वह अर्धविक्षिप्त-सी हो गई—पति सारे सभ्य समाज को अपनी कुंठाओं की विष्ठा में लपेटकर सारे सभ्य समाज से अपने असभ्य रह जाने का बदला ले रहा था...और माध्यम थी लड़की।

पूरे एक साल उसने धैर्य से सहन किया। फिर थक गई। हताश हो गई। स्मृति की परीधि से बाहर चले गए साहब...मामी...बच्चा...रामेश्वर... साइकिल...ब्रा...टिकुली...माँ-बाप...सहेलियाँ...गाँव का पोखर...निश्चिन्त बचपन...टोपवाले आदमियों का आकर जमीन खोदना...जमीन के नीचे खजाना है...बच्चों का यों ही घूमते-घूमते कॉलोनी चले जाना और एक मामी का पूछना—काम करोगे? भात देंगे। पैसे देंगे। और सबका खिलखिल बगटुट भाग आना...अब रेलगाड़ी एक घुप्प अँधेरे बोगदे में अनन्तकाल के लिए खड़ी हो गई थी और कोई भी उसे टॉर्च लेकर नहीं ढूँढ़ रहा था।

साल-भर बाद एक रात लड़की ने यातना के इस अन्तहीन सफर को एक झटके से खत्म कर दिया। गले में फन्दे लगाकर छत से लटक गई। शायद मृत्यु के उस पार ही कहीं एक हरी-भरी घाटी हो...जिसमें एक लाल कवेलू की छतवाली झोंपड़ी हो...छत पर कद्दू की बेल चढ़ी हो...बेल में पीले-पीले फूल खिले हों...और स्कूल की यूनिफॉर्म पहने एक गोरी, गोल-मटोल बच्ची दरवाजे पर खड़ी अपनी नन्ही-नन्ही हथेली नाचकर उसे टा टा करती हो।

खबर कुछ दिन बाद मामी तक भी पहुँची। वह धम्म से सिर पकड़कर बैठ गई।

आधा घंटा साहब और मामी खामोश बैठे रहे। फिर लम्बी उसाँस छोड़कर मामी उठीं और बोलीं, 'अच्छी थी बेचारी।'

फिर उस घर में लड़की की बात कभी नहीं हुई।

अगले जनम

सुमि को समझ में नहीं आया कि जब वह अच्छी-खासी चल-फिर सकती है तो उसे स्ट्रेचर पर लेटाकर लेबररूम की तरफ क्यों ले जाया जा रहा है? लेकिन अस्पताल का यही कायदा था शायद। स्ट्रेचर पर वह सीधे नहीं, करवट लेकर लेटी थी। उसे लगा था, जरूर कोई कहेगा कि सीधे लेटो, पर किसी ने नहीं कहा। तो ऐसा ही हो गया जैसे वह अपने पलंग पर सो रही हो और पलंग दौड़ना शुरू कर दे।

लेकिन वह लेबररूम नहीं था। ऑफिस-जैसा था। स्ट्रेचर रुक गया तो वह पहले बैठ गई और फिर खड़ी हो गई। स्ट्रेचर लेकर आए दोनों वार्डबॉय चले गए। वहाँ दो नर्सें थीं। बातें करते हुए काम करने में व्यस्त। भीतर से आहों-कराहों से लेकर चीखों तक की आवाजें आ रही थीं।

—हाँ, शाम को डॉक्टर मेनन के राउंड के बाद...दर्द होता है?... उदरीच। जाने का टाइम नहीं। क्या करेगी?

यह पूरा वाक्य एक नर्स ने दूसरी से कहा था, सिर्फ बीच का—'दर्द होता है' सुमि के लिए था। पूछा भी ऐसे था जैसे पूछा नहीं हो, कहा हो। और बगैर जवाब की प्रतीक्षा किए उसे लिटाकर साड़ी नीचे खिसकाकर कमर में एक इंजेक्शन घोंप दिया था।

तभी एक वार्ड बॉय एक हरे रंग का गाउन ले आया था और नर्स ने बॉय से गाउन लेकर उसे देते हुए कहा था—'चेंज कर लो!' और बीच का परदा लापरवाही से थोड़ा-सा खींच दिया था।

सुमि ने बाहर के खुले दरवाजे की तरफ देखा कि कहीं सास तो नहीं आ रही है और जैसे-तैसे साड़ी उतारकर गाउन पहन लिया। पेटीकोट-ब्लाउज नहीं उतारा और लेटने लगी। नर्स बातें छोड़कर फिर उससे मुखातिब हुई

और बोली, 'पेटीकोट भी खोलो। बच्चा क्या पेटीकोट से निकालोगी...' और हँसी थोड़ा-सा। उसके पेशे की सभ्यता के हिसाब से जितना जरूरी था। मशीनी। सुमि को अच्छा नहीं लगा। क्या ये भी मंजाक की बात है? पेटीकोट उतार दिया।

नर्स फिर इंजेक्शन लेकर आ गई। इस बार मोटा-सा।

'कपड़े?' सुमि ने पूछा।

'अभी इदर रख दो। कोई घरवाला होगा उसको दे देने का।' इस बार नर्स नरमी से बोली, लेकिन उसने सुमि को लगभग नंगा कर दिया और हाथों से चमड़ी हटाकर बड़े निर्लिप्त भाव से एनीमा ठूँस दिया।

'घबराने का नई। बाजू में तट्टी है। खूब जोर लगा के निकालना। जाएगा? के मैं आएगी?'

सुमि ने जिन्दगी में न कभी एनीमा लगवाया था, न कभी सोचा था कि उसे इसकी जरूरत पड़ेगी। लेकिन अब जबकि एनीमा लग चुका था उसे टॉयलेट की हाजत महसूस हुई और इसी समय पेट में मरोड़-जैसी भी उठने लगी। इधर-उधर की दीवाल का सहारा लेते वह एकदम पास ही बने टॉयलेट में घुसी जो सौभाग्य से ज्यादा गन्दा नहीं था। यथासम्भव उसने नर्स की हिदायत का पालन किय, लेकिन पेट में जिस तरह दर्द की लहरें चल रही थीं, उसे डर लगा कि कहीं बच्चा यहीं निकलकर न गिर जाए।

लौटकर आई और स्ट्रेचर पर निढाल पड़ गई। इस बार चित्त। थोड़ी-थोड़ी देर बाद पेट में एक हल्के से दर्द की लम्बी मरोड़ उठती थी और लेटे रहना भी मुश्किल हो जाता था।

'शायद होने वाला है।' वह फुसफुसाई।

नर्स ने ध्यान से उसकी बात सुनी और हँसकर जोर से बोली—'अबी से? पहला टाइम है क्या? अबी तुम्हारा नम्बर नहीं आएगा। दिखाओ तो?' गाउन उठाकर देखा—'अबी बहुत टाइम है। रात को आएगा। नईं तो कल आएगा।'

नर्स के इस निर्णय में सुमि हताश हो गई। चिन्तातुर भी। क्या इसी तरह पड़े रहना पड़ेगा और छटप्टाते रहना पड़ेगा रात तक? नहीं-नहीं, शायद इसे कुछ मालूम नहीं। यह कोई डॉक्टर थोड़ी है। डॉक्टर ही देखकर बताएगी कितनी देर है?

नर्सों की आपसी बातचीत अनवरत जारी थी। भीतर से आती आह-कराह आदि भी, जिनका नर्सों के आने-जाने, फुर्ती से काम करते जाने और अपनी बातों का सिलसिला बनाए रखने पर कोई फर्क नहीं पड़ रहा था।

'इनका तो रोज का काम है। इन पर क्या असर पड़ेगा?' सुमि ने सोचा।

इसी समय फिर एक दर्द की लहर उठी और सुमि कराह उठी। अचानक उसे लगा, उसकी आँखों के सामने उसकी सास का चेहरा आ गया है। वह वाकई उसकी सास का ही चेहरा था जो जाने कब भीतर जाकर उसके स्ट्रेचर से सटकर खड़ी हो गई थीं और मुस्कुरा रही थीं और उसके माथे पर हाथ फेर रही थीं।

'मम्मी!' लगभग रोते हुए सुमि बुदबुदाई।

'घबराना नहीं बेटी! सब ठीक हो जाएगा।'

नर्स ने इस बीच सास को सुमि के कपड़े उठा लेने को कहा, सुमि के हाथ की चूड़ियाँ उतारकर सास को पकड़ाई और कड़क स्वर में कहा—'गले की चीज भी खोलो, कान की चीज भी। इदर फालतू कुछ नहीं माँगता।' सास ने सुमि के कान के टॉप्स खोल लिए। 'मंगलसूत्र भी?' सुमि ने प्रतिरोध-सा करते हुए पूछा। सास ने 'हाँ' में गरदन हिलाई। सुमि ने अपनी गरदन जरा-सी ऊँची कर दी। सास-बहू की बातों पर कान लगाए नर्स कोने की दीवार से बोली—'बाद में बोलेगा हमारा सोने का दागीना चोरी हुआ करके। सिस्टर लोग चोरी किया करके। नईं बाबा! पेशेंट की स्किन के अलावा कुछ नई चलेगा।'

मंगलसूत्र भी खुल गया।

सास ने सारी चीजें सुमि के ब्लाउज में बाँध लीं और ब्लाउज को ब्रा समेत गोलमोल लपेटकर साड़ी में रख गठरी-सी बना काँख में दबा लिया।

'बिन्दी साफ करो।' नर्स ने पास आते हुए कहा।

सुमि की आँखें छलक आईं।

सास ने सुमि के माथे से बिन्दी उखाड़ी और कहा—'भगवान का नाम लो, सब ठीक होगा।'

'चलो माताजी, अब तुम बाहर।'

सास बाहर चली गई।

नर्स के हाथ में गरम पानी का मग और रेजर था।

उसने परदा खींचा, सुमि का गाउन हटाया, पैर फैलाए और बाल साफ करना शुरू किया। सुमि को डर लगा कि जरूर कहीं काट देगी—दर्द की लहरें न होतीं तो देख न पाने पर भी वह अपना ध्यान यहीं केन्द्रित रखती। नर्स होशियार थी। सुमि को एक बार भी 'सी' नहीं करना पड़ा।

यह निपटा ही था कि दूसरी नर्स आ गई। उसने सुमि का टेम्प्रेचर लिखा, ब्लडप्रेशर नापा, नाड़ी देखी, पूछा—'बच्चा हिलता है?'

इससे पहले कि सुमि कोई उत्तर दे पाती, भीतर से डॉक्टरनी बाहर आई—'सुमि कौन है? तुम हो? क्या ड्यू डेट है? पर्ची दिखाओ। एनीमा दिया? दर्द होता है? मेमरेन रप्चर हो गया? पेंस आ रहे हैं? बीपी कितना है?' प्रश्न भी चल रहे हैं, उत्तर भी चल रहे हैं, स्टेथेस्कोप भी कान पर चढ़ रहा है, हाथ भी पेट को टटोल-टटोलकर देख रहे हैं।

डॉक्टर की उपस्थिति में नर्स उसी तरह चुप और सन्नद्ध, जैसे प्रधानाध्यापिका के आगे कक्षा आठ की छात्राएँ।

'इतना लेट क्यों किया? तुम लोगों को लास्ट मूवमेंट पर डॉक्टर की याद आती है? केस बिगड़ गया तो कौन रिस्पॉन्सिबल होगा? किसने दी थी ये डेट?' डॉक्टरनी डाँट रही थीं।

सिवाय डरने के सुमि क्या कर सकती थी? क्या गलती हुई उनसे? कल ही तो वे गाँव से आए हैं। आते ही डॉक्टर को दिखाया है। उसने कल बुलाया था। आज सुबह फिर दोबारा। उसने कहा, भर्ती हो जाओ तो आकर भर्ती हो गए। क्या हुआ? क्या हो गया? क्या बच्चा पेट में मर गया है? लेकिन अभी थोड़ी देर पहले तक तो लात चला रहा था। क्या सीजेरियन करना पड़ेगा? पेट काटकर बच्चा निकालना पड़ेगा? आखिर बात क्या है?

यकायक सुमि को लगा, नीचे से कुछ गरम-गरम पानी-जैसा निकल रहा है, जिससे उसका गाउन भी भीग गया है, स्ट्रेचर भी और...दर्द कुछ कम-जैसा हुआ है, लेकिन...

'डॉक्टर!' सुमि बुदबुदाई।

डॉक्टर ने सुमि का गाउन हटाकर ध्यान से देखा और गम्भीर होकर बोली—'ठीक है। अन्दर ले लो।' और फिर भीतर चली गई।

सुमि ने आँखें बन्द कर लीं। शायद अब उसका केस बिगड़ ही गया है। देखा नहीं डॉक्टरनी का चेहरा? सुनी नहीं उसकी बुझी हुई आवाज?

अब कोई फिर उसके स्ट्रेचर को ठेल रहा था।

एक पल के लिए सुमि ने आँखें खोलीं। सिर्फ यह जाँचने के लिए कि वह गिर तो नहीं जाएगी? उसी एक पल में एक आवाज सुनाई दी, 'सेप्टिक', और सामने से एक फटेहाल-सा देहाती जवान गुजरता दिखाई दिया। हाथों में नई चटाई—चटाई में कोरा लाल कपड़ा। कपड़े में क्या होगा? बेशक उसके सद्यजात बच्चे की लाश, जिसे यह श्मशान ले जाकर गड्ढा खोदकर गाड़ आएगा।

क्या यह कोई दु:स्वप्न है? या मेरा ही भविष्य? नौ महीने से जो मेरी कोख में पल रहा है, लातें चला रहा है, क्या वह इसी तरह एक लोंदे के रूप में बाहर निकलेगा—जिसे रवीन्द्र चटाई में उठाकर ले जाएँगे और कहीं गड्ढा खोदकर जमीन में गाड़ आएँगे?

पीड़ा और अवसाद से सुमि सन्न हो गई।

भीतर की दुनिया बिलकुल अलग थी। यह एक बड़ा और अँधेरा बन्द कमरा था, जिसमें छह अलग-अलग मेजें थीं और हरेक के ऊपर एक-एक तेज प्रकाश वाला हंडा। सुमि ने ऐसा कमरा पहले कभी नहीं देखा। फिल्मों में ऑपरेशन थिएटर देखे हैं। यह वैसा भी नहीं है। ऐसा था जैसे टेबल हॉल—या किसी नाइट क्लब का वह कमरा जिसमें अलग-अलग टेबलों पर बैठकर कई लोग एक साथ कैरम खेलते हैं।

सुमि को उठाकर एक खाली बेड पर लिटा दिया गया।

कुछ देर तक सुमि को कुछ दिखाई नहीं दिया। उसने देखने की कोशिश भी नहीं की। बन्द आँखों से अपना गाउन ठीक किया और उस गन्ध की अभ्यस्त होने की कोशिश करती रही जो अस्पतालों की एक खास गन्ध होती है। कार्बोलिक और फार्मेलिन...दवाएँ और फिनाइल...आवाजें अब आक्रान्त कर रही थीं। दर्द की लहरें बैठ चुकी थीं। दाहिनी तरफ से एकतान-एकरस कराहें सुनाई दे रही थीं, तो बाईं तरफ से कुछ-कुछ देर बाद चीखकर तड़प उठने की आवाजें...जैसे कोई किसी को थोड़ी-थोड़ी देर बाद एक लात लगा देता हो या हाथ मरोड़ देता हो। सामने की तरफ कहीं से लगातार चीखें, कोसने, बड़बड़ाने और गालियाँ बकने की आवाजें आ रही थीं। बीच-बींच में नर्सों, डॉक्टरों की हिदायतें और बातचीत के टुकड़े कानों में पड़ रहे थे।

आँख खुली तो डरावना दृश्य था। उसके पैरों के ठीक ऊपर एक तेज रोशनी की फ्लड लाइट टँगी हुई थी। दाहिनी तरफ एक गर्भवती महिला ऐसी ही तेज रोशनी के नीचे अलिफ नंगी पड़ी हुई थी। उसकी टाँगें मुड़ी हुई थीं और दोनों बाजू में खुली हुई। दो नर्सें उसके दोनों तरफ खड़ी थीं। एक नर्स उसके घुटने पकड़े दोनों टाँगें खुली रखने की कोशिश कर रही थी और दूसरी उसका पेट बाजू से सहला रही थी। कहती भी जा रही थी—'जोर लगाओ। जोर लगाओ!' यह सारा नजारा एकदम सुमि की आँखों के सामने पड़ता था। महिला की खुली टाँगें...अनावृत्त गुप्तांग और 'जोर लगाओ, जोर लगाओ' के आदेश की पालना में फूलता-सिकुड़ता-सा पेट और पुट्ठे। महिला दर्द से चीख-चीख पड़ती थी और उसने अपने दोनों हाथों से पलंग का सिराहना भींच रखा था। उसकी गर्दन भी दाएँ-बाएँ हिचकोले खा रही थी, लेकिन बच्चा था कि निकल नहीं रहा था।

इतना सब सुमि ने जैसे एक ही पल में देख लिया। न भी देखा हो, उधर नजर पड़ते ही उसकी पहली प्रतिक्रिया यह हुई कि दोनों हाथ अपने-आप गाउन सँभालने लगे। कहीं वह भी ऐसी ही नंगी तो नहीं पड़ी हुई है रोशनी के इस झरने के नीचे! बार-बार इधर से नजर हटाना चाहती...लेकिन हटा नहीं पाती। हे भगवान! यह क्या है? क्यों है? क्या और कोई तरीका नहीं हो सकता था? वह मन-ही-मन मनाने लगी कि उसे इतना बेपर्द, इतना उरियाँ, इतना बेशरम न होना पड़े।

लेकिन उसकी बाईं तरफ भी इसी से मिलता-जुलता दृश्य था। अन्तर यह था कि रोशनी उसकी टाँगों के बीच टार्च से डाली जा रही थी और रबड़ सफेद दस्ताने पहने डॉक्टरनी वहाँ कुछ कर रही थी।

सामने की तरफ से फिर कुछ चिल्लाहट और कोसने सुनाई दिए—'ओ, माँऽरीऽ ..., अरे मरी रे...ओ गूखाण्या! लाकड़याका! भोसड़ीचोदारा! अरे मार्‍याऽरे! अरे मार नाख्यो रे!! अरे माँ रेऽऽ!'

और एक मिडवाइफ उसे फटकार रही थी—'जब अन्दर ले रही थी तब नहीं सोचा था कि कुछ बाहर भी निकलेगा? उस वक्त तो टिचकारियाँ मार रही होगी! और जाएगी मरद के पास!'

अपनी अपार पीड़ा में सचेतन लुगाई तुरन्त वादा कर रही थी—'मरेई नी जाऊँ! बाई! पण म्हारी साँसत छुड़ाव! म्हने बचाव! अरे मरी रेऽऽ!—'

'छि: छि:!'—सुमि को वितृष्णा-सी हुई। यह कैसा वीभत्स प्रदर्शन है पीड़ा का। नहीं...वह कभी ऐसा नहीं करेगी।

'दर्द होता है?' तभी किसी ने पूछा और तभी दर्द की एक लहर-सी उठी। छाती तक और फिर-फिर उठी। नर्स ड्रिप लगा रही थी, ड्रिप एडजस्ट कर रही थी। उसमें तरह-तरह के इंजेक्शन मिला रही थी और बार-बार पूछ रही थी—'कैसा लग रहा है, बच्चा हिल रहा है या नहीं', वगैरह-वगैरह।

सुमि को प्यास लगी। नहीं, सुमि को गर्मी लगी। नहीं, सुमि को डर लगा। नहीं, अकेलापन लगा। नहीं, घर की याद आई। नहीं, माँ की याद आई। काश! माँ पास होती! क्या उसने भी इतनी ही तकलीफ उठाकर सुमि को जना होगा? इतनी ही बेपर्दगी झेलकर?

लाज! शर्म! हया! परदा! ये सारे शब्द अब और यहाँ बेमानी हो गए थे। माना कि यहाँ सिर्फ औरतें ही थीं, पर इससे क्या? क्या मर्द मर्दों के सामने इतनी ही सहजता से नंगे हो जाते हैं? आखिर सबके सामने अपनी नंगई की नुमाइश करना किसको अच्छा लगता है? और क्या भरोसा? क्या अभी-अभी कोई मर्द डॉक्टर या वार्ड-बॉय भीतर नहीं आ सकता? हॉल का दरवाजा बन्द नहीं है। वहाँ सिर्फ परदा पड़ा है। ये मटके की तरह फूले पेट, पेट पर चमड़ी फटने से बनी सफेद धरियाँ, पतली-पतली टाँगें और बिखरे बाल—केवल देह—क्या यही देह पुरुष को आकर्षित कर उन्मत्त बनाती है? कोई यहाँ आकर दर्द से छटपटाती इन बेडौल देहों को देख ले तो वह स्त्री को कभी कमनीय न माने...दिमाग से सारी कविता एकदम रफूचक्कर हो जाए! क्या इसीलिए प्रसूतिगृह में पुरुषों का प्रवेश वर्जित रखा गया है?

'आह!...' कुछ जोर से शायद उसके मुँह से निकला होगा। भीतर कोई चीज थी, जिसे कोई मरोड़ रहा था। सारी कमर दर्द के मारे हिल-सी गई थी। एक गहरी लहर दर्द की उठी थी और बैठ भी नहीं रही थी।

सुमि की आह से आकर्षित हो पास की मेज से डॉक्टरनी और नर्सें उसके पास आई थीं और उसे घेरकर खड़ी हो गई थीं।

एक नर्स एक तेज टॉर्च का प्रकाश उसकी टाँगों के बीच डाल रही थी और डॉक्टरनी अपना दस्ताने वाला हाथ उसकी योनि में घुसेड़कर इधर-उधर टटोल रही थी। उनका दूसरा हाथ ऊपर से पेट को जगह-जगह

दबा रहा था और अपना काम करते-करते वह सुमि से बातें भी करती जा रही थी—

'क्या नाम है?'

'सुमि।'

'उमर?'

'पच्चीस...नहीं छब्बीस।'

'पहला है?'

'हाँ।'

'डेट क्या थी?'

'चार रोज पहले की।'

'दर्द होता है?'

'हाँ।'

'पिसाब आता है?'

'...।'

'आए तो यहीं करना। रोकना मत। अभी बच्चा नीचे नहीं आया। टाइम लगेगा। घबराना नहीं। बॉडी को ढीला रखना। अच्छी-अच्छी बात सोचना।'

'ब्लड प्रेशर?'

'नॉर्मल।' नर्स ने कहा।

'सुगर?'

'नॉर्मल।'

'ओवरड्यू हुआ है। जरूरत पड़ने पर ऑपरेशन करेंगे। पर डरने की बात नहीं है। रोज पचासियों औरतें बच्चा पैदा करके जाती हैं। जस्ट रिलेक्स। ओके?'

इससे पहले कि सुमि कुछ पूछ सके, सामने की तरफ से आर्त चीख-पुकार गालियों और दाहिनी तरफ से आती कराहें चीखों में बदल गईं। सुमि ने दाहिनी तरफ देखा। नंगी पड़ी औरत का योनिद्वार खुल गया था और भीतर एक काला-भीगा नारियल-सा दिखाई दे रहा था। उसके दोनों तरफ नर्सों ने स्टील के चिमटे-से डाले हुए थे और ऊपर-नीचे खून-खून दिखाई दे रहा था। नर्सें चिल्ला-चिल्लाकर कह रही थीं—'जोर लगाओ, शाबाश!' और ऊपर से पेट को दबा रही थीं और नीचे से चिमटों से पकड़कर काले

नारियल को बाहर खींचने की कोशिश कर रही थीं। योनिद्वार के चारों तरफ खून की मात्रा बढ़ती जा रही थी। एक और डॉक्टरनी आ गई थी। फिर कैंची लेकर डॉक्टरनी ने ऊपर की चमड़ी थोड़ी काट दी...चीख-चीखकर औरत का बुरा हाल था। वह उछल पड़ रही थी और डॉक्टरनी कभी पेट सहलाती, कभी हाथ घुसाने की कोशिश करती, कभी टाँगें चौड़ी करती, कभी चिमटा घुसाने की कोशिश करती...कभी कैंची रुई से खून साफ करती...

...तीन औरतों की मशक्कत से आखिर वह काला नारियल थोड़ा और बाहर सरका। योनिद्वार अविश्वसनीय हद तक खुल गया और बमुश्किल तमाम वह काला नारियल आधा बाहर निकला। अब उसे हाथ से पकड़कर खींचा जा सकता था। उसे हाथ से पकड़कर खींचा गया और देखते-ही-देखते पूरा बच्चा बाहर आ गया। खून और गन्दगी से सना—किसी बन्दरिया के बच्चे की तरह काला और छोटा-सा। लेकिन उसकी बारीक और दमदार कुआँ-कुआँ ने सारे कमरे का माहौल एकदम से बदल दिया। फुर्ती से डॉक्टरनी ने उसकी नाल खोली और उसे दोनों टाँगें पकड़कर उलटा हवा में झुला दिया। औरत की चीख-पुकार शान्त पड़ गई। मटके की तरह फूला पेटा पिचक गया। औरत निढाल होकर बेसुध हो गई। डॉक्टरनी ने बच्चे की नाल काटी और बच्चा नर्स को दे दिया। नर्स बच्चे का वजन करने, नहलाने, टाइम नोट करने वगैरह के लिए ले गई। दूसरी नर्स ने औरत के निचले हिस्से की सफाई की, डॉक्टरनी ने टाँके लगाए, शेष काम निबटाया और चली गई।

सुमि इस दौरान अपनी सारी पीड़ा, सारी तकलीफ भूले रही। वह तो अपनी स्थिति तक जैसे भूल गई थी। वह केवल एक चमत्कारिक और अभूतपूर्व दृश्य की साक्षी थी और टकटकी लगाए देख रही थी। उसे भान ही नहीं था कि यही सब या सम्भवतः इससे भी अधिक भयानक कुछ अभी थोड़ी देर बाद उसके खुद के साथ होने वाला है।

किसी ने किसी से नहीं पूछा कि क्या हुआ है? लड़का या लड़की? काश! कोई पूछता या बताता। सुमि को उत्सुकता थी।

दाइयाँ और नर्सें खुश थीं। सफलतापूर्वक उनका एक काम पूरा हो गया था। अब बाहर जाकर खबर देनी थी और बख्शीश लेनी थी। लेकिन खुशी

का कारण बख्शीश नहीं थी। खुशी के कारण अपना काम और ठीक से पूरा हो जाना था। बच्चा मर जाता या औरत दम तोड़ देती तो वे सब दाइयाँ और नर्सें और डॉक्टरनियाँ अपने-आपसे चिढ़ जातीं और घंटों झुँझलाई हुई रहतीं और जीवन के प्रति दार्शनिक होने के लिए उन्हें बहुत प्रयत्न करना पड़ता।

जिसके अभी बच्चा हुआ था, वह औरत सुमि की कौन थी? सुमि तो उसे जानती तक नहीं थी। लेकिन फिर भी उसे खुशी-जैसी हो रही थी कि हालाँकि बेचारी को तकलीफ तो बहुत हुई, लेकिन चलो बच्चा ठीक-ठीक से हो गया। कहीं-न-कहीं उसके मन में विश्वास-सा जमने लगा कि उसका भी ठीक-ठीक से हो जाएगा। प्रसूतिगृह में घुसते समय एक सद्यजात बच्चे की लाश देखकर यहाँ के डॉक्टरों के प्रति उसकी जो आस्था सहसा कुचल गई थी, एक नए बच्चे की रुलाई सुनकर मानो वह आस्था फिर से खिल गई। वह दाइयों-नर्सों-डॉक्टरनियों की कद्र-सी करने लगी। मेहनत तो बहुत करते हैं बेचारे। अब किसी की किस्मत ही खराब हो तो ये भी क्या करें?

कुछ देर बाद नई माँ को बताया गया है कि उसके लड़का हुआ है। उसके श्लथ चेहरे पर एक झीनी-सी मुस्कान उभरी। वह शरमाने-सी लगी। उसे अच्छी तरह ढँक-ओढ़ाकर स्ट्रेचर पर डालकर वार्ड में भिजवा दिया गया।

कॉफी पीने के लिए डॉक्टरनी के अपने कमरे में जाते ही सारे कमरे का वातावरण जैसे आजाद और हल्का हो गया था। कुछ इधर-उधर की बातें भी होने लगी थीं। दाइयाँ और नर्सें उन पेशेंट्स और केसेज की बातें एक-दूसरे को बताने लगी थीं जो कल या परसों या पिछले सप्ताह आए थे और जो अपने किसी हास्यप्रद या जटिल पहलू के कारण उल्लेखनीय थे।

अपने दर्द को एक अनिवार्य प्रक्रिया मानकर चुपचाप झेलते हुए सुमि इधर-उधर की बातों पर ध्यान लगाने की कोशिश कर रही थी और डॉक्टरनी के अनुदेश के अनुसार 'अच्छी-अच्छी बातें सोचने' और 'तनावमुक्त' होने की कोशिश कर रही थी। उसे अपनी माँ और मायके का ख्याल आया, अपने माँ-बाप और भाई-बहनों के चेहरे याद आए—कितना खुश होंगे वे यह जानकर कि सुमि के लड़का हुआ है। और पिता तो आदत के अनुसार तुरन्त भाई को बधाई तार देने के लिए भेजेंगे और फिर तत्काल इस चिन्ता में डूब जाएँगे कि भाई को क्या-क्या लेकर भेजना पड़ेगा और कितना खर्च

आएगा और कहाँ से इन्तजाम किया जाएगा? फिर सुमि को अपनी सास का ख्याल आया, जिसने शादी के दूसरे ही दिन से उठते-बैठते उसे पुत्रवती होने की आसीसें दी थीं और 'पोता दे दे, पोता दे दे' कह-कहकर बराबर उसकी नाक में दम कर रखा था। हर महीने उसकी माहवारी पर मुँह फुलाया था। बार-बार उसके और रवि के सम्बन्धों में अनैतिक-अनधिकार-अश्लील ताक-झाँक की थी, बार-बार पति को रिझाने और किसी भी तिकड़म से गर्भवती हो जाने की तरकीबें सुझाई थीं और जब शादी के बाद दो साल तक सुमि की गोद हरी नहीं हुई थी (जो कि रवि-सुमि की योजनानुसार ही था) तो सुमि को लेकर मन्दिर जाना, मनौती मानना, ताबीज बाँधना और भभूती चटवाना शुरू कर दिया था। अन्त में तो वह उसे देखकर लम्बी उसाँसें भरने लगी थीं! कितनी खुश होंगी सास कि आखिर उन्हें पोता मिल गया।

सुमि अपने पति के बारे में सोचने लगी। उसके कसरती बदन और शारीरिक स्फूर्ति के बारे में...उसकी निरन्तर जाग्रत यौनाकांक्षा और उसके खर्राटों के बारे में...नींद में उठती-गिरती उसकी छोटी-सी तोंद के बारे में और उसके सिर के घने बालों के बारे में...लेकिन अभी-अभी देखे गए दृश्य का प्रभाव था कि उसे पति की देह की कल्पना उत्फुल्लित नहीं कर पाई। वह जैसे बुखार में थी और देह जैसे बिस्तर पर कभी नहीं...हमेशा स्ट्रेचर पर या अस्पताल के पलंग पर...डॉक्टर के दस्ताने वाले हाथ में चमकते नश्तर के नीचे...इधर से, उधर खून बहाते हुए...दर्द की छटपटाहट और दूसरों की दया और कौशल के भरोसे...बेबस और हाथ-पाँव में पिन ठूँसे बेहोश मेंढक के तुल्य।

सुमि को अजीब लगा कि मनुष्य के शरीर की सारी असुन्दरता और कुरूपता देखने के बाद भी, काटने-फाड़ने और सीने के बाद भी...रक्त-मांस-मज्जा के अनवरत अवलोकन के बाद भी आखिर डॉक्टर लोग कैसे अपने पति या पत्नी से प्यार कर पाते होंगे? कैसे उनका शरीर एक-दूसरे को उत्तेजित या उत्तप्त कर पाता होगा? कैसे देह के उत्सव में वे आतुर या आक्रामक हो पाते होंगे? कैसे जीव के आदिम राग में बेसुध और बेसाध हो पाते होंगे। बज पाते होंगे? झंकृत हो पाते होंगे या वह जो सामान्य-जन के जीवन में एक रहस्यभेदन और चमत्कार की तरह घटित होता है, उनके लिए एक औसत जैविक क्रिया—'एक मैटर ऑफ फेक्ट' ही रह जाता

होगा? क्या अपने पेशे के लिए उन्हें इतना बड़ा बलिदान करना पड़ता है? या यह केवल उसकी खामखयाली है? यदि रवि डॉक्टर होता तो क्या वह सुमि की नाभि के नीचे स्थित तिल को इस तरह बार-बार चूमता? या वह केवल एक फिजिकल सिम्टम ही समझता इसे? फिर हिचकी का क्या अर्थ होता उसके लिए? और आँख फड़कने का? और सपनों का? और डर का? सुमि के उससे डरकर लिपट जाने का?

सास को पोता चाहिए था और पोते से कम कुछ नहीं। एक सुन्दर-सुशील सुशिक्षित बहू से उसे तसल्ली नहीं थी। उसने चार बच्चे पैदा किए थे। चारों लड़के। सुमि का पति रवींद्र छोटा बेटा था। छोटा, इसलिए लाड़ला। बड़े तीन भाइयों में से एक की असमय मृत्यु हो चुकी थी। बाकी दोनों के दो-दो बेटे थे। दोनों दूर शहरों में बसे हुए थे। शादी के समय ही सुमि ने उन्हें देखा था। चिट्ठियाँ कभी-कभी आती थीं।

ससुर को भी पोता चाहिए था। उनके लड़के ही हुए, इस बात का उन्हें गर्व जैसा था। वह इसे अपने खानदान की खासियत मानते थे। कहते थे—हमारे खानदान में बरातें आती नहीं हैं, बरातें जाती हैं।

पति लापरवाह किस्म के आदमी थे। मस्तमौला। उन्हें कोई फर्क नहीं पड़ता था। प्रकट में माँ-बाप की मूर्खता का मजाक उड़ाते-से, पर मन-ही-मन उन्हें सही जैसा मानते-से। इसी से सुमि को डर लगता कि कहीं ये भी बेटा होने को फख्र की बात और बेटी होने को शर्म की बात तो नहीं मानते?

यहाँ से लौटकर गाँव जाते—जहाँ पति की नौकरी थी, एक बैंक में—तो अक्सर सुमि की बाँह पर कोई ताबीज या कमर पर कोई काला धगा रवि को नजर आता और वह पहला काम यह करता कि इस ताबीज या धगे को खींच या काटकर फेंक देता। सुमि डरकर पूछती—'अब मम्मी पूछेंगी तो मैं क्या कहूँगी?'

'कह देना रवि ने काटकर फेंक दिया।'

भला सुमि ऐसा कह सकती थी?

पर वह मन-ही-मन खुश होती। ऊपर से बनकर पूछती—'पता है, बेटा होने के लिए था। अब बेटी हो गई तो?'

'चलता है।' रवि कहता और अपने मतलब की बात में लग जाता।

इससे सुमि फिर आशंकित हो उठती। रवि ने यह भी कहा होता कि 'क्या फर्क पड़ता है' तो वह मान लेती कि बेटी होने पर कम-से-कम रवि इसे सुमि का कसूर नहीं मानेगा। लेकिन 'चलता है' का क्या मतलब? क्या यही नहीं कि इस बार बेटी हो गई तो कोई बात नहीं, अगली बार बेटा हो जाएगा। आखिर 'खानदान की खासियत' है।

असल में पूछा जाए तो सुमि माँ बनना ही नहीं चाहती थी।

बचपन में उसकी एक विधवा मौसी प्रसूति में एक बेटी को जन्म देकर चल बसी थी। मौसी की लाश सुमि के आँगन से ही उठी थी। बाद में वह बच्ची बड़ी दुर्गति में पली। आस-पास कोई दूध पिलाने वाली माँ थी नहीं। वह बच्ची घंटों पड़ी रोती रहती। दूध में पानी मिलाकर उसके मुँह में रुई से डाला जाता। मक्खियाँ उसके चेहरे पर भिनकती रहतीं। टट्टी कर देती तो उसी में पड़ी रहती। सरकने लगी तो डाँट खाने लगी। सरकते-सरकते कहीं भी पहुँच जाती। कभी खटिया के नीचे, कभी चौकी-पलंग-अलमारी के पीछे। छोटी-सी उसकी नाक हरदम बहती रहती और पेट फूला रहता। बच्चों वाले घर की व्यस्त माँ बीच-बीच में उसकी सार-सम्हाल करती, कभी-कभी लाड़ भी—पर बहन-भाई उसे कभी हाथ भी नहीं लगाते। पिता भी उससे चिढ़े-से रहते। आखिर एक दिन चल बसी तो सारे घर को जैसे शान्ति मिली।

स्कूल में एक बार एक सहेली से सुमि ने पूछा था—'मान लो डिलीवरी में कोई केस बिगड़ जाए और माँ तथा बच्चे में से किसी एक को ही बचाया जा सकता हो तो डॉक्टर किसे बचाएँगे? माँ को या बच्चे को?'

सहेली को ठीक से पता नहीं था। उसने सोचकर कहा—'मेरे ख्याल से बच्चे को।'

तो क्या मौसी के मामले में भी ऐसा ही हुआ होगा?

बाद में सुमि कुछ उत्साही देशभक्त छात्रों में सम्पर्क में आई और महत्त्वाकांक्षी होने लगी। जीवन में कुछ करना है। कुछ बनकर दिखाना है। औसत जिन्दगी जीकर मर नहीं जाना है। उस वक्त नीली आँखों वाला एक लड़का बड़े पवित्र जोश में भरकर कहा करता था—'कॉक्रोच। कॉक्रोच से ज्यादा क्या है औसत हिन्दुस्तानी?...क्या करते हैं धापकर खाने और लम्बी मूँछें मटकाने के अलावा? अगर एक पीढ़ी निश्चय कर ले कि... नहीं करने पैदा बच्चे...'

लेकिन ससुराल में आकर सुमि को पता चला कि उसे बच्चा पैदा करना है या नहीं, यह तो उसकी स्वेच्छा का प्रश्न है ही नहीं। यह निर्णय तो उसके पति को करना है। और वह कर भी चुका है। शादी से पहले ही। तो प्रसूति उसका निर्णय या संकल्प या इच्छा नहीं...मात्र एक धर्म है...जैसे आग का धर्म जलाना और पानी का धर्म गलाना है। लेकिन उसने यह तो किया ही कि पति को इस बात के लिए राजी कर लिया कि दो साल तक बच्चे पैदा नहीं करेंगे, एंजॉय करेंगे...इस बीच उसका बी.एड. भी पूरा हो जाएगा और पति की नौकरी भी पक्की हो जाएगी। जब दोनों हो गए तो उसके पास कोई बहाना नहीं रहा।

रात ग्यारह बजे तक सुमि दर्द से कराहती-छटपटाती रही। इस बीच वार्ड की सभी औरतों की डिलीवरी हो चुकी थी। सामने वाली देहातिन के जुड़वाँ सन्तान हुई थी। अब वहाँ सुमि अकेली थी। नर्सों की ड्यूटियाँ बदल चुकी थीं। शामवाली जा चुकी थीं, रात वाली आ चुकी थीं। ये नई थीं। पहलेवालियों के कम-से-कम चेहरे तो परिचित थे। वे भी सुमि को परिचित-जैसा ही मानकर व्यवहार कर रही थीं, क्योंकि उन्हीं के सामने सुमि लाई गई थी। उनके व्यवहार में एक नरमाई-जैसी थी। रात की ड्यूटी वाली केवल ड्यूटी करने आई थीं। सुमि उनके लिए कोई लड़की नहीं, कोई व्यक्ति नहीं, महज एक केस थी। उनके चेहरे कठोर और भावशून्य थे। रात के इस पहर जब सन्तुष्ट गृहिणियाँ अपने घर पर गुदगुदे बिस्तर पर बच्चों को खिला-पिला-सुलाकर, पति के आगोश में निद्रानिमग्न हैं—वे यहाँ ड्यूटी पर हैं—अस्पताल में—बस, यही बात उनके चिढ़े होने के लिए काफी थी। वे सुमि पर बहुत कम ध्यान दे रही थीं। वे उस हॉल में उपस्थित रहना भी जरूरी नहीं समझ रही थीं। वे थोड़ी-थोड़ी देर बाद सुमि के पास चक्कर लगा जातीं—रस्मी 'कैसा है?' या 'कैसी हो?' पूछ जातीं और बाहर अपने कमरे में जाकर आराम से बैठ जातीं। उनके बातें करने की आवाजें आती रहतीं। उनमें से एक तो बीच-बीच में स्वेटर भी बुनने लगती। सुमि को उन्हें बुलाने के लिए पुकारना पड़ता। 'दर्द बहुत हो रहा है?' या 'और कितना टाइम लगेगा' कहने के लिए बुलाने पर डाँट खाने का डर लगता।

सुमि का केस शायद सचमुच बिगड़ गया था। अब तक तीन डॉक्टरनियाँ आकर देख गई थीं। वे अलग जाकर खुसपुस करतीं। सुमि को कुछ भी बताना जरूरी नहीं समझा जाता। यह जरूर पूछा गया कि तुम्हारे साथ कौन है? 'इसके साथ कौन है—घरवाला?' इसका सुमि के पास या बाहर कोई जवाब नहीं था।

बच्चा उलट गया था। या शायद उसकी गरदन में नाल फँस गई हो। अस्पताल आने के बाद से अब तक पेट में बहुत कम हरकत हुई थी—रोजमर्रा से बहुत कम। सुमि की घबराहट पूरी तरह से डर में बदल गई थी। कहीं बच्चा पेट में ही मर तो नहीं गया है? वह साँस रोककर भाँपने की कोशिश करती। कभी लगता है, हिला है, कभी लगता, नहीं, कुछ हरकत नहीं है। डॉक्टरनियाँ तो आला लगाकर देखती हैं। इन्हें तो पता चल ही जाता होगा। अगर मर ही गया है तो ये लोग उसे निकालते क्यों नहीं? कुछ बताते क्यों नहीं? ऑपरेशन करके ही क्यों नहीं निकाल देते? कितने घंटे तो हो गए...और कब तक तड़पना पड़ेगा?

नर्सें और दाइयाँ और डॉक्टर जो पहले उसे सहृदय, मेहनती और चुस्त लग रहे थे, अब एक नम्बर के बेईमान और लापरवाह मालूम हो रहे थे। उसे मालूम था, कुछ गड़बड़ हो गई तो सास उसे जीने नहीं देंगी। पर सास हैं कहाँ? क्या अब भी बाहर खड़ी हैं? या घर चली गईं? हैं, तो भीतर क्यों नहीं आई—एक भी बार? बोली क्यों नहीं, अब पूछा गया कि कौन है—इसके साथ? क्या एक बार भी उन्हें भीतर नहीं आने देते ये लोग?

किसी डॉक्टर मलिक को बुलाने की बात की जा रही थी। ब्लड बैंक से उसके ग्रुप का खून मँगवाया जा रहा था। उसका बी.पी. देखा जा रहा था। ड्रिप में नए-नए इंजेक्शन घुस रहे थे। उसे किसी चीज से एलर्जी तो नहीं है? पहले कभी एबॉर्शन तो नहीं हुआ है? सौ बार पूछा जा चुका था कि ड्यूडेट क्या थी और किसने दी थी? डॉक्टर मलिक को टेलीफोन किया गया था। वे घर पर नहीं थे। किसी शादी में गए थे। बार-बार उसकी टाँगों के बीच तपासा गया था। बार-बार उसे धीरज रखने को कहा गया था।

सुमि बुरी तरह झुँझलाई हुई और डरी हुई थी। उसकी कराहटें चीखों में बदल गई थीं। पेट में जो दर्द पहले लहरों की तरह उठता-गिरता था, अब

लगातार हो रहा था। उसे लग रहा था जैसे पेट में एक लोहे की नोकदार मथानी घुसा दी गई है और बार-बार उसे घुसाया जा रहा है। उसके कपड़े पसीने से भीग चुके थे और गला बुरी तरह सूख रहा था। उसकी टाँगों में दर्द हो रहा था और वे काँप रही थीं। उसने सोचा था कि वह अपने दर्द की अश्लील नुमाइश नहीं करेगी और इसे बहादुरी के साथ, शालीनता के साथ सहन करेगी। वह प्रतिज्ञा परिस्थिति के आगे धरी-की-धरी रह गई थी। सुमि चिल्ला रही थी, चीख रही थी और कोस भी रही थी। दाइयों को, नर्सों को, डॉक्टर को और खुद अपने-आपको।

अभी कुछ देर पहले उसने डॉक्टर की कसकर बाँह पकड़ ली थी। सच बताओ, क्या हुआ है? कुछ नहीं हुआ है, सब ठीक हो जाएगा। कब हो जाएगा? इतना टाइम तो हो गया? बस, अभी हो जाएगा। आप ऑपरेशन कर दो। जल्दी से ऑपरेशन कर दो। अब सहन नहीं होता, मुझसे। जल्दी कुछ करो। मैं मर जाऊँगी। आह!! घबराओ मत, सब ठीक हो जाएगा।

'सब ठीक हो जाएगा।'—सुमि को लगा इससे अधिक खोखले और निस्सार शब्द वह अपने पूरे जीवन में कभी नहीं सुनेगी।

थोड़ी देर में सुमि के गिर्द नर्सों-डॉक्टरों का झुंड था। तरह-तरह के औजारों और दवाइयों की ट्रालियाँ थीं—और दो डॉक्टरनियों की आपसी बातचीत थी। 'एक्स्टेंडेड ब्रीच डिलीवरी...' यह शब्द उसके कानों ने अपनी चीखों से शोर के बीच भी ग्रहण कर लिए थे, लेकिन वह इनका ठीक-ठीक अर्थ अपने-आपको नहीं समझा पाई थी।

दो नर्सों ने उसकी टाँगें पकड़कर फैला दी थीं। एक डॉक्टरनी ने उसकी योनि में अपना दस्ताना वाला हाथ घुसेड़ दिया था। इससे एक भयानक दर्द का झोंका चढ़कर सुमि की छाती तक, माथे तक आकर उसे झनझना गया था। जोर लगाओ, जोर लगाओ की आवाजें आ रही थीं...जोर वह लगा भी रही थी पूरी ताकत से, लेकिन डॉक्टरनी के हाथ फिसल रहे थे। सविता...इट शुड नॉट बी डेमेज्ड...बी केयरफुल!

एक डॉक्टरनी ने दूसरी से कहा था...जोर लगाओ! फिर नारा लगा था। उसने जोर लगाया भी था...ऊपर उठ-सी गई थी...और कितना जोर लगाती? कुछ देर बाद उन्होंने फोरसेप लगाने की कोशिश की, लेकिन आखिर ये सब चली गईं।

यही की यही क्रिया थोड़ी देर बाद फिर हुई। लेकिन नतीजा यह निकला कि नतीजा कुछ नहीं निकला।

अब सुमि को इस बात से कोई मतलब नहीं था कि लड़का है या लड़की? साबुत-सलामत है या विकलांग? काला है या गोरा? जिन्दा है या मुरदा? पीड़ा की घनीभूत परतों ने उसकी सारी चेतना को मथकर रख दिया था। वह छुटकारा चाहती थी। अभी, और तत्काल। किसी भी कीमत पर। यह जो कुछ भी है पेट में और जो इस कदर बड़ा हो गया है कि निकल नहीं रहा है और जानलेवा तकलीफ का कारण है—यह बाहर निकले किसी तरह, बस! बस्स!

आखिर डॉक्टर मलिक आए। एक अधेड़ उम्र, दुबले-पतले डॉक्टर। इस मेटरनिटी वार्ड में शाम के बाद आने वाले पहले मर्द। और उनके सामने नंगी सुमि दोनों टाँगे पूरी चौड़ाई में खोले चित पड़ी थी। देख लो, पर मुझे इस यातना से छुटकारा दिलाओ।

डॉक्टर मलिक ने काफी देर मुआयना किया, काफी सारे प्रश्न पूछे और दूसरी तरफ से सुमि के पास आकर उसके चेहरे पर झुककर नरमाई से कहा, 'चिन्ता मत करो। बच्चा उल्टा हो गया है और उसने अपने पैर फैला लिए हैं। हम लोग नॉर्मल डिलीवरी की एक बार और कोशिश करेंगे, नहीं तो सीजेरियन कर देंगे।'

सुमि को थोड़ी-सी शान्ति मिली। इसलिए नहीं कि बच्चा ठीक-ठाक है, इसलिए भी नहीं कि पहली बार सारी बात उसे साफ-साफ बताई गई, बल्कि इसलिए कि आखिर कोई तो है जो पूरी बात को ठीक-ठाक समझ रहा है और इसलिए भी एक बार की और खींचातानी के बाद भी अगर बात नहीं बनी तो पेट काटकर बच्चे को निकाल दिया जाएगा।

आखिर डॉक्टर मलिक के ही सत्प्रयत्न से रात को एक बजकर बीस मिनट पर सुमि ने एक कन्या को जन्म दिया और निढाल होकर बेसुध हो गई।

सास ने सुना तो हाथ की माला छोड़ी और बगैर किसी को कुछ दिए-लिए पीछे मुड़ीं और सीधी घर जाकर नहा कर खाट पर पड़ गईं।

रवि ने घर जाकर बाप को बताया, 'बेटी हुई है' तो बाप ने उसकी पीठ पर हाथ रखकर कहा, 'कोई बात नहीं' और सोने चले गए।

रवि ने अपने बिस्तर पर·जाकर अपने बदन पर चारों तरफ से चादर कसी और सिर के नीचे बाँहों का तकिया लगाते हुए सोचा—'ये साली किसी और के पास तो नहीं जाती थी?'

अगली सुबह सुमि एक वार्ड में थी। सफेद चादर में लिपटी हुई और अकेली। उसके पास उसका बच्चा नहीं था। उसे कुछ पता भी नहीं था कि उसके बच्चा हुआ है या नहीं, जिन्दा हुआ है या मुरदा? लड़का है या लड़की? गोरा है या काला? सलामत है या विकलांग? पर कोई नहीं था। न सास न पति।

पास से गुजरती एक नर्स को बुलाकर उसने पूछा—'सिस्टर! मेरा बच्चा?'

'अबी लाएगा सिस्टर सुशीला। इंक्यूबेटर में रखेला है।' और चली गई।

कोई नहीं था जिससे सुमि पूछती कि उसके क्या हुआ है? और कोई नहीं था वहाँ जो जानता हो कि इसके क्या हुआ है और उसे बता पाता।

कोई आधे घंटे की कठिन प्रतीक्षा के बाद सुमि ने देखा कि दरवाजे से एक नर्स गोद में चार एक जैसे छोटे-छोटे बच्चों को उठाकर लाई और सबको बाँटते-बाँटते आखिर में एक बच्चे को उसके पास लेटा गई—'लो, सम्भालो, तुम्हारी बेटी!'

सुमि ने बच्चे को ध्यान से देखा। सफेद कपड़े में अच्छी तरह लिपटी बच्ची की आँखें बन्द थीं...छोटे-छोटे होंठ....नाक...कान...घने बाल... हाथ पर एक सफेद टेप जिस पर नम्बर लिखा था।

'मर जा!' सुमि ने कहा और दूसरी तरफ गर्दन घुमा ली।

उसकी आँखों से टप-टप आँसू बहने लगे।

नैनसी का धूड़ा

सूनी, काली, पानीदार, बड़ी-बड़ी आँखें टग-टग आसमान को ताक रही हैं। उनमें कोई ऊष्मा, कोई जीवन, कोई हरकत नहीं है। एक त्रासद याचना है सिर्फ। "मुगती दिराओ!" बस...बहुत हो चुका...अब मुक्ति दो।

मुक्ति कहाँ है? मुक्ति का रंग शायद हरा है। डंडों की मार में...भूख में...अपमान में...उपेक्षा में...हर अनसुनी फरियाद में हरहमेशा हरा रंग दिखाई दिया है। हरा-कच्च! सुग्गे की पाँखड़ी-जैसा।

उस हरियाली में एक चितकबरा धब्बा है...अक्सर अचल...वह माँ है। और एक झक्क सफेद बिंदु है...कूदता-फाँदता...फिर-फिर पलटता... कूदता...वह उसका बचपन है। खुद का।

खेत के बीच मचान पर खड़ी 'बाई' की तरह...चारों तरफ नजरें दौड़ाती...कान खड़े करती...सारे परिदृश्य पर नजर रखती...देर हो जाने पर बुलाती...संकट देखकर दौड़ी आती...कानों को, पुट्ठों को, बदन को प्यार से चाटती...यह माँ है।

माँ के गुलाबी तने हुए थन हैं। दूध से लबालब भरे हुए...। वे दौड़ते हुए आते हैं और एक टहोके में अमृत की धार छोड़ने लगते हैं। एक नहीं... चार-चार। सबके-सब भरे हुए। हरहमेशा। कभी एक से पीता है...फिर उसे छोड़ दूसरे पर लटूमता है...फिर तीसरे को जाँचता है। है। सबमें। क्या-क्या पी ले। जल्दी-जल्दी। और माँ पुट्ठे चाटती रहती है...प्यार से...ममता से... तृप्ति से। लेकिन बहुत जल्दी उसे खींचकर परे कर दिया जाता है। विरोध में टाँगें फटकारती माँ के पैर बाँध दिए जाते हैं। उसे थनों से फुटेक-भर की दूरी पर रखा जाता है...तरसता हुआ...और माँ की आँखें अटूट कातरता में नम हो जाती हैं—और दोनों की आँखों के सामने उसके हिस्से का आहार दूसरे छीन ले जाते हैं।

यह अन्याय से उसका पहला परिचय था। और विवशता से भी।

लेकिन बचपन के दुखों की उम्र छोटी होती है। फिर कुदानें शुरू हो जाती हैं। नैनिया उसे चुहल में लगा लेता है। कभी गरदन पर हाथ फेरता है, कभी पीठ पर धप्प लगाता है...कभी सामने बैठकर मुँह में पत्तियाँ ठूँसता है, कभी अपनी भाषा में जाने क्या-क्या बातें करता है। उसके स्वर में प्यार है। अतः वह दोस्त है। दोस्त उसे अपने पीछे दौड़ाता है। चकमा देकर पीछे पलटता है।...वह दोस्त को देखते हुए ठिठककर खड़ा हो जाता है। मानो थक गया हो। और नैनिया किलकारियाँ मारते हुए तालियाँ बजाता है। अचानक वह सिर आगे झुका तेजी से लपकता है...और सीधे नैनिया के ढूंगों से टकराता है। धीरे से। नैनिया खिलखिल हँस पड़ता है और उसकी गरदन से लिपट जाता है।

दोस्त और भी कई हैं। उनके नाम नहीं हैं। उन्हें 'केड़ा-केड़ा' के सामूहिक नाम से पुकारा जाता है। वे अभी छोटे हैं। उसके हमउम्र। जब वे कुछ बड़े हो जाएँगे, तब उनके नाम रखे जाएँगे।

वे सब सुबह घूमने जाते हैं। खूब सारे। साथ-साथ जुलूस की तरह। पीछे-पीछे छोटी-छोटी लकड़ियाँ लिये, मुँह से टर्र-टिरिक आवाजें निकालते दो-तीन नन्हे रबारी होते हैं। बड़ों की तरह पगरखी पहने, पोतिए पहने (जबकि हो सकता है अंगरखी हो तो, नीचे धोती जैसी चीज सफा गायब हो) पहले नैनिया भी साथ आता था। उसकी आवाज...उसकी हँसी... उसकी किलकारियाँ दूर से ही पहचान में आती थीं। नैनिया बुलाता तो वह कान खड़े कर, पूँछ उठा फौरन भागता। जरूर कोई मजेदार बात होगी। पर अब नैनिया नहीं आता। वह स्कूल जाने लगा है।

रबारी लोग पेड़ों के नीचे पसर जाते, सोलासार खेलते, गप्पें ठोकते, मोरचंग बजाते, ऊलजलूल तानें भरते...सो जाते...इस बीच तुम मस्ती से टहलते रहो, कच्ची दूब टूँगते रहो, एक-दूसरे के माथे लड़ाते रहो... एक-दूसरे की पीठ पर चढ़ते रहो...थक जाओ जो बैठ जाओ और आँखें मींचकर जुगाली करते रहो। मस्ती से। सिंजारे वे टिरिक-टिरिक करते सबको समेटकर घर ले जाएँगे...जहाँ किसी दूसरी जगह से माँ आएगी... अपने गुलाबी, तने हुए दूध भरे थनों के साथ...और नैनिया...और अँधेरा... विभिन्न आवाजें...और एक खूँटे के पास की ठंडी जमीन।

घर बहुत बड़ा था। और उसमें बहुत सारे जने थे। कुछ नैनिया-जैसे, और कुछ बहुत बड़े-बड़े। एक खूब बड़ी लुगाई थी जो खूब बड़ा काले रंग का घाघरा पहनती थी। और उसके हाथ भी खूब बड़े-बड़े थे। उसका खूब रौब था। पर वह भी दोस्त थी। वह बाजरी के सोगरे खिलाती थी, कभी राबड़ी, कभी लापसी, और कभी मौज में आती तो गुड़। वह बहुत जोर से बोलती थी और सब लोगों पर रुआब छाँटती थी। उसे सब 'बाई' कहते थे। एक खूब बड़ा आदमी था। वह सिर्फ सिंजा के बाद दिखाई देता था। कभी-कभी उसके मुंडे से खूब सारा धुआँ निकलता था। और भी बहुत जने थे।

एक दिन घूमने जाते समय रास्ते में एक खेत में खूब बड़ी-बड़ी घास दिखाई दी। लाइन से लगी हुई। टाँगों तक ऊँची। वह रुक गया। टोले से

अलग हो गया और खाने लगा। यह मीठी घास थी। खूब रसदार। उसने सोचा, वंह रोज यहाँ रुककर वह घास खाया करेगा। लेकिन तभी एक रबारी दौड़ता हुआ आया और उसकी पीठ पर कसकर चार-छह लकड़ी जमा दीं। वह हड़बड़ा गया और भाग छूटा। काफी आगे जाकर रुका और सोच में पड़ गया। क्यों? क्यों मारा उसने? तुम मुझे दूध भी नहीं पीने दोगे और घास भी नहीं खाने दोगे? क्यों? वह उस रबारी से नाराज हो गया। उसके जी में आया—उसने सोचा, जब वह बड़ा हो जाएगा तो जरूर इस रबारी के ढूँगे में सींगड़े मारेगा।

समय आने पर सींग भी आए...लेकिन वह अपने बचपन का निर्णय भूल गया। और भी बहुत सारी बातें थीं...एक-से-एक नई और दिलचस्प, कि वह बात याद न रहना स्वाभाविक ही था। माँ का दूध उससे एकदम छुड़ा दिया गया था। और कुछ दिन बाद माँ ने दूध देना ही बन्द कर दिया। अब माँ की नाँद खाली पड़ी रहती थी और उसके बदन की चिकनाई खत्म हो चुकी थी—बल्कि हड्डियाँ निकलने लगी थीं। अब न माँ उसे देखकर कोई प्यार जताती थी न उसे माँ के प्रति पहले जैसा उछाह महसूस होता था। न माँ में कोई पहले-जैसी व्याकुलता थी...न उसमें पहले जैसी ललक। नैनिया रोज दफ्तर-पट्टी लेकर स्कूल चला जाता था और शाम को इस-उस काम में लगा दिया जाता था। उसके दोस्त भी दूसरे हो गए थे और खेल भी दूसरे। वह कभी-कभी ही उसके पास आता। आता भी तो पहले की तरह बातें या खिलवाड़ नहीं करता...चुपचाप इधर-उधर से उसका बदन टटोलता-सहलाता; पुट्ठे ठपकारता, पूँछ मरोड़ता... मुँह खोलकर दाँत देखता...और चला जाता। उसका नाम भी नैनिया से बदलकर नैनसी हो गया था।

नैनिया के व्यवहार में एक महत्त्वपूर्ण यह भी था कि अब वह उसे 'धूड़ा' कहकर पुकारता था, और यह बात वह सचमुच काफी कोशिश और वक्त के बाद ही समझ सका कि धूड़ा कहकर उसे ही पुकारा जा रहा है, उसी का नाम धूड़ा है।

समय आने पर वह यह भी समझा कि उसके टोले के केड़े 'जिनावर' होते हैं और सब केड़े एक जैसे नहीं हैं। कुछ केड़े हैं, कुछ केड़ी हैं। दोनों के शरीर वैज्ञानिक अन्तर को उसने लक्षित किया। अब उसे उसके साथियों

में से कइयों के दाँत और सींग निकल गए थे और टोले में कई केड़े आ मिले थे। छोटे-छोटे। जिनकी वह उपेक्षा करना ही ज्यादा पसन्द करता था। जिस अनुपात में उसकी भूख बढ़ती जा रही थी, उसी अनुपात में दूब-घास-हरियाली कम होती जा रही थी। हरियाली सिर्फ खेतों में थी। और खेतों में मुँह मारने की मनाही थी। पानी पीने के बेरे पर जाते...हरियाली के ऐन बीच...पर हरियाली में मुँह कोई नहीं मारता। भूख की कसर घर पर सूखे भूसे-चारे से किसी हद तक पूरी होती, पर उस सूखे-पीले-निर्जीव पदार्थ को मुँह से भरना, लार से गीला करना, चबाकर नरम करना और सटकना भी वह काफी मेहनत और कष्ट से सीख पाया। उसे मनपसन्द खुराक नहीं मिलती थी, लेकिन उसके रग-पुट्ठों में चढ़ती जवानी की ताकत थी और वह चलता तो दबंग की तरह सिर उठाए...आँखों में विश्वास और चाल में मस्ती। नदी की उठती हुई लहरों की तरह मगरूर और मसरूर। वह यह भी समझा कि दुनिया का सबसे बलिष्ठ, सबसे स्वाभिमानी, सबसे प्रभावशाली और मस्त कोई प्राणी है...तो वह साँड़ है...जिसका डकराना एक विजय-घोष है...और जिसके लिए अच्छे-अच्छे रास्ता छोड़ देते हैं। उसने तय किया कि वह बड़ा होकर साँड़ ही बनेगा।

लेकिन समय ने उसे यह भी समझा दिया कि घर उतना बड़ा नहीं है जितना वह समझता था, न उतना संपन्न। और लोग तो कत्तई उतने बड़े नहीं हैं। कि माँ सिर्फ ममतामयी, दूधदात्री नहीं है...वह फुसकारती भी है, पूँछ भी फटकाती है। और पास जाओ तो सींगड़े भी घुमाती है। एकदम जिनावरों की तरह। कि नैनसी एक लम्बी काली टाँगों और सिकुड़े मुँहासेदार चेहरे तथा खड़े बालों, पीले दाँतोंवाला कमजोर-सा मिनख बनता जा रहा है, जिसे आदमी हरदम गालियाँ बकता रहता है और बाई तो ठोक भी डालती है। कि हरियाली दिन-ब-दिन सिकुड़ती जा रही है और भूसे का-सा पीला-उदास रंग धरती पर फैलता जा रहा है। कि भूख और भोजन जीवन का सबसे बड़ा सत्य है और खूँटा एक तकलीफदेह चीज का नाम है। उसे मिनखों की भाषा और उनके स्वर-संघात थोड़े-थोड़े समझ में आने लगे थे—और उसे लगता था कि घर की आवाजों से किलकरियाँ दिन-ब-दिन घटती जा रही हैं और लाचारियाँ दिन-ब-दिन बढ़ती जा रही हैं। बाहर पोल में लोग आते-जाते रहते हैं, झगड़े-झंझट होते रहते हैं, आदमी

मुंडे से धुआँ निकालता ही रहता है और भीतर घर में बाई दिन-भर झींकती रहती है और इस-उस पर हाथ छोड़ती रहती है।

फिर भी माँ माँ थी, बाई-बाई थी और घर-घर था।

फिर ऐसा समय भी आया कि माँ गुम हो गई, बाई 'डोकरी' बन गई और घर—घर भी छिन गया। लेकिन इस दुर्भाग्य का अध्याय शुरू होने में अभी देर थी।

जब वह पाँच साल का हुआ, मान लिया गया कि वह जवान हो गया है। गबरू तो वह था ही। अपनी भूख और रहस्यमयी जिज्ञासाओं के बावजूद हर आता-जाता यही कहता कि धूड़ा अब जवान हो गया है। कुछ के स्वर में लालच होता, कुछ में ईर्ष्या और कुछ में चिढ़। कुछ तो मोलाने तक लगते। चार हजार। नहीं, तीन हजार। यह सही है कि उसने दो-चार बार ऊटपटाँग हरकतें करने वाले, खामखाँ डंडा मारने वाले और पोटे के लिए पुट्ठों से चिपके रहने वालों को सींग मारा था, दस-पाँच बार (अपने हिसाब से) मौका देकर खेतों में मुँह मारा था और कुछ डरपोक और बेवकूफ केड़ियों के पीछे भी पड़ा था। तो कहा जाता था कि अब वह जवान हो गया है। नाथो और जोतो।

एक दिन उसके दाँत गिने गए, एक हाटिया को बुलाया गया, उसे टाँगड़े बाँधकर जमीन पर पटक दिया गया, नाक में रस्सी डाल दी गई... और खस्सी कर दिया गया। वह छटपटा रहा था, मुँह से झाग फेंक रहा था लेकिन बेबस कर दिया गया था। हाटिया के हाथ में ब्लेड थी। सिर्फ ब्लेड। उसने धूड़ा की अंडकोशों की चमड़ी में चीरा लगाया, अंडकोष निकालकर फेंक दिया और चमड़ी को अँगूठे-उँगली के बीच रखकर दबा दिया और बस। दो मिनट में सारा काम हो गया। धूड़ा को बिलकुल नहीं पता चला कि उसे किस प्रकृति-प्रदत्त अधिकार से, किस सुख से, किस सम्भावना से वंचित किया जा रहा है। किस आफत के तहत उससे सहज जीवन का उसका अधिकार छीना जा रहा है। मानो कहा जा रहा हो कि न सोचो, न सपना देखो। क्योंकि उन्हें हम कभी पूरा नहीं होने देंगे।

एक उत्सव की तरह उसे एक जोड़ीदार के साथ हल में जोत दिया गया और पीठ पर चाबुक छिटकने लगे। उसने कभी अपनी पीठ पर मक्खी

तक नहीं बैठने दी थी। वह दुम उठाकर भाग रहा था—यथाशक्ति—छूटने के लिए। और उसकी प्रशंसा की जा रही थी। जोड़ीदार उसकी इस हरकत से खुश नहीं था, लेकिन वह भी कुछ नहीं कर सकता था—भागना तो उसे भी था ही।

धीर-धीरे वह इसका भी अभ्यस्त हो गया। और जोड़ीदार का भी। यहाँ तक कि उसे अपने गले में पड़ी घंटी और उसका टुनटुनाना अच्छा लगने लगा। पीठ की संवेदनशील थिरकन बुझ गई। पैर चलने और गरदन जुतने की अभ्यस्त हो गई। अब सामने जुआ आता तो जरा-सी टिचकारी मिलते ही वह जुए के नीचे गरदन घुसेड़ लेता।

एक दिन उसे नहलाया गया, उसकी पीठ पर रंगीन ठप्पे लगाए गए, बदन पर रंगीन झूल डाली गई, सींगों को रँगकर उन पर रंगीन फुँदने लटकाए गए, पैरों में झालर बाँधी गई, गले में कौड़ियों की माला पहनाई गई और गाड़ी में जोतकर कहीं ले जाया गया। वह एक नई दुनिया थी, नया अनुभव था और नया मजा। गाड़े पर बना-ठना नैनसी बैठा था। जहाँ गए वहाँ खूब बढ़िया हरी घास खाने को मिली, खूब आरान करने को मिला। जोड़ीदार के पास दिन-भर छाया में बैठे-बैठे जितना मन करे, खाते रहो और जुगाली करते रहो और बस्स। और तीसरे दिन एक गोरी झक्क ठसकेदार लुगाई को नैनसी के साथ बैठाकर वे वापस आ गए।

कुछ दिनों जैसे रूठी हुई बहारें घर में लौट आईं। बाई बीमारी और बुढ़ापे के बावजूद थिरकने और रुआब मारने लगी। नैनिया लाड़ करने लगा। उसकी लुगाई कुछ-न-कुछ खाने को देने लगी। आदमी के मुंडे से धुआँ निकलना कम हो गया। पौ फटने से पहले उनका दिन शुरू हो जाता। बाई चूल्हा जलाकर रोटी पकाती, नैनिया की लुगाई जानवरों के आगे भूसा-पानी डालती, छाछ बिलौना करती, झाड़ू-बुहारू करती, सुबह से पहले वे रवाना हो जाते, दिन-भर खेत में खटते—बीच दो फेरी के क्षणिक आराम के सिवा—और सिंजारे घर आते, खा-पीकर पड़ रहते। बेहद व्यस्त और थकानेवाले दिन। फिर भी कोई गा लेता था। कोई हँस लेता था। दुर्भाग्य से यह इस घर की आखिरी हँसी थी। इसे फिर कभी नहीं हँसना था।

काल चपड़ गया।

बुआई के बाद एक छींट पड़ी और बस। अंकुर फूटे और बस। थोड़ा चारा हुआ और बस। बेरों का पानी नीचे उतर गया। जहाँ बेरों पर मोटर लगी थी, वहाँ हरियाली थी और बस!

भूसे की मात्रा कम होने लगी। माँ डकराती रात में। कोई नहीं सुनता। झगड़े-झंझट फिर चालू हो गए थे। अब उसका कहीं कोई काम नहीं था। उसे खिलाना घरवालों को भारी पड़ रहा था। नैनसी ने दूसरों के खेतों पर काम करना शुरू कर दिया। जहाँ बेरों पर मोटरें लगी थीं। जहाँ हरियाली थी। जहाँ अकाल केन्द्र में नहीं, हाशिए पर था।

फसल पकने पर आदमी के मुँह से निकलने वाला धुआँ और गाढ़ा हो गया। उसमें गालियाँ आ मिलीं। घर में खाने को टोटा पड़ा था। वे लोग कर्ज में डूबे हुए थे। जमीन टुकड़े हुई जा रही थी। टुकड़े बोहरा की दाढ़ में सरकते जा रहे थे।

एक दिन आदमी ने किसी बात पर नैनसी को ठोक डाला। बाई बीच-बचाव करने गई। उसे भी दो हाथ पड़ गए। नैनसी की लुगाई रोने लगी। बाई भी। धूड़ा बड़ी-बड़ी, आश्चर्य से फटी-फटी आँखों से सारा घटनाक्रम देख रहा था। चुपचाप। माँ भी। मानो झगड़े की जड़ में यही हों। मानो अभी ये भी पिट सकते हैं। उस रात नैनसी ने उसे खूब लाड़ किया। गर्दन से लिपटा। पीठ पर हाथ फेरा। धूड़ा-धूड़ा करता रहा।

दूसरे दिन उसे—यानी धूड़ा को—किराए पर दे दिया गया। गाड़े में जोतने के लिए।

सुबह-सुबह आदमी उसे एक अजनबी मकान में छोड़ गया। जुतने में उसे कोई परेशानी नहीं थी। खेत के भुरभुरे ढगलों में या कच्ची नम जमीन में चलना उसे आता था। पर यहाँ दशा और थी। गाड़े पर खूब सारा भार था। जोड़ीदार नया था। काला-कलूटा और ठिंगना। एकदम। सारा भार धूड़ा पर आ रहा था। और तिस पर हाँकने वाला ऐसा उल्लू—जिसे चाबुक फटकारते रहने की बीमारी। बार-बार लगाम खींचता। बार-बार चाबुक मारता। बिन वजह। धूड़ा जोर लगाकर आगे बढ़ता, जोड़ीदार की नानी मरने लगी। जबकि उसे पूरे रास्ते एक भी चाबुक नहीं पड़ा। जमीन पत्थर की तरह सख्त और काली। बड़े-बड़े चढ़ाव-उतार और तीखे घूम। एक चढ़ान पर हाँकने वाले ने चिल्लाते-गलियाते हुए धूड़ा की पीठ में डंडा

घोंप दिया। धूड़ा गुस्से से बिफर गया। वह जोर से फुसकारा और उसने जोड़ीदार की कनपटी में सींग मार दिया। गाड़ी हचक-मचक हो गई। इस उपलक्ष्य में और मार पड़ी।

रात ढले घर लौटे। लेकिन यह घर अपना नहीं था। यह खूँटा वह खूँटा नहीं था। न माँ थी, न बाई, न नैनिया, न उसकी लुगाई। धूड़ा चुपचाप खड़ा हो गया। उसके आगे कोई भूसा डाल गया। उसने सूँघकर छोड़ दिया। पानी दिया, दो-चार घूँट पी लिया, सिर ऊँचा किए खड़ा रहा। उसकी गर्दन पर गट्टा पड़ गया था। दुख रहा था। पर क्या किया जा सकता था? सहानुभूति के...प्यार के दो झूठे बोल बोलने वाला भी वहाँ कोई नहीं था। धूड़ा इनका कौन लगता है? धूड़ा मर भी जाए तो इनको क्या फर्क पड़ेगा? सब सो गए। वह खड़ा रहा। हर आहट उसके कान खड़े होते। आँखें चारों तरफ टग-टग देखतीं। अभी कोई आएगा और छुड़ाकर ले जाएगा।...शायद नैनिया आ जाए...शायद बाई...लेकिन कोई नहीं आया। रातभर कोई नहीं आया। उसकी आँखों से आँसुओं की काली लकीरें निकलने लगीं। नथुने फुफकार छोड़ते रहे। मन में ढेरों गुस्सा इकट्ठा होता रहा। सुबह जो सामने आएगा, उसकी खैर नहीं।

वहाँ धूड़ा खटता रहा और पिटता रहा और घर के लिए तरसता रहा। और गुस्सैल हो गया। मौका मिलते ही लोगों के सींग मारता। जहाँ मर्जी आती, अड़ जाता। एक बार एक छोरे को उसने सींग पर उठाकर पीछे फेंक दिया। तब से उसके पास कोई नहीं आता। हाँकने वाले के सिवा। जो दोस्त नहीं है। अब भी। धूड़ा को उसकी खुराक के हिसाब से खाने को नहीं दिया जाता। वह रास्ते चलते अंड-बंड चीजों में मुँह घुसेड़ता रहता है। उसके पुट्ठों का सारा मांस सूख गया है। चोट के निशान पक्के हो गए हैं। अब वह निसरड़ा और मार का अभ्यस्त हो गया है। एक बार उसे डाम भी चेंटाया जा चुका है। जिसको काम की कदर नहीं उसके लिए क्यों खटो? खामखाँ सताते रहने वाले के लिए कौन अपने हाड़ गलाएगा? इसका वास्ता या तो कभी अच्छे जिनावर से पड़ा ही नहीं होगा, या ये सब काबिल ही नहीं कि कोई अच्छी तरह इसके पास काम करे। प्यार के दो बोल नहीं। पेट-भर खाना-खुराक नहीं। मार कभी रुकती नहीं। धूड़ा... गुस्सैल धूड़ा सिर्फ कभी-कभी सोचता...अब पुराने घर की। अधिकतर तो

यही सोचता कि खूँटा तुड़ाकर भाग जाए...एकदम आजाद और मस्त हो जाए...साँड़ की तरह। और एक दिन खूँटा तुड़ाकर भाग भी गया...रस्सी, खूँटे समेट...पर काफी देर मस्ती मारने के बाद उसे घर की याद आई और 'अपने' घर पहुँच गया। लेकिन वहाँ किसी की आँखों में उसके लिए पहले का-सा स्वागत-भाव नहीं था और बावजूद उसके डकराते रहने के आदमी फिर इसी राक्षस के यहाँ छोड़ गया।

दूसरे साल भी पानी नहीं बरसा। तीसरे साल भी नहीं। काल गाँव के आसमान में चीलें चक्कर काटने लगीं। भाँय...भाँय! चौफेट सरपाट... सुनसान! हरियाली का कहीं छिटका तक नहीं। आँखों में धूल और धूप की करकती फुलझड़ियाँ और गले में खुभे प्यास के भरुट-काँटे!!

जमीन गई। बाई गुजर गई। नैनसी नौकरी करने रामनगर चला गया। उसकी लुगाई पीहर चली गई। घर में कौन? धुआँ छोड़ता आदमी। माँ... एक कोने में भूख से रंभाती...और धूड़ा...दूसरे कोने में खुरों से सुखी जमीन खूँदता...मिट्टी चाटता।

कोई ले ले। कोई जिनावर खरीद ले। ऐसे ही ले ले। बेचारे मरेंगे तो नहीं। पर कौन लेगा? मिनख भूखे-तिरसे फिर रहें हैं...जिनावर की हत्या कौन लेगा?

सारा घर सारे दिन सूना पड़ा रहता। सुबह का गया आदमी सिंजारे घर लौटता और हाँफता हुआ धुआँ छोड़ता या करवटें बदलता 'दाता...दाता' करता रहता। माँ और धूड़ा उसे कातर देखते रहते। चुपचाप और अहिल। क्या बात है? क्या तकलीफ है? क्या हम तुम्हारे काम नहीं आ सकते?

चारूँमेर लोग बीमार पड़ रहे थे और मर रहे थे। जिनावर पड़ते... खून उगलते और खतम। लोग...ये बंजर और कड़ियल लोग...बरसात न होने के आदी थे...सूखे के अभ्यस्त थे। वर्षा के लिए याचना करने वाला कोई गीत उनकी भाषा में नहीं था। वे पशुधन, बल्कि पशुबल के बूते पर पीढ़ियों से प्रकृति के आगे छाती खोले खड़े थे। जमीन ऐसी थी कि दो बरसातें ठीक टैम पर हो जातीं तो खूब सारा अनाज हो जाता था, जिसे वे बरस-दो बरस-तीन बरस की कंजूसी के साथ बरतते रह सकते थे। इसके अलावा ज्यादा चीज की उन्हें दरकार भी नहीं थी। उनकी रीढ़ का, उनकी

हेकड़ी का राज था उनका पशुधन। बैल, गाय, ऊँट, बकरी-भेड़...। लेकिन अगर पशुओं को देने के लिए ही पानी न मिले? या तो सीधे पेट पर लात है बापजी! पेट पर निचले हिस्से पर...हख।

और ईश्वर? हाँ, ईश्वर। ईश्वर कितना क्रूर है।

लोग टोले बनाकर गाँव छोड़ने लगे। जानवरों के साथ। अपनी छोटी-मोटी गिरस्तियों के साथ। इलाके में कसाइयों ने फिरना शुरू कर दिया था। गाय की कीमत—बीस रुपये। बैल की—तीस।...मरो जल्लाद! कौन बेचेगा इनके हाथों अपना लाड़-कोड़ से पाला जानवर! लेकिन कोई तो बेचता होगा। वरना ये आते ही क्यों?

आदमी की हँफनी में, उसकी अन्तहीन करवटों में, उसकी दाता-दाता की गुहार में ऐसे ही जाने कितने हाहाकार चकराती आँधी की तरह घुमेरे मार रहे थे।

एक दिन कहीं से आटा लाकर आदमी ने टिक्कड़ बनाए। अपने हाथों से माँ को खिलाए। गुड़ खिलाया। सब करते हुए हाँफता रहा। दरअसल वह रो रहा था। अन्दर से रोली लाकर माँ के भाल पर टीका किया... उसके हाथ जोड़े...और रस्सी खोलकर उसे बाहर हकाल दिया। प्रोल का दरवाजा खूँट दिया और वहीं जमीन पर धप्प से बैठकर विलाप करने लगा।

माँ जोर-जोर से रंभा रही थी। अनिष्ट की आशंका उठाकर उसे आतंक के भुतैले गह्वरों में धकेल दिया गया। यक-ब-यक। एक केड़ी के रूप में वह इस घर में आई थी। अपनी माँ के साथ। चार बार वह ब्याई। वह इस परिवार की सदस्य थी। है। जिन्दा। नहीं है क्या? कोई कहे तो? कैसे निर्ममता के साथ उसे हकाल दिया गया!! उसकी करुणा और कातर बां-बां न जाने कब तक बन्द दरवाजे पर बिलखती रही। कौन सुनता? आदमी...आदमी पत्थर की तरह। जड़ और निस्पंद।

और एक दिन एक तेली धूड़ा को खरीद ले गया। सिर्फ पचास रुपये में।

धूड़ा की आँखों पर पट्टी बाँध दी गई और उसे कोल्हू में जोत दिया गया। और चल भई। ऐसी रात धूड़ा की जिन्दगी में कभी नहीं आई थी, जिसमें कहीं कोई संध भी न दिखाई दे। एक ही गंध। एक ही मारग। एक ही जुआ। रात-दिन। खाने को सूखा भूसा और थोड़ी-सी खली। पाँवों के

नीचे गीला पुआल। घानी के बाहर पानी की नाँद। वहीं खाना। वहीं सोना। जो भी थोड़ा-बहुत तेली सोने दे। पर तेली क्यों सोने दे?

चला। चला। चक्कर आ गए। गिर पड़ा। मार पड़ी। चला। फिर लड़खड़ाया। फिर मार पड़ी। नहीं चला। नहीं चलेगा। मार ले, कितना मारना है।

लेकिन मार की भी हद होती है। भागा। पर कहाँ भागेगा? वहीं गोल-गोल-गोल। आने दो। किसी को नजदीक आने दो। वह ऐसा सींगड़ा मारेगा...। और सींग उसने मारा। लेकिन मार तो जो पड़ी सो पड़ी, सितम यह कि उसके सींग ही कटवा दिए गए।

पूरी जिन्दगी यंत्रणा बनकर रह गई। नरक। और वह बुझता गया, बुझता गया। उसकी आँखों की रोशनी ही नहीं...आत्मा की रोशनी भी बुझने लगी। सारा उत्साह, सारा विद्रोह, सारा स्वाभिमान...बूँद-बूँद निचुड़ गया। कुछ भी खा लेना है...कुछ भी सह लेना है...कैसे भी मर लेना है। कोई अरमान नहीं, कोई सपना नहीं, कोई स्मृति नहीं। अत्याचार ही होता...अगर अब कोई उसकी आँख पर बँधी पट्टी खोल देता और उसे आजाद कर देता।

लेकिन उसके साथ यही किया गया।

चार साल अच्छी तरह रगेदने के बाद, हड्डियों का सारा सत निचोड़ लेने के बाद भी न काम बन्द हुआ न मार। उसकी गरदन पर जख्म हो गया। जख्म पर दिन-भर मक्खियाँ बैठतीं...जिन्हें वह खड़ा-खड़ा न पूँछ से उड़ा पाता न सींग...सींग तो थे ही कहाँ? जख्म में पीब पड़ गई...वह गंधाने लगा...और फैलने लगा...और नासूर बन गया। उसकी दशा ऐसी बन गई की सिर भी नहीं उठा पाता। रात-दिन मोटे-मोटे गाढ़े आँसू रोता रहता और खटता रहता। बीमारी-कष्ट-मार-आन्तक-मृत्यु सबके प्रति उसका बाहरी ही नहीं, भीतरी प्रतिरोध भी नष्ट होता चला गया और वह लाश बना चला गया।

सारी घाणी जख्म-मवाद की बदबू से भर गई। बदबू तेल में उतरने लगी। ग्राहक चिड़चिड़ाने, भड़कने और कतराने लगे। लेकिन तेली, जो दिवाली के दिन भी बैल को नहीं बख्शता, उसे रगेदता रहा। रगेदता ही रहा।

एक दिन धूड़ा ऐसा गिरा कि उठा ही नहीं। लाख कोशिशें की उठाने वालों ने। आखिर उसकी आँखों की पट्टियाँ खोली गईं। पेट के नीचे डंडा

फँसाकर, रस्सियों से बाँधकर, खींचकर उसे खड़ा किया गया, खोला गया, बाहर लाया गया, और छोड़ दिया गया। जा...जहाँ तेरा भाग तुझे ले जाए।

एक बीमार, मरियल, बूढ़ा जानवर...मक्खियों, कौवों और कीड़ों से घिरा...रो रहा है और घिसट रहा है। वह भूखा है...और किसी ने उसके सामने घास डाल दी है...हरी घास...और उसमें इतनी शक्ति भी नहीं है कि उसे जबड़ों में ठूँस ले...या चबा ले। प्यासा है...और पानी है...और पानी में मुँह डाल दिया है...पर उसे नीचे नहीं उतार पा रहा है। ऐसे जीवन को मौत आ जाए...इससे अच्छा और क्या हो सकता है।

लेकिन बदसूरत-से-बदसूरत जिन्दगी, खूबसूरत मौत से ज्यादा अच्छी होती है। धीरे-धीरे अपने मरियल बीमार शरीर और उसके उपजीवियों को ढोते हुए न जाने किस चेतना...किस अन्तर्प्रेरणा....किस आवेग के सहारे... उसने अपने गाँव की डगर ढूँढ़ ली। जानवरों की जो बहुत-सी बातें मनुष्य कभी नहीं समझ पाएगा, उनमें से यह भी एक थी। चलता रहा। घिसटता रहा। निरुद्वेग। रुकता। चलता। जाना ही है।

अब गाँव सामने था।...पहले की तरह लहलहाता हुआ...हरा कच्च... सुग्गे की पाँखड़ी की तरह! यह देखने के लिए उसकी आँखें कब से तरस रही थीं। रुक गया। टग-टग देखता रहा। बस, अब ठीक है। फिर चल पड़ा। धीर-धीरे...चाल में जरा भी उतावली नहीं थी। आँखों से आँसू बह रहे थे। काली लकीरें। गरदन नीचे झुकी हुई थी। भारी पैर सप्रसन्न धीरे-धीरे सरक रहे थे।

गाँव पर सुबह की चंदेरी धूप फैली हुई थी। ठंडी हवा चल रही थी। फसलें लहलहा रही थीं। केड़े-केड़ियों का सफेद कूदता-फाँदता झुंड चरने जा रहा था। पीछे-पीछे टर्र-टिरिक करते रबारियों के दो-तीन बच्चे। कोई मोरचंग भी बजा रहा था। पता नहीं...शायद नहीं बजा रहा होगा। सिर्फ भ्रम हुआ होगा।

एक सूने-हरे ऊँचे टीले पर पहुँच गया। हरियाली अनन्त तक फैल गई। केड़े-केड़ी सफेद धुँधले धब्बे बन गए। वह अपने बचपन के चारागाह से कितना पास था। लेकिन कितना दूर। गाँव से बाहर...एक आजाद जमीन पर...जैसा कुदरत ने उसे बनाया होगा। पहुँचा और गिर पड़ा। गिरा और मर गया। आँखें खुली रह गईं। टग-टग आसमान को देखतीं

अब कौए आएँगे और काली-पनीली-खाली आँखों में चोंचें घुसेड़कर मांस की नरम-नरम लीरियाँ खींचेंगे। फिर गिद्ध आएँगे। डरावने और मनहूस। उनके लिए आँखों के नरम रेशे छोड़कर कौए खुरों के नीचे के नरम मांस को नोचना शुरू करेंगे। चारों तरफ दुर्गंध फैल जाएगी, जिसे आकर्षित होकर कुत्ते आएँगे और अपने पैने दाँतों से उसका पेट चीथकर उसकी आँतें चबाएँगे। फिर गिद्धों का एक पूरा झुंड होगा और वे इतना खा चुके होंगे कि उनसे उड़ा भी नहीं जाएगा और वे फिर-फिर खाएँगे। चमड़ी गिरती-चिरती-उतरती जाएगी...मांस बीतता जाएगा। और पंजर झलकने लगेगा...हालाँकि अब भी उस जगह-जगह गुलाबी सफेद मांस चिपका होगा। फिर धीर-धीरे सिर्फ सफेद पंजर रह जाएगा—और इससे पहले कि वह भुर-भुराकर मिट्टी में मिल जाए...कोई उसे किसी के हाथ बेच देगा।

रामनगर की कच्ची बस्ती के बाहर कूड़े के ढेर पर एक लाश मिली है। हालाँकि जीते-जी उसे किसी ने आदमी नहीं समझा हो, पर कहना तो यही पड़ेगा कि वह एक आदमी की लाश है। मरने वाले की उम्र कोई ज्यादा नहीं। पर फोड़े-फुंसियों और खूब मवाद ने चेहरे को एकदम विकृत कर दिया है। सुनते हैं, कोई मजदूर था। कई बरस पहले चढ़ती जवानी में गाँव से आया था और रिक्शा चलाने लगा था। फिर ताला-चाबी के कारखाने में लग गया। उन दिनों शहर में एक अभियान चल रहा था, जिसके तहत निस्संतान होने के बावजूद उसकी नसबन्दी कर दी गई। फैक्ट्री के सेठ ने धीरे-धीरे करके उस पर काफी कर्जा चढ़ा दिया, उसे एक तरह से बंधुआ मजदूर बना लिया और उससे चोरियाँ करवाने लगा। एक बार इसने वापस गाँव भागने की कोशिश की, पर कामयाब नहीं हो सका। जब उसके हाड़-गोड़ कमजोर हो गए, एक दिन उसने चोरी करने से इनकार कर दिया। उसी दिन उसे चोरी के इल्जाम में पकड़वा दिया गया। थाना-कचहरी-जेल का चक्कर एक बार चला तो चला। नाम मुजरिमों में आ गया। वह करे या न करे, अब जब कहीं, जहाँ कहीं चोरी हो उसे पकड़ लिया जाए। हारकर सचमुच चोरियाँ करने लगा और बार-बार अन्दर-बाहर होता रहा। बार-बार की इस आवाजाही से उसे एक विचित्र बीमारी लग गई। उसके सारे शरीर पर फोड़े-फुंसी हो गए और उसमें मवाद पड़ गया। उसने शराब

पीना शुरू कर दिया। और धीरे-धीरे पक्का शराबी हो गया। हर तरह से दुत्कारा जाता, कुत्ते की तरह दुरदुराया जाता...सड़क पर पड़े रद्दी कागजों से अपने जख्मों की पीप पोंछता रहता और मौका मिलते ही चोरी करता... शराब पीता...जी भरकर खाना खाता...और कहीं भी औंधे मुँह पड़ जाता।

आखिर मर गया।

लोग कह रहे हैं, उसका नाम धूड़ा था। लेकिन मैं आपसे जोर देकर कहना चाहूँगा कि उसका नाम धूड़ा नहीं है। नैनसिंग है।

और सच बात तो यह है कि वह मरा भी नहीं।

क्या तुमने कभी कोई सरदार भिखारी देखा?

एक तारीख की शाम अजमेर से रवाना होकर हम दो की सुबह साढ़े पाँच बजे दिल्ली पहुँचे। हमें निजामुद्दीन से पौने सात बजे दूसरी गाड़ी पकड़नी थी और कुलियों ने बताया कि आज रिक्शा-टैक्सी कुछ नहीं चल रहे हैं, इसलिए हम छत्तीसगढ़ एक्सप्रेस से नयी दिल्ली तक आये। वहाँ रेल के ड्राइवर ने बताया कि यहाँ वह डीजल भरेगा और पौने सात बजे तक निजामुद्दीन नहीं पहुँच पाएगा। मैंने लपककर सारा सामान कुली से बाहर निकलवाया। बहुत कम टैक्सियाँ थीं, जो थीं उनके भी ड्राइवरों का कहीं पता नहीं था, जो ड्राइवर थे भी, वे इतनी सुबह निजामुद्दीन जाने के लिए तैयार नहीं थे। बड़ी मुश्किल से एक ऑटो रिक्शा पचास रुपये में तैयार हुआ, हम बैठे और ढुर्रर...।

सुबह की धुंधभरी खुनकी में नयी दिल्ली उतनी ही खूबसूरत लग रही थी जितनी हमेशा। दुनिया की सबसे खूबसूरत राजधानियों में से एक। कनॉट प्लेस से गुजरते हुए मुझे पल भर के लिए वही अनुभूति हुई—जैसे किसी किशोर को किसी लड़की का उरियाँ जिस्म पहली बार देखकर होती है। दिल्ली के जिस्म पर उस सुबह कोई खरोंच, जख्म या फफोला मुझे नजर नहीं आया।

पहुँचे और हॉर्न हुआ। बच्ची को गोदी में टाँग बीवी पुल पर भागी। पीछे-पीछे कुली और मैं। भागते-दौड़ते गाड़ी पकड़ी। जो डिब्बा सामने

आ गया उसी में घुस गए। यह पुरी कोच था। हमारा रिजर्वेशन राउरकेला कोच में था। सोचा मथुरा में बदल लेंगे।

डिब्बा—जो हमेशा खासा भरा रहता था—आज लगभग खाली था। हमने सुविधानुसार बीच के कूपे की दो बर्थ ले ली—जिन्हें बख्शने में कंडक्टर को कोई खास तकलीफ नहीं हुई।

हमारे सामने की बर्थ पर एक सरदारजी थे। बूढ़े और फटेहाल। कोई सत्तर साल की उमर और बीमार। एक निहायत पुराने होल्डॉल को खोलकर उस पर चुपचाप चित्त लेटे थे। पगड़ी बदहाल और एक बेहद घिसी हुई मलेशिया की मुची हुई पतलून से निकलते दो मरियल काले पाँव। उन्होंने हमारी तरफ देखा तक नहीं। हमारी बच्ची ने किलकारियाँ मारीं, हाथ-पाँव उछाले, अंडे की तरह गोल मुँह बनाकर 'बाबा! बाबा!' कहा—उन्होंने बच्ची की तरफ भी देखा तक नहीं।

दायीं तरफ वाले कूपे में पाँच-छह आदमी चार-पाँच अखबार बाँट-बाँटकर बदल-बदलकर पढ़ रहे थे। काले हाशिए वाला अखबार। तस्वीरों, श्रद्धांजलियों और सदमे की सनसनी से भरा। बायीं तरफ वाले कूपे में एक भारी आवाज वाला सम्भ्रान्त व्यक्ति अपनी बेटी के साथ सफर कर रहा था और इस समय उसके साथ विदेशों में बसे अपने कुछ रिश्तेदारों के बारे में अंग्रेजी में बात कर रहा था। हालाँकि इसमें ताज्जुब की क्या बात थी, पर मुझे ताज्जुब हुआ कि ये लोग वही बात क्यों और कैसे नहीं कर रहे जो इस समय सब लोग कर रहे हैं।

मथुरा बहुत देर से आया। वहाँ कुछ नहीं था। न चाय, न नाश्ता, न सिगरेट, न अखबार, न कुली, न मुसाफिर। जैसे स्टेशन पर कर्फ्यू लगा हुआ हो। हमें बच्ची के लिए थर्मस में पानी भरवाना था। गरम। वह उसे दो दिन और एक रात के सफर में कहीं भी नहीं मिलना था।

घूमघामकर मैं वापस डिब्बे में आकर पत्नी को बताने लगा कि अच्छा हुआ राउरकेला कोच के रिजर्वेशन की फिक्र नहीं की। फिर उतरकर टहलने लगा। अचानक पचास-साठ लड़कों की भीड़ नारे लगाती हुई स्टेशन में घुसी। कुछेक के हाथ में डंडे भी थे। उन्होंने हर डिब्बे की खिड़की में ताकाझाँकी की और आखिर रेलवे पुलिस के समझाने पर शोर मचाते हुए चले गए। लेकिन जाने से पहले एक लड़का हमारे कूपे के सामने आया

और खिड़की से मुँह सटाकर सरदारजी को उसने गालियाँ दीं। उन्हें गद्दार और खूनी कहा। और कहा कि वह उनकी टाँगें चीर देगा। फिर चला गया। 'ये छोकरे' मैंने सोचा। और फिर डिब्बे में आकर बैठ गया। बच्ची खिड़की में खड़ी खेल रही थी और नारे लगाने वालों की नकल में 'होऽहोऽ' कर रही थी। हम पति-पत्नी उसकी बालसुलभ शरारतों का मजा लेने लगे।

'मैं लैट्रीन में बन्द हो जाता हूँ।' अचानक सरदारजी ने कहा मुझसे। वह भयभीत और परेशान लग रहे थे। मैंने उनके काले-झुर्रीदार चेहरे, धँसी आँखों और मैली दाढ़ी को देखा। उन्होंने जो कहा था, मेरे दिमाग में फिर बजा और मुझे ताव आ गया। मैंने जोर देकर कहा कि 'कुछ नहीं होगा सरदारजी, तुसी मजे से बैठो। हमारे होते आपका कोई कुछ नहीं बिगाड़ सकता। ये तो छोरे-छपाटे हैं। क्या फिकर करते हो। मजे से बैठो। कुछ नहीं होगा।'

वह अपनी मैली चादर ओढ़कर आँख मूँदकर चित लेट गए।

बस, यही एकमात्र वाक्य था, जो उस पूरे दिन में उन्होंने बोला था।

उन्हें आश्वस्त कर चुकने के बाद मेरे दिमाग में थोड़ा तनाव पैदा हो गया। क्यों किसी निर्दोष को लैट्रीन में खुद को बन्द कर लेना पड़ेगा? क्यों?

लेकिन जैसे-जैसे ट्रेन आगे बढ़ी, तनाव भी बढ़ता गया।

आगरा में स्टेशन एकदम खाली था। ग्वालियर में कर्फ्यू लगा हुआ था। बच्ची दूध के लिए रो रही थी। हमने सुबह से चाय नहीं पी थी। मेरी सिगरेटें खत्म हो रही थीं। और खाना? हमने सोचा दिल्ली जैसे-जैसे दूर होती जाएगी सब कुछ शान्त व सहज होता जाएगा। लेकिन झाँसी पर मैंने दूर से ही कई जगह धुआँ उठते देखा और आउटर सिग्नल पर एक भीड़ देखी और हवा में सनसनी। मैंने सरदारजी से कहा—'आप ऊपर की बर्थ पर जाकर ओढ़कर सो जाइये।' और एक को छोड़कर सभी खिड़कियाँ बन्द कर लीं।

लेकिन स्टेशन पर कोई तनाव नहीं था। वहाँ चाय भी मिल गई। मैंने प्लेटफॉर्म पर ही खड़े-खड़े सरदारजी से कहा—'नीचे आ जाइये। कोई डर की बात नहीं है।' उनका सारा बदन सिर से पाँव तक चादर से ढका हुआ था, सिर्फ आँखें खुली थीं—जिनमें दहशत भरी हुई थी। जैसे किसी सुरंग में से झाँकती किसी भीत पशु की दो आँखें। वह हिले-डुले तक नहीं। नीचे तो नहीं ही आये। और अच्छा ही किया कि नहीं आये, क्योंकि

थोड़ी ही देर बाद एक बड़ी भीड़ नारे लगाती हुई, शोर मचाती हुई और गालियाँ बकती हुई प्लेटफॉर्म पर दाखिल हुई। भीड़ में अधेड़ लोग भी थे, नौजवान भी और दस-बारह साल के छोकरे भी। उनमें से कइयों के हाथ में लाठियाँ थीं, कुछ के हाथों में कुल्हाड़ियाँ और एक-दो के हाथ में घासलेट-पेट्रोल के जरीकेन।

'सऽरऽदाऽर!! निकल बाहर तेरी...।' कोई डिब्बे की दीवारों को लाठी से पीटता हुआ चीख रहा था।

देखते-ही-देखते भीड़ दोनों तरफ से हमारे डिब्बे में घुस गई और हर सीट पर, सीट के नीचे और इधर-उधर झाँकते हुए हरेक से पूछने लगी—कोई सरदार तो नहीं है? उन्होंने डिब्बे में घुसते ही पहला काम यह किया था कि सारे टॉयलेट चेक किये थे और सबकी भीतर की चिटखनियाँ तोड़ दी थीं। अब वे हमारे कूपे की तरफ आ रहे थे। ऐन मुमकिन था कि वे हमारे कूपे में ऊपर की बर्थ पर सिर से पाँव तक चादर ओढ़कर सोये सरदारजी को देख लेते और पकड़ लेते कि तभी रेलवे पुलिस आ गई और उसने सबको गाड़ी से और प्लेटफॉर्म से बाहर खदेड़ दिया।

प्लेटफॉर्म से एकदम बाहर रेलवे वालों के क्वार्टर थे। बगीचे से घिरे लकड़ी की जाफरी वाले एक क्वार्टर पर भीड़ ने हल्ला बोल दिया। कुछ दरवाजा तोड़कर भीतर घुस गए, कुछ पीछे की तरफ लपके, कुछ खपरैलों पर पत्थर मारने लगे और कुछ ने जाफरी पर तेल छिड़ककर मकान में हमारे सामने आग लगा दी।

मुसाफिर तमाशा देख रहे थे और मन-ही-मन दुआ भी कर रहे थे कि जल्दी से जल्दी गाड़ी चल दे। और तभी गाड़ी चल दी।

सरदारजी अब भी वहीं, वैसे ही पड़े हुए थे। कुछ देर बाद कोई किसी से कह रहा था—बेचारे का हार्टफेल ही न हो जाए।

लेकिन अगले स्टेशन पर फिर वही नजारा था। आउटर सिग्नल पर गाड़ी लगभग रुक गई। सामने एक खपरैल के मकान से खूब गाढ़ा काला धुआँ उठ रहा था। सामने से गाड़ी रेंगी तो सामान का ढेर जलता नजर आया। सोफासेट, पलंग, कुर्सियाँ, बेडमिंटन का रैकेट, गद्दे-बिस्तर, किसी बच्चे की ट्राइसिकल, हॉकी स्टिक...और दूर खड़े तमाशा देखते अनेक आदमी, औरत, बच्चे!

सारा दिन इसी वहशियत में गुजरा। सारा दिन सरदारजी चुपचाप पड़े रहे, सारा दिन उन्होंने कुछ दवा की गोलियों के सिवा कुछ नहीं खाया, सारा दिन आतंक, उदासी और मनहूसियत का आलम डिब्बे पर तारी रहा।

लेकिन रात होते-होते हालत और खराब हो गई। अब किन्हीं भी दो स्टेशनों के बीच गाड़ी रोक ली जाती, भीड़ का बेकाबू रेला डिब्बों में घुस आता, गालियाँ दी जातीं, डंडे बजाए जाते—'भाई साब, कोई सरदार तो नहीं है'—पूछा जाता और पत्थर फेंके जाते।

मैंने कहा—हमें डिब्बे के चारों दरवाजे एकदम बन्द कर लेने चाहिए।

दरवाजे के नजदीक दो सिन्धी लड़के बैठे थे। तमाशा देखने और मजा लेने की मुद्रा में। जब कि डिब्बे के शेष लोग उदास और परेशान थे। शायद शर्मिन्दा भी। सिन्धियों ने कहा—'दरवाजा नहीं खोलोगे तो उन्हें और डाउट होगा और वे पत्थर मारेंगे।' मैंने कहा—'मारने दो, पत्थर मारने से डिब्बा नहीं टूटेगा। खिड़कियाँ बन्द रखो।' उनमें से एक ने कहा—'वे खिड़कियों में आग भी लगा सकते हैं।' मैं चुप हो गया। हालाँकि आग कोई लगाता भी तो डिब्बा एकदम जल नहीं जाता, लेकिन जो भगदड़ आग के नाम से मचती—अपनी सोच की निरर्थकता पर मैं सिर धुनने लगा। लेकिन अगर सब मिलकर—क्या सब मिलकर? कैसे सब मिलकर?

बायीं तरफ वाले कूपे में सब लोग एकदम गुमसुम थे। और शायद खैर मना रहे थे कि वे सरदार नहीं हैं। या शायद अब भी आशावान थे कि कुछ नहीं होगा, गाड़ी चलती रहेगी और वे सकुशल अपने गंतव्य तक पहुँच जाएँगे। या पछता रहे थे कि वे घर से चले ही क्यों, या रेलवालों को कोस रहे थे कि ये जगह-बेजगह गाड़ी रोकते ही क्यों हैं? या डर रहे थे कि कुछ भी हो सकता है। उन्माद के विषैले धुएँ में वे खुद भी सुरक्षित नहीं हैं। गाड़ी रोकी जा सकती है, सरदारों को लूटने वाले उनका सामान उठाकर भी भाग सकते हैं, उन्हें भी पीट सकते हैं और डिब्बे से उतारकर आग में भी झोंक सकते हैं।

दाहिनी तरफ वाले कूपे में भारी आवाज वाला सम्भ्रान्त आदमी यूरोप की बातें अपनी लड़की और एक नौजवान सहयात्री को बता रहा था। कुछ देर में उन्होंने ठाठ से बोतल निकाली और शराब पीनी शुरू कर दी। लड़की ने अंग्रेजी में कहा कि गिलास एक ही है। तब उनका नौकर,

जो हमारे कूपे में था, हमसे गिलास माँगकर ले गया। हमें पता होता कि किसके लिए ले रहा है और क्या पीने के लिए, तो हम नहीं देते। खैर। अब लड़की ने अंग्रेजी में कहा—'इससे भूख खुल जाती है न?' और बाप ने बेटी से कहा—'तुम भी लो, मन हो तो।' और बेटी ने कहा कि 'ड्रिंक्स का तो नहीं, स्मोक करने का मन है, पर यहाँ डिब्बे में सबके सामने नहीं पीऊँगी।' अब नौजवान सहयात्री उसे मनाने लगा कि खाने-पीने में क्या शर्म! और वह सबकी इतनी परवाह क्यों करती है—और पेश करने लगा और कुछ देर की नखरेबाजी के बाद लड़की ने सिगरेट ले ली, बाप ने मजाक में नौजवान से कहा कि खूबसूरत लड़कियाँ बहुत 'फसी' होती हैं और यूरोप के किस्से फिर चालू हो गए।

फिर किसी एक जगह जंगल में, अँधेरे में गाड़ी रुक गई और दोनों तरफ से भड़-भड़ पत्थर फेंके जाने लगे। मैंने दौड़-दौड़कर खिड़कियाँ बन्द कीं। सिरहाने की खिड़की जाम थी और बन्द नहीं हो रही थी। पत्नी ने घबराकर बच्ची को चिपटा लिया और डर के मारे दोनों सीटों के बीच फर्श पर बैठ गईं। मैंने कहा—कुछ नहीं होगा, फिकर मत करो और अटैची खिड़की में अड़ायी और उससे पीठ सटाकर बैठ गया। पत्नी ने मुझे ऐसे देखा जैसे किसी गाय को कसाई ले जा रहा हो और वह अपने रक्षक की तरफ देखे। मैंने उसे डाँटा—'क्या पढ़ी-लिखी होकर घबराती हो। कुछ नहीं होगा। ऊपर बैठो।' मैं डाँट रहा था लेकिन मेरे मुँह से आवाज ऐसे निकल रही थी जैसे घिघिया रहा होऊँ या आजिजी कर रहा होऊँ।

सिन्धियों ने दरवाजा खोल दिया।

लाठियों-बल्लमों-कुल्हाड़ियों और बेंतों से लैस भीड़ डिब्बे में घुस आई। आगे-आगे एक नौजवान लड़का था। पतलून-बनियान पहने। काला-तगड़ा और खूँखार। पिये हुए। वह जैसे हिस्टीरिया में चीख रहा था—'माँ को मार डाला! सरदाऽऽर! निकल बाहर इसकी...।' और सीटों के नीचे से सामान हटा-हटाकर डंडा फटकारता जा रहा था।

मुसाफिर कह रहे थे—'नहीं है। इस डिब्बे में कोई नहीं है।'

एक तूफान की तरह पागलों की वह भीड़ एक तरफ से घुसकर दूसरी तरफ निकल गई।

गाड़ी फिर भी नहीं चली।

फिर एक रेला भीड़ का आया। फिर ताकाझाँकी। डंडे फटकारना और 'नहीं है, नहीं है' सुनकर निकल जाना।

गाड़ी फिर भी नहीं चली।

मुझे बाद में पता चला कि एक बेवकूफ औरत ने खुद खिड़की से सिर निकालकर किसी को बता दिया था कि एक है। सरदार। है इस डिब्बे में।

अब दुगुनी भीड़ डिब्बे में थी और वे सारे सोये-लेटे-बैठे मुसाफिरों के कपड़े हटा-हटाकर देख रहे थे।

और तभी एक गुंडे ने हमारे सरदारजी को देख लिया।

'कौन है? ये कौन है? ये कौन है?' वह चिल्लाया।

सारे वहीं टूट पड़े। उसकी चादर खींची और नीचे गिरा दी। बिस्तरा खींचा और चीखते हुए गालियाँ बकते हुए उसे नीचे गिराने की गरज से उसकी टाँग मरोड़ने और खींचने लगे। एक मेरी सीट पर ही खड़ा हो गया और उसकी दाढ़ी खींचने लगा। पत्नी ने बच्ची को भींच रखा था और मेरी बाँह कसकर पकड़ रखी थी। मैं छूटने के लिए छटपटाया तो वह गिड़गिड़ायी 'मेरा क्या होगा, इस बच्ची का क्या होगा, आप कहीं मत जाओ।' यहाँ तक कि भीड़ में से एक पत्नी से बोला—'घबराओ मत भेंजी, आपको कुछ नहीं करेंगे।'

सरदारजी ने बर्थ की रॉड कसकर पकड़ी हुई थी और इतने लोगों की इतनी खींचातानी के बावजूद उन्हें नीचे नहीं गिराया जा सका। वह जिबह किये जा रहे बकरे की तरह चीख रहे थे, उनकी आँखें खौफ से निकली पड़ रही थीं और शरीर पसीने-पसीने हो गया था। वे बुरी तरह काँप भी रहे थे। अब तक उनका बिस्तरा, अटैची, चादर, जूते, पगड़ी सब पता नहीं कहाँ जा चुके थे। भीड़ में से तरह-तरह की आवाजें उठ रही थीं—'नंगा कर दे साले को, मारो साले को, छोड़ना मत गद्दार को...' की चीख-पुकार मची हुई थी और इतने लोगों के सामूहिक हमले के सामने पड़ा वह अकेला निहत्था, बूढ़ा और बीमार आदमी फटी आवाज में 'आऽआऽ' चिल्ला रहा था। उसकी पतलून-कमीज फाड़ डाली गई और उसे एकदम नंगा कर दिया गया। पलक झपकते यह सब हो गया। इस बीच दो गुंडे सामने की ऊपरी बर्थ पर चढ़ गए थे और उसे लकड़ियों से मार रहे थे। एक उसी की बर्थ पर चढ़ गया और उसे अपनी मोटी लाठी से गोदने लगा। उसके

पास बचाव के लिए कोई जगह या तरीका नहीं था। सिवा अपने दो हाथों के कोई ढाल नहीं थी। और दो हाथ उसे कितना बचाते! बहुत सारे वहशी उस निहत्थे पर एक साथ टूट पड़े थे। एक मुसाफिर ने बीच-बचाव करने की कोशिश की। गुंडों में से एक बोला—'तू भी इसके साथ है क्या?' वह चुप हो गया। आखिर सब मुसाफिर गुंडों के आगे गिड़गिड़ाये कि 'बस बहुत हो गया। अब छोड़ दो। बुड्ढा आदमी है। मर जाएगा बेचारा।' गुंडों में से भी कोई बोला—'अबे मर जाएगा। माल मार लो माल।' इसी समय बाहर से कई लोगों के भागने, दौड़ने और चिल्लाने की आवाजें आईं। कोई किसी से कह रहा था—'उतार! दूसरे को भी उतार साले को। अबे पकड़ो-पकड़ो भाग रहा है...' कि एक-एक कर सारे उतर भागे।

बाहर हमारे सरदारजी के सामान की होली जल रही थी और कई सारे आदमी एक नंगे सरदार को आग की तरफ धकेलने की कोशिश कर रहे थे। अँधेरे में सारे मुसाफिर खिड़कियों से चिपके बाहर देखने की कोशिश कर रहे थे और किसी को कुछ साफ दिखाई नहीं दे रहा था।

तभी गाड़ी ने रेंगना शुरू कर दिया।...

सरदारजी की दाढ़ी छितरी हुई थी और बाल बिखरे हुए थे। ऊपर की बर्थ के कोने में वह गर्दन लटकाए बैठे थे और हाँफ रहे थे। उनके सिर पर जो थोड़े-बहुत बाल थे। वे गुच्छा-गुच्छा खून में भीगे हुए थे। कपाल खून से तर था। दाढ़ी-मूँछों से खून इस तरह टपक रहा था जैसे अभी खून में नहाकर आये हों। भौंहें खून में सनी हुई थीं। और नाक की नोक पर खून की एक बूँद लटक रही थी। बाँहों पर, छाती पर, शरीर के किसी हिस्से पर कोई जगह ऐसी न थी जो लाल नहीं हो, जहाँ मार के निशान न हों।

और मैं...बेवकूफ मैं, सुबह कह रहा था—'हमारे रहते आपका कोई कुछ नहीं बिगाड़ सकता। आप मजे से बैठिए। मजे! इस मुल्क में मजे!'

पत्नी ने मेरी लुंगी निकालकर सरदारजी को पकड़ायी और फफक-फफककर रोने लगी। कूपे के एक और आदमी ने कमीज दी। और पहनाई भी। अब डिब्बे के और मुसाफिर उन्हें देखने आ रहे थे। आखिर क्यों न आते? इतने आदमियों के बीच बीसियों आदमियों द्वारा पीटा गया एक अकेला बूढ़ा कमजोर आदमी क्या कम रोमांचक दृश्य होता है!

अब दाहिनी तरफ का सम्भ्रान्त व्यक्ति हरकत में आया। 'क्या हुआ? बहुत मार लगी? देखें। कोई खास नहीं लगी। कोई गहरी चोट नहीं है। फिकर ना करो। कोई इसकी पल्स देखो। ऐसी हालत में इन लोगों को घर से बाहर ही नहीं निकलना चाहिए। डिब्बे में कोई डॉक्टर है?—कोई डॉक्टर?—सेफ्रोमाइसिन है किसी के पास?' वह अपनी भारी रोबदार आवाज में बोल रहा था। उसकी लड़की नौजवान सहयात्री के पास उधर ही बैठी रही। किसी के पास कोई माइसिन निकल आई। जैसे-जैसे दूसरों ने बताया, सरदारजी माइसिन लगाने लगे। लेकिन जख्म इतने ज्यादा थे और मरहम इतना कम कि उसका लगना नहीं लगना बराबर ही था।

मैं सोच रहा था कि आज फर्ज कर लो इस सरदार की जगह मैं होता तो क्या करता? फूट-फूटकर रो पड़ता या प्रार्थनाएँ करने लगता या पता नहीं क्या करता। लेकिन सरदारजी की आँख में एक भी आँसू न था—न आँसू, न बदहवासी, न हताशा। मानो बस यह हुआ हो कि उँगली किसी भारी पत्थर के नीचे आ गई हो।

सारा डिब्बा अब उन्हें सलाह दे रहा था। कोई कह रहा था—'तुम तो बाल खोल लो और माथे पर तिलक लगाकर बाबाजी बन जाओ। कोई पूछे तो कह देना बनारस जा रहे हो! राम-राम बोलना। और हिन्दी में बात करना, पंजाबी में नहीं।' कोई कह रहा था—'अगले स्टेशन पर उतर जाओ और पुलिस स्टेशन में बैठ जाओ।' इस सुझाव का कई लोगों ने स्वागत किया। क्योंकि उनके डिब्बे में रहने से सबको खतरा था। सही बात तो यही थी कि वे उतर जाते तो सब चैन की नींद सोते। लेकिन हालत यह थी कि उनकी आँखों में मौत का आतंक इस कदर नुमाँया था कि लाख टीके-तिलक लगाने पर भी वह छुप नहीं पाते। और थाने में जाने से उन्होंने मना कर दिया क्योंकि इन्होंने कम से कम जिन्दा तो छोड़ दिया। थानेवाले तो...

उन्होंने सबकी सुनी और आखिर में फर्श की तरफ देखकर बोले—'मेरा टिकट था पैंट की जेब में।' लोगों ने कहा—'कोई बात नहीं, टिकट कौन पूछता है इस हालत में। कोई पूछेगा तो हम बता देंगे।' उन्होंने कहा—'पैंट में मेरे पैसे थे। पौने तीन सौ।' लोगों ने कहा—'कोई बात नहीं। पैसों का क्या है? हाथ का मैल है। शुकर करो जान बच गई।' उन्होंने जमीन की

तरफ देखते हुए अपनी करारी आवाज में बड़ी मुश्किल से कहा—'अब जैसे पहुँच जाएँगे, पहुँच जाएँगे। बिलासपुर ही तो जाना है। सुबह तो आ ही जाएगा। आप तो मुझे बस चा-चू के पैसे दे दो। बिलासपुर में वापस कर दूँगा। फिर जो होगा देखेंगे।'

यह आदमी अब भी, इस हाल में भी सिर्फ चाय के पैसे माँग रहा है! मेरी रीढ़ तक एक सर्द झुरझुरी दौड़ गई उसका सत्तर साल का तजुरबा हम हकीरों से सिर्फ चाय के पैसे माँग रहा था!

मुझे घबराहट होने लगी और रुलाई-सी छूटने लगी और जी मितलाने लगा। मैं उठकर पानी के छींटे मारने टॉयलेट की तरफ चला गया।

लौटते में देखा कि तीनों सम्भ्रान्त सिगरेटें पी रहे हैं और ठाठ से ताश खेल रहे हैं।

आदमी जात का आदमी

सु.बा.गो. तोदी महाविद्यालय में हिन्दी विभाग के अस्थायी व्याख्याता और यश:प्रार्थी कवि सुधीर रंजन उस दिन सिंघल भाईसाहब के एक फोनकॉल पर ही फतेहगंज के लिए रवाना हो गए। फोन तीन बजे आया था। रात को कवि सम्मेलन है। अमुक जी, तमुक जी आ रहे हैं। अमुक भी आ रही हैं। तमुक भी हवाई जहाज मिल गया तो आएगा। आपको भी आना है। ग्यारह सौ मिलेंगे।

तीन बजे के बाद फतेहगंज की एक ही बस थी। चार घंटे का रास्ता था। घर गए, कविता की डायरी उठाई, एक कप चाय पी और रवाना हो गए।

सिंघल भाईसाहब व्यापार संघ के अध्यक्ष हैं। और भी कई संस्थाओं से संबद्ध हैं। सज्जनों की भाषा में शहर के संपन्न और संभ्रांत व्यक्ति और चालू भाषा में सटोरिये हैं। सिल्क का कुर्ता और झकाझक सफेद पाजामा पहनते हैं। नहीं, पाजामा अब नहीं पहनते। एकाध साल से पाजामे का स्थान धोती ने ले लिया है। धोती इतनी महीन होती है कि उसमें से पट्टेदार जाँघिया दिखता रहता है। लहीम-शहीम काया और खूब लहरदार

चमकदार बाल जिन्हें उनकी अँगूठियों से भरी मोटी उँगलियाँ बड़ी अदा से पीछे ढकेलती रहती हैं। बैठक में झक सफेद गद्दे और गावतकिए। दस-पाँच हँसमुख और प्रसन्न प्रशंसक-मित्र सदा साथ। पान पराग और तुलसी जर्दे और किवाम की सदाबहार महक। हर बार मिठाइयों के दौर पर दौर। गरम कचौड़ी, ताजा गुलाबजामुन, ठंडी रसमलाई, तर मालपुए, कुछ न कुछ। जरूर। हर बार।

सुधीर रंजन को वहाँ घंटों प्रसन्न रहना बहुत थकानेवाला लगता है। हँसमुख और खुशमिजाज उपस्थितों के चेहरे क्रूर, भयप्रद और अश्लील लगते हैं। लेकिन खुद पर कुढ़ने के अलावा कुछ नहीं कर पाते। उनकी हैसियत वहाँ एक अयाचित या पालतू व्यक्ति की-सी हो जाती है कभी-कभी। उठने भी नहीं देते सिंघल भाईसाहब। और सफलता के सारे रास्ते ऐसी ही बदबूदार गलियों से होकर जाते हैं। क्या करें!

बस में खिड़की के पासवाली सीट मिल गई। दोपहर की इस लोकल बस में ज्यादा लोग यात्रा करना पसंद नहीं करते। सुधीर गुनगुनाने लगे, मानो रात कवि सम्मेलन में पढ़ी जाने वाली कविता का पूर्वाभ्यास कर रहे हों। फिर पता नहीं कब सिंघल भाईसाहब के बारे में सोचने लगे। कुछ शब्द सिंघल भाई साहब को बहुत प्रिय हैं। जैसे अस्मिता, जैसे दिव्य, जैसे म्लेच्छ। अब यह म्लेच्छ शब्द किसी जमाने में अंग्रेजों के लिए इस्तेमाल किया जाता था। आज अंग्रेजों को कोई म्लेच्छ नहीं कहता। सुधीर अखबार नहीं पढ़ते थे। पढ़ते तो थे, लेकिन बहुत ध्यान से नहीं पढ़ते थे। मन से नहीं। उन्हें लगता था कि राजनीति एक गन्दी दलदल है और रचनाकार को इससे ऊपर उठा रहना चाहिए। सुधीर शुरू-शुरू में शृंगार रस के गीत लिखा करते थे और उन्हें बढ़िया तरन्नुम में सुनाया करते थे। महफिल जम जाया करती थी। तालियाँ बज जाती थीं। पर अब इनका जमाना नहीं रहा। कवि सम्मेलन का मंच हास्य ने हड़प लिया। तुकबन्दी के गिलाफ में घुसेड़कर चुटकुले सुनाए जाने लगे। लेकिन इन्हें भी व्यंग्य ने आउट कर दिया। अब तो हास्य कवि भी व्यंग्य मारने लगे। यहाँ तक कि शृंगार के गीत पढ़ते-पढ़ते कवयित्रियों ने भी राजनीतिक व्यंग्य की छौंक बघारना शुरू कर दिया। तो सुधीर को भी लगा कि उन्हें जमाने के साथ चलना चाहिए और वे ताजातरीन राजनीतिक घटनाओं पर कविताएँ लिखने की

कोशिश करने लगे। सम्प्रति समाचार-पत्र उनकी सूचनाओं का एकमात्र स्रोत था और जो इकलौता अखबार उनके कस्बे में आता था वह सिंघल भाई साहब की ही विचारधारा का निभ्रांत प्रचारक था।

सुधीर ने तय किया कि वह सबसे पहले अपनी रामजन्मभूमि वाली कविता ही पढ़ेंगे।

फतेहपुर पहुँचते-पहुँचते अँधेरा हो गया। सर्दियाँ शुरू हो गई थीं। उनके जैसे एकहजारी तीन-चार कवि और थे—सब के सब समान रूप से नर्वस और सिंघल भाईसाहब द्वारा प्रायोजित। उनसे बातचीत होती रही। बड़े कवियों में से अभी तक कोई नहीं आया था। आठ बज गए। लगा, बड़ा कवि कोई नहीं आएगा। इन लोगों को ही सम्हालना पड़ेगा। यदि उन्हें पसंद कर लिया गया और चार-पाँच कविताएँ सुनानी पड़ीं तो कौन-कौन-सी सुनाना टीक रहेगा?

निर्णय लेने के लिए डायरी देखना जरूरी था और डायरी देखने के लिए एकांत, इसलिए वे एक जरूरी काम का बहाना बनाकर बाहर निकल लिए और एक होटल में चाय पीने के बहाने बैठ गए।

उठे तो शायद काफी देर हो गई थी। सोचा, पेशाब करके सीधे चलते हैं मंचवाले पंडाल की ही तरफ।

बस, उसी समय यह हुआ।

हुआ यह कि उनकी पतलून की चेन खराब हो गई।

सुधीर रंजन की पतलून की चेन बगैर चेतावनी दिए खराब हो गई। चेन का कुत्ता न ऊपर जाए न नीचे आए। और जिप पूरी की पूरी खुली। अब? क्या करें? ताकत लगाकर कुत्ते को नीचे की तरफ खींचा। कोई असर नहीं हरामजादे पर। फिर ताकत लगाई। एक बार खुल भर जाए तो फिर तरकीब से बन्द कर लेंगे। पर इस बार शायद ताकत कुछ ज्यादा ही लग गई। कुत्ते का हत्था हाथ में आ गया। अब? और पेशाबघर में भी कितनी देर घुसे रहें?

निकले। शायद कोई मोची हो आसपास। उससे जम्बूर माँगकर, जम्बूर से कुत्ता पकड़कर नीचे या ऊपर खींचा जा सकता है। पर मोची अब कहाँ? दिन अस्त, मजूर मस्त। कोई औजारों की दुकान? औजारों की दुकानें बन्द हो चुकी थीं। सुधीर रंजन परेशान हो गए। जिप को बगल के झोले से

ढके-ढके कभी इधर जाते कभी उधर। क्या करें? सोचा, चलो एक पतलून ही खरीद लेते हैं नई। पर पैसे? उतने पैसे तो नहीं हैं। कुर्ता-पाजामा...की जेब में सत्तर-अस्सी रुपए थे। इतने में तो खादी का कुर्ता-पाजामा भी नहीं आता आजकल। कवि सम्मेलन के बाद तो ग्यारह सौ होंगे। पर अभी? सिंघल भाईसाहब के पास जाएँ? पर कैसे? और वह मिलेंगे कहाँ? और सुधीर उनसे कहेंगे क्या? नहीं, ऐसा करते हैं, एक सेफ्टीपिन का पत्ता खरीद लेते हैं। एक ऊपर लगा लेंगे, एक नीचे। पर क्या ऐसा करना ठीक होगा? कविता पढ़ते समय कोई पिन खुल गई तो?

परेशान हो गए। क्या किया जाए?

अचानक खयाल आया कि क्यों न किसी दर्जी के पास जाकर चेन ही बदलवा ली जाए। लेकिन दर्जियों की दुकानें भी बन्द हो चुकी थीं। मेन रोड पर तो चाय-पान की दुकानों को छोड़कर अँधेरा ही अँधेरा था। शटर गिर रहे थे। फल-फूट-मनिहारी के ठेले घरों को लौट रहे थे। सुधीर रंजन चलते रहे, निरुद्देश्य। कुछ दूर चलने पर एक दर्जी की दुकान मिली, लेकिन वह इतनी आलीशान थी कि उससे कोई उम्मीद नहीं की जा सकती थी। सुनहरी फ्रेम के चश्मेवाला एक आदमी—जो कहीं से भी दर्जी नहीं लगता था—शटर बन्द कर रहा था। सुधीर को दुकान के सामने ठिठके देखकर उसने पूछा कि वह सुधीर के लिए क्या कर सकता है? सुधीर ने बताया कि उसे पैंट की चेन ठीक करवानी है। इस पर उसने बहुत चुभने वाली सभ्यता के साथ जवाब दिया कि उसे अफसोस है, लेकिन वे मरम्मत का काम नहीं करते।

पहले की ही तरह निरुद्देश्य के भाव से सुधीर आगे चल पड़े और चलते-चलते एक मुख्य सड़क छोड़कर एक रौशन-सी गली में मुड़ गए। शायद इधर कोई दर्जी की दुकान खुली हो। वहाँ रंग, पेंट और लोहे-लक्कड़ की दुकानें थीं जो खुली थीं। एक स्कूटर मैकेनिक की दुकान खुली थी। ये लोग सुधीर के लिए क्या कर सकते थे? घड़ी देखी। नौ बज चुके थे। अब? एक राह चलते से पूछा, 'भाई साहब! इधर कोई दर्जी की दुकान है?' 'सीधे चले जाओ।' सीधे चलते हुए उसने कहा और सीधा चला गया। सुधीर किधर सीधे चले जाते? जिधर से आए हैं उधर या विपरीत दिशा में?

विपरीत दिशा में चल पड़े। गली दर गली पार करते गए। पछताते हुए कि दर्जी वाला आइडिया पहले ही क्यों न आ गया? और हताश-से होते हुए कि इतने बड़े-बड़े कवियों के सान्निध्य में काव्यपाठ का जो अवसर मिला था, वह भी गया हाथ से। और ग्यारह सौ रुपए भी। और सिर्फ इस पतलून की चेन के मारे। क्या उन्हें एक पतलून और साथ में लेकर आना चाहिए था?

चार-पाँच गलियों के बाद कच्ची दीवारें और टाट के पर्देवाली तहारतें और चिंचियाते सूअर और कचरे के ढेर पर चोंच मारती मुर्गियाँ और खुली नालियों पर लाइन से सजी टट्टी की ढेरियाँ और इन्हीं के बीच यूसुफ आजाद कव्वाल की विंटेज आवाज के पसमंजर में उड़ाई जाती कोरमे-कीमे की खुशबूएँ सामने आ गईं। दर्जी! दर्जी लेकिन यहाँ भी नहीं था। हो सकता था कि हो। पर दर्जी गले में फीता लटकाकर तो खाना खाते नहीं कि होटल में भी कोई मुसीबतजदा उनकी शिनाख्त कर ले और अपनी मुसीबत का बयान।

पता नहीं सुधीर क्या कर रहे थे। शायद खब्तुलहवास-से खड़े थे कि एक बुजुर्ग-से मुसलमान ने उन्हें पास से गुजरते हुए देखा और पूछा, 'किसके यहाँ जाना है। किसका मकान ढूँढ़ रहे हैं?'

'इधर कोई दर्जी की दुकान है क्या?' सुधीर ने डूबते आदमी की तरह सवाल का हाथ फहराया।

'कमीज-कोट सिलवाना है?' शायद बुजुर्ग इस बात की खातरी कर लेना चाहते थे कि इस वक्त जब सारी दुकानें बन्द हो रही है, इस जगह जो एक मरदूद गली से ज्यादा कुछ नहीं, एक अजनबी उनसे दर्जी की दुकान के बारे में ही पूछ रहा है।

'पतलून की चेन खराब हो गई है। ठीक करानी है। अर्जेंट।' सुधीर जी बोले।

'आप ऐसा करो, थोड़ा आगे चले जाओ। यूसुफ भाई की दुकान शायद खुली हो। हालाँकि उन्होंने काम छोड़ दिया है। यह हरी जाफरीवाला मकान देखते हैं? इससे जरा आगे जाकर बाईं तरफ जो गली मुड़ती है—चलिए, मैं बता देता हूँ।'

वे आगे-आगे। सुधीर पीछे-पीछे।

थी। एक दर्जी की दुकान। उसे देखकर ऐसा भी नहीं लग रहा था कि वह बन्द होने के मूड में है। दुकान के आगे एक लोहे की कुर्सी पर दोनों पैर ऊपर चढ़ाए और दोनों घुटनों को बाँहों में समेटे यूसुफ भाई बैठे थे। पास में एक-दो और कोई भाई। फुर्सत में गपियाते।

'यह है।' मार्गदर्शक ने बताया और बगैर रुके, बगैर शुक्रिया वगैरह का इंतजार किए सीधे चला गया। सुधीर खड़े रह गए।

'क्या बात है?' यूसुफ भाई ने पूछा।

'पतलून की चेन खराब हो गई है। ठीक करानी है अर्जेंट है।'

'इस टैम?'

'...'

'अरे! ऐ बाबू—ऐ सैफू! जरा देखना उधर जमाल बैठा है क्या नन्हे के होटल में! हो तो भेज देना बेटा! अर्जेंट गिराक आया है एक बोलके। बोलना, अब्बू बुलाते हैं। कहाँ है? दिखाओ।'

सुधीर ने दिखाया।

दूसरे जो बैठे थे, इस 'दिखाने' पर बगैर हँसे, उठ-उठकर चल दिए।

'उतारिए।' यूसुफ मियाँ कुर्सी से उठकर दुकान के भीतर जाते हुए बोले, 'आइए।'

सुधीर असमंजस में खड़े रहे। ऊपर जरूर चढ़ गए। कैसे उतारें?

यूसुफ मियाँ ने इधर-उधर ढूँढ़ा-ढाँढ़ी की और एक कोरा लट्ठा निकालकर बढ़ाया, 'उतारिए।'

सुधीर ने एक मशीन के पीछे स्टूल पर बैठकर जूते उतारे, पतलून उतारी और लट्टा लपेट लिया। जी में आई, जेबें खाली कर लें, फिर सोचा, जाने दो, फिर कर ही लीं।

यूसुफ मियाँ ने पतलून की चेन और उसके बीचों-बीच अटके टूटे कुत्ते को ध्यान से देखा और अपनी बड़ी-सी कैंची से उसे ऊपर या नीचे घसीटने की कोशिश की। कुत्ता टस से मस नहीं हुआ।

यूसुफ मियाँ ने पतलून को दोनों घुटनों के बीच दबा लिया और हाथ से कुत्ते को खींचा। इस बार कुत्ता नीचे सरका। पर ऊपर से आते समय फिर अटक गया। जबर्दस्ती करने पर आया भी तो पीछे चेन बन्द करता हुआ नहीं, खुली छोड़ते हुए।

'ऐ सैफू...! अरी जकिया...!' यूसुफ मियाँ ने बाहर मुँह करके आवाज मारी और चश्मा ठीक करते हुए बोले, 'दाँते मर गए हैं चेन के। बदलनी ही पड़ेगी।'

'क्या चल नहीं रहे हो यूसुफ भाई?' कोई मोटा-सा आदमी दुकान के बाहर पता नहीं कब आकर खड़ा हो गया था।

सुधीर ने सोचा, कहे पहले मेरा काम कर दीजिए, फिर जाइएगा। लेकिन इसकी जरूरत नहीं पड़ी। यूसुफ भाई बोले, 'चलो, आते हैं। जरा इन बाबू का काम कर दें। पाँच मिनट में आते हैं।'

मोटा झीना-सा मुस्कुराया। धीमे से बोला, 'कब्र में लटके हो! अब तो छोड़ो लालच।'

'अबे जा ससुर!' यूसुफ मियाँ ने मुस्कुराकर झिड़का, 'लालच के फूफा! चल। आ रहे हैं।'

मोटा चला गया।

यूसुफ मियाँ ने दुकान से बाहर निकलकर इधर-उधर झाँका। कहीं गए। पाँच मिनट बाद वापस आए और मशीनों की दराजे खोल-खोलकर कुछ ढूँढ़ने लगे।

'क्या हुआ?' सुधीर ने पूछा।

'चेन बदलनी पड़ेगी। सिन्धी की दुकान तो बन्द हो गई। हमारे पास पता नहीं इस कलर की है या नहीं। पता नहीं लौंडा कहाँ रखता है। बात यह है, हमने काम छोड़ दिया है। अब बच्चे ही करते हैं।'

'किसी भी कलर की चलेगी।' सुधीर ने जल्दी से कहा। उसे लगा, अब उसका काम बन जाएगा।

'सुबह आ जाएँ तो नहीं चलेगा?' यूसुफ मियाँ ने हाथ रोककर पूछा।

सुधीर सकुचाता हुआ बोला, 'बात यह है कि हम यहाँ नहीं रहते। बाहर से आए हैं। कवि सम्मेलन में कविता सुनाने। बल्कि कवि सम्मेलन तो शायद शुरू भी हो चुका होगा। वो लोग ढूँढ़ रहे होंगे हमें।'

यूसुफ मियाँ ने भावशून्य चेहरे से सुधीर को ताका और फिर चेन ढूँढ़ने लगे, मानो कवि सम्मेलन की उन्हें कोई जानकारी न हो। न इससे कोई लेना-देना। सिवा इसके कि बाबू का काम हाथ-के-हाथ करना है।

एक बच्ची आई। बोली, 'नहीं है वहाँ पे जमाल चाचा। ऐ नानू। नहीं है वहाँ पे।'

'अच्छा ठीक है।' यूसुफ मियाँ बगैर सिर उठाए बोले।

माफ कीजिएगा, आपको दिक्कत में तो डाल रहा हूँ, पर क्या करूँ, काम ही कुछ ऐसा फँस गया है कि—बल्कि आप चाहें तो यह भी कर सकते हैं कि फिलहाल मुझे कोई-सी भी पतलून जो आपके यहाँ पड़ी हो—दे दें, सुबह आकर मैं अपनी ले जाऊँगा।' सुधीर यूसुफ मियाँ की परेशानी कम करने की भावना से बोले, बल्कि जल्दी कवि सम्मेलन में पहुँचने की भी भावना से।

'यह चलेगी?' जवाब में यूसुफ मियाँ ने एक चेन निकालकर दिखाई। चेन हरी थी, पतलून नीली।

'हाँ बेशक। कितना टाइम लगेगा?'

'बस, अभी किए देते हैं।'

यूसुफ मियाँ ने पंद्रह मिनट में खराब चेन उधेड़ी, बीच में तीन गुजरते हुए लोगों को वालेकुम कहा, एक बार बच्ची को जो खाना खाने के लिए बुलाने आई थी—डाँटकर भगाया और एक बार सुधीर से पूछा, 'कौन-कौन कव्वाल आ रहे हैं?'

सुधीर समझ नहीं पाया, क्या जवाब दे। चुप ही रहा।

यूसुफ मियाँ ने सिटिल का डोरा बदला। पाँच मिनट तक सूई में धागा पिरोने की असफल कोशिश की। सुधीर ने कहा, 'मैं पिरो दूँ?' तो कहा कि नहीं, हो जाएगा और पाँच मिनट बाद हो भी गया। यानी धागा सूई के नाके में घुस गया। फिर मशीन चली।

और आखिर आधा घंटा बाद सुधीर की पतलून ने सुधीर से कहा, 'अब आप चैन की साँस ले सकते हैं।'

सुधीर यूसुफ मियाँ के एहसान में दबकर गद्गद, विह्वल, भावुक और रोऊँ-रोऊँ हो रहा था। उसे लग रहा था, कुछ भी कहो, अभी दुनिया में इनसानियत बाकी है। उसने यह भी सोचने की कोशिश की कि अभी इन यूसुफ मियाँ की जगह कोई माँगीलाल या झाऊमल होता तो भी क्या सारा काम छोड़कर उसका काम निपटाता ही? सुधीर तय नहीं कर पाया कि वैसा होता तो क्या होता! इस समय तो वह सिर से पाँव तक यूसूफ मियाँ के उपकार तले दबा जा रहा था।

पतलून पहन ली तो बोला, 'कितने पैसे?'

यूसुफ मियाँ एक-दो मिनट जेब से बीड़ी-माचिस निकालने में लगे रहे, फिर चश्मा ठीक करते हुए बोले, 'बारह रुपए।'

एक पल के लिए सुधीर को लगा कि बारह रुपए ज्यादा हैं चेन बदलने के, पर दूसरे ही पल उसने खुद को डाँटा—'ज्यादा! सौ भी लगते तो कम थे। अगला मना ही कर देता तो क्या कर लेते तुम?'

सुधीर ने पैसे दिए और बोला, 'चाचा! बड़े सवाब का काम किया है आपने। समझिए, एक नंगे को कपड़े पहनाए हैं।

चाचा पर पता नहीं इन शब्दों का क्या प्रभाव पड़ा, लेकिन अपने ही शब्दों की अनुगूँज से सुधीर रोमांचित हो उठा। उसका गला भर आया और आँखें भीगने लगीं। उसके भीतर जैसे मोहब्बत और इनसानी प्यार का एक दरिया मचल उठा। उसके जी में आई, इस मासूम आदमी को गले लगा ले, जिसे शायर और कव्वाल का अन्तर चाहे न मालूम हो—एक मुश्किल में पड़े आदमी की मुसीबत का एहसास जरूर हो जाता है। कितना कठिन है और कितना वाहियात—ऐसे आदमी को हिन्दू या मुसलमान समझना और कहना।

सुधीर तेज-तेज कदमों से कवि सम्मेलन की तरफ चला। लेकिन वहाँ उसने वह कविता नहीं सुनाई, 'जन्मभूमि' वाली, जिसे सुनाने के लिए उसे सिंघल भाईसाहब ने ग्यारह सौ रुपए देकर बुलवाया था।

संहारकर्ता

वह दफ्तर की दीवार से टिका सिगरेट पी रहा था और दूर किसी रेडियो से आती मेहंदी हसन की आवाज कानों से लपकने की कोशिश कर रहा था।

यूनियन सेक्रेट्री इस समय उधर से गुजरा, उसे देखकर मुस्कुराया और नजदीक आकर खड़ा हो गया। मुस्कुराकर बोला—"आप ही बन जाइए।"

वह चुपचाप सिगरेट पीता रहा। हाँ, मेहंदी भाई...

सेक्रेट्री बहुत खुशमिजाज और सज्जन था। वह कभी-कभी ही चिन्ता में पड़ा दिखाई देता था—जैसे अभी—और ऐसे में वह इतना तनहा और मासूम लगता कि उसकी मदद करने की इच्छा होने लगती थी।

"वैसे हम लोग सोचते हैं कि अब बागडोर आपके हाथ में आनी चाहिए।"

वह फिर भी चुपचाप सिगरेट पीता रहा। हाँ, मेहंदी भाई...इरशाद... आखिर सिगरेट खत्म हो गई और मेहंदी भाई भी खामोश।

उसने कहा कि वह आर्ट और कल्चर के फील्ड का आदमी है। यूनियन का काम उसने कभी किया नहीं, नियम से चन्दा देता है और वफादारी से यूनियन के सभी कार्यक्रमों में शिरकत करता है, इतना ही बहुत है।

अब लेकिन सेक्रेट्री यह बताने लगा कि इस छोटे-से कस्बे में यूनियन की शाखा है भी या नहीं, इसकी किसी को परवाह नहीं है, प्रान्तीय महासचिव तक को नहीं, और कि उसने बड़ी मेहनत से यहाँ शाखा बनाई और अपनी अकल से इसे तीन साल से चला रहा है, पर कई बार ऐसे मौके आए जब उसे लगा कि कोई 'गाइडेंस' देने वाला हो, और उसने शास्त्रीजी को लिखा और शास्त्रीजी यानी यूनियन के प्रान्तीय महासचिव।

अब सेक्रेट्री तनहा और मासूम ही नहीं, उदास भी लग रहा था। कोई भी—जिसमें जरा-भी इनसानियत होती—उसका भार बँटाना चाहने लगता। पर यहाँ सवाल यूनियन चलाने का था।

उसने कहा—मिश्राजी, आप कहो जो कर दूँ मैं आपके लिए, लेकिन यह काम करने को आप मत हो। क्योंकि बुनियादी बात यह है कि मैं यूनियन का मेम्बर जरूर हूँ, और सबको होना भी चाहिए—पर पर्सनली ऐसी मिडिल क्लास और खालेड़ यूनियन में मेरी आस्था एकदम नहीं है।

यूनियन सेक्रेट्री मिश्रा चौंका। और ये आदमी, जिसने अपना माँ-बाप का दिया नाम सेवाराम बदलकर सत्यकान्त कर लिया है, उसके लिए दिलचस्प हो गया। ये आदमी सत्यकान्त जो अभी-अभी तबादलित होकर यहाँ आया है, जो न किसी से ज्यादा बोलता-चालता है न किसी के सुख-दुख में दिलचस्पी लेता है, बस या तो अकेले में खड़े-खड़े सिगरेट फूँकता रहता है या किताब पढ़ता रहता है या भीड़ में दिलचस्प लतीफे सुनाता रहता है और पेड़हिलाऊ-पंछीडराऊ ठहाके लगाता रहता है—ये आदमी

मिश्राजी के लिए कुछ और दिलचस्प हो गया इस एक बात से, और अब वे ब्रांच की चिन्ता से थोड़ा ऊपर उठकर कुछ सिद्धान्तों की बहस के लिए तैयार हो गए। एकदम जैसे बौद्धिक।

"क्यों-क्यों?"

नहीं थे मेहंदी हसन अब कहीं। सत्यकान्त ने फाइलें समेटने की अदा में खूब सारी साँस फेफड़ों में खींची, त्यौरियाँ भींचीं और आक्रामक कटुता के साथ बोला—"क्यों लड़ते हैं आप? क्यों चलाते हैं यूनियन? कुछ सुविधाओं के लिए? तबादले करवाने और रुकवाने के लिए? वेतन और भत्ते बढ़वाने के लिए? क्यों बढ़ना चाहिए वेतन? आप बताइए मुझे, क्यों बढ़ना चाहिए वेतन? ऐसा क्या तीर मार रहे हैं हम लोग? और वेतन बढ़ने से होगा क्या? क्या आप ज्यादा सुखी हो जाएँगे? उन्नीस सौ पिछत्तर में मेरी बेसिक पे डेढ़ सौ रुपए थी। मैं ठाठ से गुजारा चलाता था, अच्छा घी खाता था और दस-पाँच किताबें भी खरीद लेता था। अब सात सौ पाता हूँ और तीस रुपए चन्दा नहीं भेज पा रहा इस पत्रिका का। वार्षिक। जो, नो प्रॉफिट नो लॉस पर निकलती है। नहीं, नो लॉस नहीं। लॉस तो हुई। और आपका अनुभव क्या मुझसे अलग है? सरकार और बाजार यहाँ आमने-सामने हैं और दोनों एक सम्मिलित साजिश में शरीक! सरकार बढ़ाएगी आपके बीस रुपए। आप खुश। और बाजार खसोटेगा पचास रुपए। वह भी खुश। बन गए न आप?"

"हाँ...यह बात तो है, लेकिन यह भी नहीं बढ़ता तो..."

"बढ़ा कहाँ? रुपए की क्या औकात रह गई है भाईजान? बढ़े तो चलो आप खुश भी हो जाओ। सन पचास में सोने का, गेहूँ का, जमीन का क्या भाव था? आपकी तनखा दिनोंदिन बढ़ रही है या घट रही है? एक जमाना था जब कोई सरकारी नौकरी पा गया तो समझो उम्र-भर को बेफिक्र हो गया। अब सरकारी नौकरी में सिर्फ वो आते हैं जो बिजनेस नहीं कर सकते। या जो नौकरी में भी बिजनेस करते रह सकते हैं।"

"लेकिन..."

"मिनिमम वेजेस। जानते हैं आप? यूनियन की डिमांड होनी चाहिए—वेज फ्रीज। हमें सरकार से कहना चाहिए कि तनखा बढ़ाई हमारी तो हम हड़ताल कर देंगे।"

“क्या मतलब? सत्यकान्त भाई...”

“और प्राइस फ्रीज। खूब भौंका जाता है रात-दिन कि इतना उत्पादन बढ़ा। बढ़ा तो गया कहाँ? चीजों के दाम बाँधने में सरकार को डर लगता है क्या?”

“पर सत्यकान्त भाई, उससे तो कालाबाजारी बढ़ेगी। माल दबा लिया जाएगा और लोग मुँह-माँगे दामों पर जरूरतमंद लोगों को तरसा-तरसाकर माल देंगे। व्यापारी और ट्रेचरस हो जाएगा। उपभोक्ता और निरीह। डिमांड एंड सप्लाई...”

“डिमांड एंड सप्लाई!!” सत्यकान्त कड़वा-सा मुस्कुराया। दाहिनी तरफ दूर तक शून्य में देखा और जेब से सिगरेट निकालकर सुलगाई। कुछ देर बोला, “आप फ्री हैं?”

“बिलकुल!” मिश्राजी ने मुँह से भी कहा। हाथों से भी। आँखों से भी।

“तो चलिए, चाय पीते हैं।”

दोनों दफ्तर-कम्पाउंड से निकलकर बाहर खड़े जबरसिंह के चाय के ठेले पर आए और मूढ़ियाँ बैठ गए।

“जबरसिंह इसी विभाग का भूतपूर्व कर्मचारी है। गाँव का है। मैट्रिक पास है। किसी बात पर जूनियर इंजीनियर से झगड़ा हो गया। उसने इसे अंग्रेजी में गाली दी, इसने उसे देशी भाषा में झापड़ मार दिया। सस्पेंड हो गया। जूनियर इंजीनियर—जिसे जँचा रखा गया था कि वह कर्मचारी नहीं, अधिकारी है इस बात पर तुल गया कि वह जबरसिंह को गुजारा-भत्ता भी नहीं मिलने देगा। जबरसिंह थोड़े दिन चक्कर लगाता रहा, दारू पीकर गुबार निकालता रहा और हताश होकर उसने यह चाय का ठेला लगा लिया। सारे जान-पहचान के थे, यार-दोस्त थे। काम चल निकला। बाद में बहाली हुई तो भी ड्यूटी पर नहीं चढ़ा। और तब से चाय ही पिला रहा है। पता नहीं ओनली विमल, लिम्बा ऑफ्टर रागा, हीरो होंडा, गरवारे और भला उसकी कमीज मेरी कमीज से सफेद क्यों जैसे उद्घोषों का उसके दिल पर क्या असर पड़ता है, लेकिन इतना तो सब देखते हैं कि जबरसिंह दो अखबार रोज लेता है, छाय या मक्खन से रोटी खाता है, कान में सोने की मुंगरी पहनता है, मूँछों पर मलाई लगाता है और कुत्ते को खुरचन खिलाता है। आड़े वक्त पर कर्मचारी भाइयों को सौ-दो सौ की मदद भी उसी से मिलती है।”

“सरकार काम के बदले अनाज योजना चलाती है। हर साल हमें फूड ग्रेन अलाउंस देकर बाजार भेज देती है। क्या वह बाजार पर हमारी निर्भरता कम नहीं कर सकती? क्या पार्टली हमें वस्तुओं के रूप में वेतन नहीं दिया जा सकता? अनाज-दलहन, बच्चों की कॉपी-किताब, साइकिल-घड़ी। हमारे कोऑपरेटिव स्टोर्स हैं : यूनियनें हैं, हम आदमी एम्पलॉय कर सकते हैं...सरकार के पास वितरण की ईमानदार मशीनरी न सही, हम खुद कर लेंगे। क्या यूनियन लेगी ये जिम्मा? सरकार से कहेगी? ये भी एक तरह का आन्दोलन ही है...”

“सरकारी कर्मचारी तो देश की आबादी का बहुत-छोटा हिस्सा हैं।”

“तब तो और भी आसान है। लेकिन आप कहेंगे नहीं। और कहेंगे भी तो सरकार मानेगी नहीं। और मान भी गई तो यह सफल होगा नहीं। हमारे यहाँ उत्पादन मुनाफे के लिए होता है, समाज की जरूरतों के लिए नहीं। प्लास्टिक बन रहा है तो सब प्लास्टिक में ही घुसे जा रहे हैं। टीवी चला तो सब टीवी-टीवी। इलेक्ट्रोनिक्स आया तो घुसा हर आढ़ती इलेक्ट्रोनिक्स में। सरकार उत्पादन पर काबू नहीं रख सकती तो वितरण पर क्या रखेगी?”

“अच्छा, यूनियन किसी का ट्रांसफर कराती है तो इसमें क्या गलत है?”

“नहीं, पहले ओटी। आप ओटी देने और ओवरटाइम का रेट बढ़ाने को क्यों कहते हैं?”

“नहीं कहना चाहिए?”

सत्यकान्त ने देखा, जबरसिंह सिर्फ चाय नहीं बना रहा, उसकी बातें भी ध्यान से सुन रहा है। और भी दो-चार, जो आसपास बैठे हैं। वह सकुचा गया और चुप हो गया। और चाय आने तक चुप ही रहा। फिर सुर धीमा करके बोला, “ओवरटाइम क्यों दिया जाता है? ओवरटाइम की फिलॉसफी क्या है? ओवरटाइम वैकेंट पोस्ट के अगेंस्ट में ही दिया जाता है? काम ज्यादा है और आदमी कम हैं। काम दस आदमियों का है—उनके हिसाब से—और आदमी हैं सात। इसीलिए ओटी दिया जाता है न?”

“बिलकुल।”

“क्यों? बाकी तीन आदमी कहाँ हैं? क्या कर रहे हैं? क्या वे भूखे नहीं बैठे हैं? उन्हें नौकरी क्यों नहीं दी जाती? क्या इस पढ़े-लिखे बेरोजगारों के मुल्क में ओटी करना, भूखे के हिस्से की रोटी खाना नहीं है?”

कुछ नहीं बोल पाए मिश्राजी इस बार।

"इसमें भी एक साजिश है। ओटी देकर काम कराने में कोई लफड़ा नहीं है। तीन आदमी रखोगे तो उनके लिए अलग मेज-कुर्सी-फाइल-लॉकर-क्वार्टर-प्रमोशन-ट्रांसफर-बीमा-पेंशन-ग्रेच्युटी, छुट्टी-दवा-दारू—सब करना पड़ेगा। खाली पोस्ट क्या माँगेगी? दिन भर के थके-हारे कर्मचारी के मुँह पर पैसे मार चार घंटे और काम करा लिया जाएगा। और छुट्टी।"

"ओटी कोई शौक से थोड़ी करता है। तनखा में गुजारा चलेगा तो क्यों करेंगे?"

"इस एहसास को ओटी कुछ हद तक कुंद नहीं करता? बाबू दिन-भर काम नहीं करेगा, ताकि ओटी मिले, और ओटी में नौकरी ने जो समय खाया वह किसका खाया? बाबू का? नहीं। उसके परिवार का। खेल का। बच्चों को पढ़ाने का। घरवाली के गपशप का। शाम की सैर का। उसकी सामाजिकता का। ये कितना बड़ा अन्याय है, जो कर्मचारियों के साथ हो रहा है। क्या हमें इसका विरोध नहीं करना चाहिए। कर्मचारियों को साफ कहना चाहिए कि ओटी बन्द करो। पूरे आदमी काम पर रखो। उन्हें रोजगार दो। लीव रिजर्व रखो। हमें ओटी दिया...तो हम तुम्हारा मुँह तोड़ देंगे।"

मिश्राजी हँसने लगे। बच्चों-जैसी निर्मल हँसी। जबरसिंह भी। वह एक बेंच पर उकड़ूँ बैठने के लिए धोती समेट रहा था। एक हाथ में बीड़ी थी, दूसरे में माचिस। पीले-पीले दाँत दिखाकर हँसा, जब सत्यकान्त से नजर मिली। मजेदार हँसी। कौतुकवाली।

"तो कैसे निभेगी मिश्राजी?" सिगरेट सुलगाता हुआ सत्यकान्त बोला—"मैं कहूँगा तनखा मत बढ़ाओ, यूनियन कहेगी तनखा बढ़ाओ। मैं कहूँगा, ओटी बन्द करो, यूनियन कहेगी सबको ओटी दो। मैं कहूँगा तबादले के बारे में यूनियन कुछ न बोले; यूनियन जरूर बोलेगी। मैं कहूँगा बदमाश और भ्रष्ट कर्मचारियों को यूनियन खुदा सजा दिलवाए, यूनियन उन्हें डिफेंड करेगी..."

"तबादले के लिए यूनियन को क्यों नहीं बोलना चाहिए? अपने घर के पास कौन नहीं रहना चाहता? किसी को कोई प्रॉब्लम है, किसी को कोई। आप उठा के किसी अंटसंट जगह फेंक दोगे तो यूनियन होती किसलिए

है? आदमी यूनियन का मेम्बर क्यों बनता है? इसीलिए न कि उसे देर-सवेर अपनी मनपसन्द जगह मिलेगी और उसके साथ कोई अन्याय हुआ तो उसकी रक्षा करेगी! अब जहाँ तक फेसिलिटीज की बात है, अफसर कुछ सुनते नहीं, देखते नहीं तो कर्मचारियों का दबाव बनाने के लिए यूनियन होती हैं। अब आप जानते नहीं, पहले यहाँ लोगों के पास बैठने के लिए कुर्सियाँ तक नहीं थीं। लोग जंजीर से बाँधकर रखते थे अपनी कुर्सियाँ। न रेस्टरूम में कोई खटिया-वटिया थी। जोशीजी के टाइम की बात है। अरे, और तो और, लेटरीन में डिब्बा तक नहीं था। और ये बात ठेठ डिवीजनल कॉन्फ्रेंस तक गई। तो ऐसा नहीं है कि यूनियन कुछ नहीं करती या यूनियन ने कुछ नहीं किया। आज आप देख लीजिए। बाकायदा फर्नीचर है, रेस्टरूम है, रिक्रीएशन की फेसलिटीज हैं। कैरम बोर्ड तक है। ट्रांसफर की हर एप्लीकेशन हमने फॉरवर्ड करवाई है और बाकायदा ट्रांसफर भी करवाए हैं। आखिर..."

मिश्राजी उत्तेजित हो गए। पर यह उत्तेजना दिखावटी ज्यादा थी। वह भाषण नहीं दे रहे थे। सिर्फ सत्यकान्त को उकसा रहे थे, ताकि वह यह न समझे कि वह दीवार से बात कर रहा है।

"मिश्राजी, आप तो यूनियन की उपयोगिता पर भाषण देने लगे।"

मिश्राजी हँस दिए। जबरसिंह और दूसरे लोग भी। एकदम खुली-खिली और दोस्ताना हँसी। और फिर सब उसकी तरफ उत्सुक निगाहों से देखने लगे। सत्यकान्त को थोड़ी झेंप लगी। बहुत लोगों के आकर्षण के केन्द्र में आना उसे स्वभावत: पसन्द नहीं। पीछे बैठना, कोने में खड़ा रहना, नेपथ्य में रहना ही उसे अच्छा लगता है। लेकिन अभी वह कमिट हो चुका था। उसका कोना ही केन्द्र बन चुका था। भागना अच्छा नहीं लगता।

बोला, "मैंने सुना है, सोवियत संघ में जब किसी कर्मचारी का तबादला होता है, तो उसे कहा जाता है—ये लीजिए आपका ट्रांसफर ऑर्डर, नए शहर के लिए आप के टिकट, नए स्कूल में आपके बच्चों के दाखिले, नए फर्निश्ड मकान की चाभियाँ और रिलीज ऑर्डर। शाम को अपने घर ट्रक पहुँच जाएगा। और आदमी।"

सुननेवालों के मुँह गोल-गोल खुल गए। आधे उत्साह में, आधे अविश्वास में।

और इसके बाद एक मजेदार बात यह हुई कि मिश्राजी उठ खड़े हुए और जबरसिंह बोला, "आज की चाय के पैसे मिसराजी से हम नहीं लेगा। आज की चाय जबरसिंह की तरफ से। रेडीफेंट संड सेलूट." और हँस दिया। उसके और ग्राहक समझ गए, जबरया आज खूब खुश है।

दूसरे दिन जबरसिंह ने सत्यकान्त से पूछा, "आप माटसाब थे क्या पेले?" उसने कहा, "नहीं तो।" जबरसिंह बोला, "आप इतनी सारी बातें जानते हो, पर किसी से जादा बतलाते नहीं हो। चुपचाप किताबाँ पढ़ते हो, सिगरेटाँ धूँकते हो और घर चले जाते हो। क्या बात है? आपको किसी से बतलाना अच्छा नहीं लगता?"

सत्यकान्त मुस्कुराकर रह गया।

और तीसरे दिन सत्यकान्त के लाख हुज्जत करने, भागने, बचने, छिपने और अड़ने के बावजूद उसे सबने मिलकर यूनियन का नया शाखा-सचिव बना दिया।

चौथे दिन उसने किसी से सुना, जबरसिंह किसी से कह रहा था—माटसाब का यूनियन में खटाव नहीं होगा। फालतू बना दिया उनको सिकेटरी।

सत्यकान्त ने यूनियन के सैद्धान्तिक पक्ष को मजबूत बनाने का प्रयास आरम्भ किया। नौकरी की सेवा-शर्तें, नियम-उपनियम, प्रशासनिक विधान, दंड-व्यवस्था; सुविधाओं के प्रावधान आदि। उसने विभागीय, ट्रेडयूनियन सम्बन्धी और वामपंथी राजनीति की पत्रिकाएँ-पुस्तिकाएँ और समाचार-पत्र मँगाना चालू किया। खुद पढ़ना और दूसरों को पढ़ने के लिए उकसाना चालू किया और इस चक्कर में कई राज खुले। पता चला, सेवानियम वही चल रहे हैं जो उन्नीसवीं सदी में अंग्रेजों ने बनाए थे, उनमें संशोधन पर संशोधन खूब हुए हैं, उन्हें नए सिरे से लिखा नहीं गया है। स्थायी और पूरक नियम ऊपर से नीचे तक किसी दफ्तर में उपलब्ध ही नहीं हैं। उन्हें एक भूतपूर्व कर्मचारी ने किताब की शक्ल में छाप रखा है, और सारे दफ्तर उसी को प्रमाण मानकर काम चला रहे हैं। जैसे-जैसे सत्यकान्त इस सबके बारे में लम्बे समय से उलझे मामलों, अधिकारी-कर्मचारी और यूनियन के परस्पर सम्बन्धों आदि के बारे में परिचय पाता गया, वैसे-वैसे उसका आत्मविश्वास

कम होता गया। और जैसे-जैसे उसका आत्मविश्वास कम होता गया, वैसे-वैसे यूनियन में उसकी इज्जत बढ़ती गई। लोग उसे माटसाब और गुरुजी कहने लगे। यह सुनना उसे खूब अच्छा लगता। और जितना अच्छा लगता, उतना ही वह आशंकित होता जाता कि वह फिसल रहा है...पर्सनाल्टी कल्ट में। आत्ममुग्धता में। व्यक्तिवाद में। मध्यवर्गीय आदर्शवाद में।

इन्हीं दिनों एक उच्चाधिकारी दौरे पर आए। परिपाटी थी कि स्थानीय समस्याओं को लेकर यूनियन वाले भी उनसे मिलने जाएँगे। वह नर्वस हो गया। मिश्राजी को उसने साथ ले लिया। मुलाकात के लिए निश्चित समय पर उन्हें बुलाया गया। स्थानीय अधिकारी भी थे। वह नर्वस भी था और झुँझलाया हुआ भी। उसने लड़ने की मुद्रा अख्तियार की और उच्चाधिकारी द्वारा झिड़क दिया गया। मिश्राजी ने बात सम्हाली। वह अकेला होता तो यकीनन उठकर आ जाता, चाय भी छोड़कर आ जाता। मिश्राजी बेबात हँस रहे थे। हक के लिए भी गिड़गिड़ा रहे थे और दयनीयता की मुद्रा में महामहिम की मेहरबानी चाह रहे थे। इससे महामहिम का अहं खूब तुष्ट हुआ। वह मिश्राजी से ही मुखातिब रहा। और उसने—मानो सत्यकान्त को सबक सिखाने के लिए—स्थानीय यूनियन की आधी से भी ज्यादा माँगें फौरन मान लीं, बाकी पर शीघ्र एक्शन लेने का वादा कर, उन्हें डायरी में नोट करके ले गया, और जाते-जाते यूनियन वालों से हाथ भी मिला गया।

मुलाकात अत्यन्त सफल रही। सब कर्मचारी खुश हो गए। सेहरा सत्यकान्त के ही सिर बँधा। सिर्फ उसी से मिश्राजी ने कहा, "आप बुरा मत मानिएगा। मैंने थोड़ी व्यावहारिकता से काम ले लिया। इन गधों को फुसलाकर कुछ भी ले लो। लड़कर भी ले सकते हैं, पर अभी अपनी स्ट्रेन्थ इतनी नहीं है।"

यहाँ असफल होने के बाद वे यूनियन के क्षेत्रीय सम्मेलन में गए, जहाँ सत्यकान्त के ओजस्वी भाषण ने सबको 'फ्लैट' कर दिया। उसने जबकि पूरी यूनियन को लताड़ा था कि वे संघर्ष की नहीं, समझौते की भाषा बोलने लगे हैं। छीनने की नहीं, माँगने की संस्कृति विकसित कर रहे हैं। उन्होंने श्रमिकों के आत्मसम्मान को अफसरों के कदमों में कालीन की तरह बिछा दिया है, आदि-आदि। और सबने खूब जोर से तालियाँ बजाईं और उसे संगठन-सचिव चुन लिया! सर्वसम्मति से। बल्कि जबर्दस्ती।

उसे रुककर सोचना चाहिए था कि ऐसा क्या हो रहा है? वह जिन्हें गाली दे रहा है, वे गाली खाकर खुश क्यों हो रहे हैं? क्या वह एक बुर्जुआ, आरामतलब और यथास्थितिवादी यूनियन द्वारा इस्तेमाल किया जा रहा है? क्योंकि वह अपने थोड़े-बहुत अध्ययन और लच्छेदार भाषा के बूते पर इस यूनियन को एक क्रान्तिकारी छवि दे सकता है? या वह वर्तमान नेतृत्व के लिए परिवर्तनकारी सोच के खिलाफ किसी सेफ्टी वॉल्व का काम कर रहा है? लेकिन उसने ऐसा नहीं किया। वह आत्ममुग्धता की चपेट में आ गया और आम मध्यवर्गीय लल्लुओं की तरह जय-जयकार और फूलमाला-गुलाल-जिन्दाबाद के सुरूर में रपटकर सचमुच खुद को वैसा ही समझने लगा, जैसा दूसरे उसको बता रहे थे। उसकी चाल में महत्त्वपूर्ण होने की ठसक आ गई और बातों में उपदेशक का लहजा। ऐसा एक दिन में नहीं हुआ, लेकिन हो गया। अब वह किसी को तबादले की अर्जी लिख रहा था, किसी का ओटी लगवा रहा था और किसी के वेज रिवीजन के तर्क गढ़ रहा था, और समझ रहा था कि वह बड़ी भारी जनसेवा कर रहा है। उसका पढ़ना भी कम हो गया। टाइम कहाँ था? और धीरे-धीरे असफलता, अस्वीकार, असहमति और अपमान को विचारपूर्वक झेलने-सहने करने के उसके स्नायु कड़े और नाकारा पड़ने लगे और सरल शब्दों में कहें तो उसे नेतागिरी की लत पड़ने लगी।

धीरे-धीरे जबरसिंह का होटल उसकी स्थायी बैठक हो गई। वह चाय-पर-चाय पीता, सिगरेट-पर-सिगरेट फूँकता और इस-उस के छोटे-छोटे सवालों के बड़े-बड़े जवाब देते-देते खुद को थका डालता, और सोचता, बड़ा अच्छा काम कर रहा है। शाम होते-होते लेकिन एकदम खाली हो जाता, और उदास, और तनहा। उसे श्रोताओं की लत पड़ रही थी और उसने सारे स्टाफ पर, बल्कि कुछ अधिकारियों तक पर एक किस्म का बौद्धिक आतंक जमा दिया था। लोग फुर्सत में वहाँ आ बैठते, चाय के पैसे उसे कभी नहीं देने देते और उसकी बातें गौर से, मजे से सुनते। वह लोकप्रियता के नए शिखर छूने लगा और धीरे-धीरे अपने ही साथियों से उसकी दूरी बढ़ने लगी। लोग उसका लिहाज करते, उसके सामने गाली नहीं देते, लड़की नहीं छेड़ते, सिनेमा के गाने नहीं गाते, सेक्स या रिश्वत की बातें नहीं करते, ऐसी-वैसी किताब पढ़ रहे होते तो छिपा लेते, कमीज

का ऊपर का बटन बन्द रखते, उबासी आने पर मुँह भींच लेते और उसे चाय-पानी को पूछते रहे। दफ्तर में यह लिहाज और भी ज्यादा था। लोग उसके हिस्से का काम मिल-बाँटकर निबटा देते और अफसरों की खामोश रजामन्दी से पूरा वक्त यूनियन के काम के लिए छुट्टा छोड़ देते।

सिर्फ जबरसिंह ऐसा था जो उसका भक्त या श्रोता नहीं था। वह चुपचाप अपना काम करता रहता, दोपहर होने पर धीरे-से पूछता—रोटी खाई माटसाब? जाहिर है इस सवाल का जवाब सत्यकान्त के पास नहीं होता। वह इस सवाल में मानो असुविधा में पड़ जाता। 'जाऊँगा यार होटल' या 'छोड़ो यार, शाम को ही बना लूँगा एक साथ', जैसा कुछ बुदबुदाकर एक वह सिरगेट और सुलगा लेता और बेंच पर ही लेट जाता। जबरसिंह चुपचाप एक प्लेट में मलाई भरकर, उस पर शक्कर डाल उसे पकड़ा देता, या किसी जान-पहचान के स्कूटर-मोटरसाइकिल को रोककर उस पर 'माटसाहब' को जबर्दस्ती बैठाकर होटल भिजवा देता। या कभी-कभी ऐसा भी होता कि वह कहता—'जाओ, अपन भेले ही ठोक लेते हैं। एक-एक सोगरा' और अपनो मैली पोटली खोल, उसमें से सुबह का बनाया बाजरी का सोगरा और उस पर मिर्च की चटनी, छाछ के गिलास के साथ उसे पकड़ा देता, लेकिन इस पर कभी जोर नहीं देता। इस मुद्दे पर दोनों की दुविधा दर्शनीय थी। जबरसिंह सोचता, पता नहीं हम गरीबों का खाना माटसाहब को पसन्द आएगा या नहीं, और सत्यकान्त सोचता, इसके हिस्से का आधा खाना मैं खा लूँगा तो यह भूखा रह जाएगा।

उस साल के प्रान्तीय अधिवेशन में सत्यकान्त की शास्त्रीजी से पहली बार भेंट हुई। शास्त्रीजी एक गांधीवादी किस्म के अधेड़ आदमी थे। उन्हें ज्यादा भाषण-वाषण देना नहीं आता था। उनके स्मृति-भंडार में दस से भी कम लतीफे थे जो पिछले बीस साल से हर जगह सुनाए जा रहे थे और सबको रटे पड़े थे। शास्त्रीजी को ट्रेड यूनियन की फिलॉसफी से कुछ लेना-देना नहीं था। वे यूनियन के संस्थापक सदस्यों में से थे और जनसेवा की भावना से हरेक का काम कर देना उनकी आदत थी। बल्कि धर्म था। इस धर्म को वे अत्यन्त विनम्रतापूर्वक और व्यावसायिक कुशलता से निभाते थे। उनकी स्मरण-शक्ति लाजवाब थी और वे किसी से चाय तक नहीं पीते थे। उल्टे दूर-दूर से आने वाले कर्मचारियों को खुद चाय पिलाते

थे, परिचितों को खाना खिलाते थे और मित्रों को घर ठहराते भी थे। उनके घर पर शायद ही किसी दिन अचानक यह घोषणा न हुई हो कि सुनोजी! चार आदमी या दो आदमी या तीन आदमी और खाएँगे। और शायद ही किसी दिन बच्चों से यह नहीं कहा गया हो—बेटे, तुम उस कमरे में पढ़ लो, या आज मम्मी के कमरे में सो जाओ। कुल मिलाकर शास्त्री बड़े देवता किस्म के आदमी थे। और उनके इस देवतापने ने यूनियन के जुझारूपन का भट्ठा बैठाकर रख दिया था।

शास्त्रीजी को हर समय लोग घेरे रहते थे। उनके साथ के अधिकांश लोग अफसर बनते गए थे। और वे यूनियन की खातिर लगातार पदोन्नति ठुकराते रहे थे। इसलिए ये अफसर छोटी-छोटी बातों के लिए शास्त्रीजी की बात टाल नहीं सकते थे। इसी लिहाजदारी के चलते शास्त्रीजी, जैसे भी हो, हरेक का काम करा देते थे। लेकिन उनसे ही काम निकालकर लोग अपने-अपने शहरों में जाते और दूसरी यूनियन खोल लेते। उनसे कितनी ही बार कहा गया कि सिर्फ उसका काम कराइए जो अपना मेम्बर हो, लगातार चन्दा देता हो और ब्रांच सेक्रेट्री का पत्र साथ लाए। लेकिन उन पर इसका कोई असर नहीं। इस महकमे में एटक-सीटू, बी एम.एस., इंटक, हिन्द मजदूर आदि सब रंग की यूनियनें थीं, कैडरवाइज यूनियनें भी अलग-अलग थीं। चार-पाँच तो महासंघ थे और बीस-पच्चीस महासचिव। स्थिति यह थी कि कई जगह तो हर चौथा कर्मचारी यूनियन का पदाधिकारी था जिसे स्थानान्तरित होकर दूर-दराज देहात में फेंके जाने का डर होता, वही यूनियन का पदाधिकारी बन जाता और उस अवधि के लिए तबादले के डर से मुक्त हो जाता। ऐसा भी देखने में आता कि कल तक जो आदमी शास्त्रीजी का दाहिना हाथ माना जाता था, आज उन्हें धता बताकर दूसरी यूनियन का महासचिव या मंडल सचिव बन गया है और इसी आधार पर राजधानी में चिमटा गाड़कर बैठ गया है, और जब अनन्तकाल तक यहीं रहने का जुगाड़ बैठा रहा है ताकि इस बीच अपना मकान का काम पूरा करवा सके या बैंकलोन लेकर भाई के नाम से ऑटोरिक्शा चलवा सके या वाइफ को बी.एड. करवा सके।

प्रबन्धन को इस सबमें खूब मजा आता था, क्योंकि इस तरह कर्मचारी इतने छोटे-छोटे टुकड़ों और मनसबदारियों में बँट जाते थे कि उन्हें किसी

से भी डरने की जरूरत नहीं रह जाती थी। पिछले दस सालों में विभाग में कोई बड़ी हड़ताल नहीं हुई थी और आगे दस साल तक होने की कोई आशंका भी नहीं थी। खुद शास्त्रीजी की सेहत पर इससे कोई फर्क नहीं पड़ता था, क्योंकि उनका देवत्व सुरक्षित था। कोई लाख महासचिव बन जाए, अपने काम करवाने के लिए उसे अब भी शास्त्रीजी के पास ही आना पड़ता था। शास्त्रीजी की यूनियन में हालाँकि दर्जनों ऐसे लोग थे जो इस सबका मतलब समझते थे और शास्त्रीजी से दुखी भी रहते थे, बल्कि उनके विरोधी भी थे, लेकिन इन 'अपनी' यूनियन के प्रति धार्मिक किस्म की निष्ठा के चलते वे न तो इस यूनियन को छोड़कर जाते थे न उन्हें शास्त्रीजी का कोई विकल्प नजर आता था।

सत्यकान्त ने अपने पहले ही भाषण में इस विरोध को विस्फोट में बदल दिया। उसने—पुराने कवियों के अन्दाज में कहें तो—शब्द और वाक्य नहीं, लपट और शोले उगले। उसने परम्परागत लिहाजवादी नेतागिरी की धज्जियाँ उड़ा दीं। उसने नौजवान कर्मचारियों का आह्वान किया कि वे इस कचरे के ढेर में आग लगा दें। उसने साफ कहा कि यह ट्रेड यूनियन नहीं, शुद्ध अर्थवाद है...प्योर एंड सिम्पल, जो अनन्तकाल तक लड़ाई का भ्रमजाल खड़ा करके वर्तमान व्यवस्था के पैने नाखूनों की हिफाजत करता रहेगा। उसने लताड़ते हुए कहा कि ये लीडर नेता नहीं, वकील हैं, चतुर वकील, बल्कि दल्ले, जो मुवक्किलों की मूर्खता खाकर ही जीवित रहते हैं, आदि-आदि।

लोग गद्‌गद हो गए। लोगों के बदन में फुरफुरी छूटने लगी। सब सबसे उसके बारे में पूछने लगे। वह जहाँ जाता, भीड़ जग जाती। बहुत अर्से बाद शास्त्रीजी ने आपा खोया। लोग सत्यकान्त को 'शास्त्रीजी के बाद कौन' का भावी उत्तर मान भी चुके। सबने सबसे कहा कि प्रान्तीय अधिवेशन में कई साल बाद इतना मजा आया। और इस सबका परिणाम यह निकला कि वह प्रान्तीय परिषद में संयुक्त सचिव के रूप में जबर्दस्ती और सर्वसम्मति से चुन लिया गया। माला, गुलाल, जिन्दाबाद, अखबार में फोटो...शास्त्रीजी के दरबार का एक और रतन।

सत्यकान्त ने माथा कूट लिया। सर पीट लिया। क्या यही...क्या यही वह पाना...करना चाहता था। क्या उसने ओटी, अन्तरिम राहत, प्रमोशन,

पे-कमीशन, पिटीशन, रिप्रेजेंटेशन और अर्बिट्रेयरल की नकली और वाहियात माँगों की दलदल में लोट रहे इन मध्यवर्गियों की सोच को जरा भी हिलाया? क्या वह भी वैसा ही नहीं हो गया, जैसा कि वह नहीं है? क्या वह खुद को चुपचाप शास्त्रीजी बन जाने देगा? एक स्वतंत्र व्यक्ति की विचार-चेतना का इससे बड़ा अपमान और क्या हो सकता है? क्या वह अभी, इसी वक्त इस्तीफा दे दे? लेकिन फिर? क्या वह किला अभेद्य है? या दुर्भेद्य? इसे कहाँ से और कैसे तोड़ा जाए?

उसे मालूम था कि संयुक्त सचिव मात्र शोभा की चीज है। सम्मेलन के बाद हुई कार्यकारिणी की बैठक में यह सिद्ध भी हो गया। उसने कुछ सुझाव रखे, जिनका किसी ने विरोध नहीं किया, लेकिन समर्थन भी नहीं किया। वे उसे सुनने के फौरन बाद सबके बीच में मसनद के टेके से पसरे शास्त्रीजी की तरफ देखने लगे जो माचिस की तीली से दाँत कुरेद रहे थे। दाँत में फँसा कुछ सामने ही थूककर उन्होंने फर्माया कि सुझाव कॉमरेड के अच्छे हैं, लेकिन प्रेक्टिकल नहीं हैं। हो नहीं सकते।

सत्यकान्त आधे घंटे तक शराफत से हुज्जत करता रहा, जानना चाहता रहा कि उनके सुझाव व्यावहारिक क्यों नहीं हैं? फिर तैश में आ गया। जवाब में शास्त्रीजी के एक पुराने चमचे ने चिढ़कर उसे डपट दिया—आप बच्चे हैं अभी। आपने देखा क्या है अभी? तीस साल से यूनियन चला रहे हैं। जितनी आपकी उम्र नहीं हुई उतनी हमारी सर्विस हो गई। ये कोई स्टेज पर लच्छेदार भाषण देने का काम नहीं है। आधे घंटे से मीटिंग को हेल्ड-अप कर रखा है। हाँ नहीं तो...क्या नाम से...शास्त्रीजी ने उसे रोका और कहा कि हमें नए लोगों के विचारों को भी सुनना चाहिए।

बैठक के फौरन बाद शास्त्रीजी ने सत्यकान्त के सामने सुझाव रखा कि अगले महीने वे राज्य की सभी शाखाओं का दौरा करने निकल रहे हैं, सत्यकान्त चाहे तो साथ चले, घूमे-देख भी लेगा सभी शाखाएँ और दूसरा यह कि इस उम्र में शास्त्रीजी के लिए अकेले यात्रा करना भी आसान नहीं, कोई साथ रहे तो गपशप भी रहेगी और यह भी कि भई जरा स्टेशन पर उतरकर पानी ला दिया, चाय ले आए, बिस्तरा लगवा दिया, टिकट खरीद लाए...जीव को जीव का सहारा। एक से भले दो। वैसे भी वही संयुक्त सचिव है...वह चाहे तो शास्त्रीजी उसके रिलीज के लिए बात करें? एक

तरफ का किराया ब्रांचें देंगी, एक तरफ का सी.ई.सी. से दिलवा देंगे। और सत्कार तो होगा ही हर जगह। क्यों?

बगैर सोचे-समझे सत्यकान्त ने मना कर दिया। साले की हिम्मत तो देखो!

सत्यकान्त को समझ में आया कि चुनौती बहुत बड़ी है। उसके अन्दाजे से हजार गुना ज्यादा बड़ी। शास्त्रीजी एक साँचा हैं, जो अपने इर्द-गिर्द सैकड़ों छोटे-छोटे शास्त्री ढाल देते हैं। शास्त्रीजी एक मानसिकता हैं जिसकी जड़ें मध्यवर्गीय आदर्शवाद में से फूटती हैं और तमाम परिवर्तनकारी सोच को ढक लेती हैं। हर पीढ़ी एक कल्ले की तरह फूटती है और हर बार मौका ताड़कर यह फफूंद उसे शास्त्रीजी बना डालती है। लेकिन समस्या सांस्कृतिक है या सामाजिक? या आर्थिक? या राजनीतिक? कहाँ से इस किले में पलीता भरा जाए? आसान और सीधा विकल्प है इस यूनियन को छोड़कर दूसरी में चले जाना, या कोई नई यूनियन बना लेना। लेकिन क्या यह सही विकल्प है? क्या यह कोई विकल्प भी है? यूनियन छोड़कर भागने और घर छोड़कर भागने और देश छोड़कर भागने में क्या बुनियादी फर्क है? सबसे बड़ी यूनियन यही है। ओटी, डीए, इंटरिम रिलीफ और ट्रांसफर की सुविधापरस्त, रतौंधियायी, लिहाजवादी राजनीति के विरोध में क्या वह अकेला खड़ा होगा? कर्मचारियों की मानसिकता वह कैसे बदलेगा? जबकि यह सारा ढाँचा सत्ता और यूनियनों ने मिलकर खड़ा किया है। पैसा इतना हरामी और बाजार इतना हरजाई क्यों है? उपभोक्तावाद सिर्फ पश्चिम का रोग है क्या? शास्त्रीजी ने अपनी ड्यूटी कितने सालों से नहीं की है? अगर महासचिव न रहें, सामान्य कर्मचारी की तरह ड्यूटी करनी पड़े, तो कर पाएँगे? इन शास्त्रियों का क्या इलाज है उसके पास?

इस उच्छ्वासपूर्ण भावुक सोच में बहने की बजाय ठीक इसी मुकाम पर सोचना चाहिए था सत्यकान्त को कि आखिर कहीं तो होंगे उसके भी हमखयाल! इसी महकमे में। कम ही सही। अकेले और अजनबी और गुमसुम ही सही। और निकल पड़ना था उन्हें ढूँढ़ने। लेकिन चूक गया। यह बात उसके दिमाग में आई ही नहीं।

इसलिए जब अधिवेशन से लौटकर वापस अपने शहर आए, तो सब खुश थे, बल्कि गौरवान्वित, की इस बार प्रान्तीय कार्यकारिणी में उनके यहाँ का भी कोई आदमी लेना पड़ा शास्त्रीजी को। मानो वह चुनाव नहीं जीता हो, शास्त्रीजी ने उसे मनोनीत किया हो। और सब उसे घेरे हुए थे कि कब वह मुस्कुराए तो वे ठहाका लगा दें और कब वह भौहें सिकोड़े तो वे आग बबूला हो जाएँ। सिर्फ एक आदमी दुखी था, और उदास और तनहा, और वह सत्यकान्त खुद था, जिसे दिन भर जबरसिंह के होटल पर पड़े-पड़े कुछ सोचते या सिगरेट फूँकते या जबरसिंह के छोटे-से टेपरेकॉर्डर पर मेहंदी हसन को चीखते देखा जा सकता था।

सत्यकान्त के प्रान्तीय संयुक्त सचिव बनने के बाद कर्मचारियों की उससे अपेक्षाएँ भी बढ़ गईं। अब स्थानीय ही नहीं, आसपास के शाखा-कार्यालयों से भी लोग उससे मिलने आने लगे, इस आशा से कि वह शास्त्रीजी से कहकर उनका तबादला, प्रमोशन, पे फिक्सेशन, कन्फर्मेशन, लोन-सेटलमेंट आदि-आदि करवा देगा। हर केस उसे जेनुइन नजर आता; हर आदमी की तकलीफ सुनकर उसे लगता, उसका इस पर हक बनता है...हर बार राजधानी जाने के पहले उसके पास ऐसे कामों की एक लिस्ट होती, और इस लिस्ट में कर्मचारियों के ही नहीं, कई बार कुछ अधिकारियों के भी नाम होते। यदि वह कहता कि वह ये काम नहीं कर सकता या कराना ठीक नहीं समझता, तो लोग दुखी हो जाते या इसे मजाक समझकर हँस पड़ते। हर बार वह यह देखकर तड़प उठता कि अपनी मेहनत की रोटी खानेवाले ये लोग अपने हक की बात के लिए, अपनी जायज माँग के लिए भी कैसे अपने ही साथवाले एक कर्मचारी की भी चमचागिरी करने लगते हैं। क्यों? क्यों और किसने उन्हें इसके लिए विवश कर दिया? बल्कि कभी-कभी तो उसे लगता कि यदि वह किसी की रुकी हुई तनखा दिलाने या पेंशन चालू करवाने या ऐसे लोन की कटौती रुकवाने, जो अगले ने लिया ही नहीं, या मेडिकल बिल पास करवाने आदि के लिए, सौ-दो सौ रुपया खर्च-पानी के लिए भी माँगने लगे तो कोई इनकार नहीं करेगा। सरकार के बाजाप्ता कर्मचारियों की ऐसी दुर्दशा देखकर उसे हैरानी भी होती, दुख भी, गुस्सा भी आता और पछतावा भी होता। ये लोग! ये भोले लोग! इनकी क्या गलती है? नौकरी में लेते समय सरकार ने इनसे कुछ वादे

किए थे। सरकार तरह-तरह के बहाने बनाकर उनसे मुकरती है। इनके दिए बिल गाय खा जाती है, इनके तबादले की अर्जी बिना वजन हवा में उड़ जाती है, इनकी भविष्यनिधि फाइलें बाढ़ में डूब जाती हैं...इनसे दस-दस घंटे ओटी करा लिया जाता है और इस की जा चुकी मजदूरी का दस-दस महीने तक भुगतान नहीं किया जाता। उजरत माँगने पर इन्हें टरकाया जाता है, या लॉटरी के बीस टिकट खरीदने को या नसबन्दी के दो केस लाने को कहा जाता है! इन्हें कुर्सी-पंखे-औजार-पीने का पानी और साइकिल स्टैंड के लिए भी यूनियन की मार्फत चीखना-चिल्लाना पड़ता है। क्या ये जबर्दस्ती गले पड़े लोग हैं। क्या इनके बगैर महकमा चल सकता है? क्या इनसे सिद्धान्तों की बातें करना सम्भव भी है?

लेकिन शास्त्री की काट भी शास्त्री ही हो सकती थी। और शास्त्री बनना भी आसान नहीं था। बल्कि एक शास्त्री के रहते दूसरा शास्त्री बनना सम्भव ही नहीं था। और एक शास्त्री को हटाकर दूसरे किसी का मुख्य शास्त्री होना तभी सम्भव था जब इतिहास पीछे मुड़कर भागना शुरू कर दे और रनिवासों-तलवारों-विषकन्याओं और षड्यंत्रों से भरे राजमहलों में पहुँच जाए। अपने साल-भर के संगठनात्मक अनुभव के बाद सत्यकान्त इसी नतीजे पर पहुँचा कि कर्मचारी ताली तो उसके भाषण पर ज्यादा बजाते हैं लेकिन पीछे शास्त्रीजी के ही लगे रहते हैं—क्योंकि उन्हें मालूम है कि उनके बरसों के अटके काम सत्यकान्त नहीं, शास्त्रीजी ही करा सकते हैं। उसे शास्त्रीजी ने सिर्फ इसलिए रखा है कि वह भाषण अच्छे दे लेता है और उसके बहाने मीटिंग जरा अच्छी जम जाती है। प्रान्तीय कार्यकारिणी में भी मानो एक षड्यंत्र के तहत उसकी बात बड़ी शान्ति और धैर्य से सुनी जाती, लेकिन मानी कभी नहीं जाती। इसकी प्रशंसा तो खूब की जाती लेकिन यह भी कहा जाता कि उसे और व्यावहारिक होना चाहिए। वे कर्मचारियों को कर्मचारी नहीं, 'मास' कहते, और 'मास' से पार्टीसिपेशन नहीं, 'फॉलोइंग' चाहते। उनकी सारी नीतियाँ इसी मुद्दे के गिर्द बनतीं कि मास क्या चाहता है। न कि ये कि मास को क्या चाहना चाहिए। शास्त्रीजी कोई भोले आदमी नहीं थे, जिनसे जो चाहे कुछ भी करवा लो। उन्होंने उल्टी-सीधी, जायज-नाजायज माँगें मनवाकर कर्मचारियों की एक बड़ी संख्या को मुट्ठी में कर रखा था, कि शास्त्रीजी भला करवा सकते हैं तो

बुरा भी करवा सकते हैं। कुल मिलाकर वे अपने देवत्व की बहुन मुस्तैदी से चौकसी कर रहे थे और जिस परिमाण में सत्यकान्त उनसे अपनी तरफ के कर्मचारियों के काम करवाता, उसी परिमाण में शास्त्रीजी के सामने उसकी चुनौती ढीली पड़ती जाती थी।

धीरे-धीरे सत्यकान्त की चाल-ढाल में कुछ और परिवर्तन भी दिखाई देने लगे। अब वह कर्मचारियों की पूरी बात सुनने से पहले ही उन्हें मिश्राजी के पास भेज देता। उसी को केस समझाना चाहनेवाले कर्मचारी से संक्षेप में और 'टु द पॉइंट' बात करने को कहता और पूरे कागज साथ नहीं होने या पूरी तारीखें याद नहीं होने पर कर्मचारियों को डाँट भी देता। मिश्राजी पर भी वह अक्सर झुंझला जाता और जबरसिंह की रोटी अनुग्रह नहीं, अधिकार समझकर खा जाता। चार आदमियों के जुटते ही वह कोई ऐसी बात सोचकर बोलता जिस पर ठहाका लगे, और कोई उसकी चाय के पैसे दे देता या कोई उसके लिए पान या सिगरेट ले आता तो इसमें वह दिखाने के लिए भी कोई संकोच नहीं करता। स्थानीय प्रबन्धन पर वह शास्त्रीजी के अपने अन्तरंग सम्बन्धों की झूठी धौंस मारकर अपने 'मास' के सारे काम करवा लेता और अन्त में यह पूछने में भी नहीं शरमाता कि अमुक तारीख को वह शास्त्रीजी से मिलने राजधानी जा रहा है—कोई काम हो तो निस्संकोच हुकुम करें।

कभी-कभी अकेले में उसे अपने सिद्धान्त, यूनियन की अपनी आदर्श कल्पना और कर्मचारी परिवार को लेकर देखे गए सपने भी याद आते। वह एकदम उदास हो जाता। बल्कि कुंठित। उसके मुँह का जायका बिगड़ जाता। वह कूदकर इस नतीजे पर पहुँच जाता कि वह एक सुविधाजीवी, पेटी बुर्जुआ वर्ग की यूनियन में है और इन नाशुकरों से तो कोई उम्मीद करना ही बेवकूफी है। ये किसी काम के नहीं हैं। इनके लिए तो जितना करो, उतना ही कम है। और जब ऐसे कोसनों से भी तसल्ली नहीं मिलती, मन की छटपटाहट और आत्मा की बेचैनी कम नहीं होती, तो...किसी के साथ पीने बैठ जाता। मरो सालो! फूटे करम तुम्हारे। जब कुएँ में ही भाँग पड़ी है तो...

लेकिन कभी-कभी तकलीफ भी होती। सच्ची और व्यक्तिगत तकलीफ। वह किस निरर्थक-बेसूद-बेस्वाद चक्कर में फँस गया है। यह

दिन-ब-दिन फलती-फूलती बलवती होती भ्रष्ट शास्त्रीपंथी हमें कहाँ ले जाएगी? इसका संहारकर्ता अगर कहीं है तो कहाँ है! कहाँ है?

ऐसी ही एक मूड-लहर में एक दिन सत्यकान्त जबरसिंह के होटल पर बैठा रोटी खा रहा था कि कार्यालय का एक नौजवान लाइनमैन जगदीश उसके पास आया और नमस्ते करके पास बैठ गया। जबरसिंह कहीं चाय देने गया हुआ था। उसकी अनुपस्थिति में सत्यकान्त ने खुद ही रोटी निकाल ली थी। जगदीश बोला, "साहब बहादुर! शाम को थोड़ा टैम होगा क्या खाली?"

"क्यों? क्या काम है?" सत्यकान्त भरे मुँह से बोला।

"कुछ नहीं। वैसेई। सोचा आपको अपणे घर ले चलना है।"

"कुछ काम है?"

"काम तो अपणा हम खुद ही कर लेते हैं। बात ऐसी है कि आज बच्चे के झंटूले उतरवाए हैं...क्या बोलते हो आप...मुंडन...तो यार-दोस्त बोले कि ढूँढ़ होणी चइए। तो अब आप तो अपनी हैसियत जानते ही हो। तो हमने सोचा के चलो थोड़ी पार्टी कर देते हैं। दाल-बाटी-चूरमे का प्रोग्राम। तो सब लोग बोले के भई नेताजी को भी बुलाया चइए। तो आप से अरज है के आप पधारजो। मैं लेने आ जाऊँगा आठ-साढ़े आठ बजे आप कहो तो।

अटक-अटककर जगदीश ने अपनी बात पूरी की और हाथ जोड़े ठिठौली की मुद्रा में मुस्कुराते हुए उसकी तरफ देखता रहा।

सत्यकान्त उँगलियाँ चाट रहा था। एक-एक कर चारों उँगलियाँ चाटने के बाद उसने हस्बमालूम बगैर जगदीश की तरफ देखे पहले तो अन्धविश्वासों और रूढ़ियों के खिलाफ एक संक्षिप्त भाषण दिया और फिर आने के लिए सहमत भी हो गया।

जगदीश के कच्चे मकान में औरतों की चहल-पहल थी। बोहर गोबर से लिपा काफी बड़ा अहाता था, जिसमें सात-आठ फोल्डिंग कुर्सियाँ रखी हुई थीं। उन पर दफ्तर के चपरासी, लाइनमैन और कुछ और लोग—जिन्हें सत्यकान्त नहीं जानता—जमे हुए थे। मकान की बाहरी दीवार पर एक साठ वाट का लट्टू टाँग दिया गया था, जो कुर्सियों से फिर भी काफी दूर था। अहाते के दोनों तरफ नीम के बड़े-बड़े पेड़ थे, जिनसे कुछ चाँदनी

छनकर आ रही थी। सत्यकान्त को देखते ही सब उठ खड़े हुए। पहले जगदीश ने उससे हाथ मिला, फिर उसने एक-एक करके सबसे और एक खाली कुर्सी पर आ बैठा। सबके हाथ में पीतल, काँच, स्ट्रील के गिलास थे। कुर्सियों के बीच एक औंधा खोका रखा था जिस पर केसर-कस्तूरी की एक बोतल और एक प्लेट में प्याज के टुकड़े और कुछ नमकीन रखा था। नीम अन्धेरे में अल्प परिचितों के बीच पीने-पिलाने का यह माहौल काफी कुछ रोमांटिक और जरा-जरा रोमांचक भी लग रहा था।

जगदीश ने एक गिलास पूरा भरकर, दोनों हाथों से पकड़, बड़े अदब से उसे पेश किया।

शराब बेहतरीन थी। दो-चार घूँट में ही सत्यकान्त मूड में आ गया और यूनियन की बातें करने लगा, बल्कि भाषण देने लगा। जैसा कि लोग करते थे—लाइनमैन पहले ध्यान से सुनने लगे, मुस्कुराने लगे, हँसे भी, और जैसा कि सत्यकान्त महसूस करता था—सत्यकान्त ने महसूस किया कि उसने रंग जमा दिया है।

अचानक बीच में उसकी बात काटकर जगदीश बोला—तो ये बताओ वकील साब...! हँसा। दूसरों की तरफ देखा। सब चुप थे। उनकी तरफ किसी ने नहीं देखा। सत्यकान्त चौंका—तो ये बताओ वकील साब! के जब आप इस सबको गलत समझते हो, शास्त्रीजी को, यूनियन को, तो इससे अलग क्यों नहीं हो जाते? अस्तीफा क्यों नहीं दे देते? मिश्राजी बेचारे जैसे भी चला रहे थे, उसे गाली तो नहीं दे रहे थे कम-से-कम। आपकी ज्यादा समझदारी है तो दे दो मिश्राजी को सारा राजपाट।

सत्यकान्त सुट्ट रह गया। उससे कुछ बोलते नहीं बना। एक कौंध की तरह उसे याद आया कि वह यूनियन के जलसे में नहीं, जगदीश के घर में बैठा है, जगदीश के निमंत्रण पर, उसके बच्चे के मुंडन पर आयोजित सहभोज में। और देखो! बच्चे के लिए कुछ लाना तो दूर रहा, उसने बच्चे को गोद में भी नहीं लिया है, बल्कि बच्चे का नाम तक नहीं पूछा है। उसे अपना आचरण असंगत ही नहीं, अनर्गल भी लगा। यह उसके हाव-भाव से प्रकट भी हो गया होगा, क्योंकि उसने खिसियाकर शास्त्रीजी सम्बन्धी कोई लतीफा छोड़ने की और इस बहाने बात बदलने की कोशिश भी की। लेकिन अब दूसरे बात बदलना नहीं चाहते थे। बात शुरू हो गई है तो हो ही जाए।

बालकिशन नाम का एक लाइनमैन बोला, "नहीं, किसी की अच्छी बात हो तो माननी भी चाहिए, उसमें ऐसा कुछ नहीं है, और अपन ने मानी भी है, अब जैसे ओटी करना अपन ने छोड़ दिया है के नहीं? चाहे कित्ताई लालच दे कोई। सोच लिया सबने के नहीं करना तो नहीं करना, बस। लेकिन जिस थाली में खाना खाना उसी में हगना...ये बात जरा...बॉस..."

"या डिब्बेवाली बात ही ले लो।" एक दूसरा बोला। माँगीलाल नाम का। अब जगदीस उस्ताद ने बोला के गुरुजी को पसन्द नई। छोड़ दो। तो भैया अपसर लोग चाहे जित्ताई पदा लें, नहीं उठाणा तो नहीं उठाणा, बस।"

"डिब्बा क्या?" सत्यकान्त ने पूछा।

"नाज का डिब्बा जी! अफसर लोगों को खाणे में शर्म नहीं आती, नाज पिसाणे में शर्म आती है। इसलिए लाइनमैन जाए कन्धे पर डिब्बा रख के चक्की। क्यों जाए? जगदीश ने समझाया और हँसा।"

सत्यकान्त चुपचाप इस हैरानी में डूब गया कि यह कब हो गया? इतनी बड़ी बात हो गई और उसे पता भी नहीं चला? मिश्राजी ने तो उसे कुछ नहीं बताया। तभी जैसे उसकी आत्मा में से किसी ने पूछा—सत्यकान्त! तुम कितने दिन से दफ्तर के भीतर नहीं गए हो?

"नहीं, आप बुरा मत मानना। मैं ऑफिस में नहीं कह रहा हूँ कोई बात। वहाँ हम लाइनमैन हैं, आप साब लोग हैं। और घर में साथ बैठकर कह रहा हूँ। बुरा लगे तो छोटा भाई समझकर माफ कर देना। पर आप ही बताओ वकील साब! हममें से कोई सस्पेंड हो जाएगा, चार्जशीट मिलेगी, तो आप साब लोगों में से कौन बचाने आएगा? आप तो दिलवाओगे उल्टा।"

"क्या मतलब?"

"मतलब?" हँसा। जगदीश फिर हँसा, "नाज पिसाणे में अफसर लोगों को ही शर्म नहीं आती, बाबू लोगों को भी आती है वकील साब! जब से हमने उनका नाज पिसाणा बन्द किया, वे धमकी ठोक रहे हैं के जगदीश को सस्पेंड कराके छोड़ेंगे।

अचानक सत्यकान्त को बहुत कुछ समझ में आ गया। जबरसिंह के होटल से पिछले कुछ दिनों से अपने साथियों की अनुपस्थिति और माहौल में फैला एक घुटा हुआ तनाव। जगदीश ने घर ढूँढ़ के बहाने इस पार्टी का आयोजन और इसमें उसके किसी साथी का न होना। मिश्राजी

की तरफदारी करने वाले जगदीश द्वारा मिश्राजी को नहीं, सिर्फ, उसको बुलाना...अच्छा...अच्छा तो...यह बात है...यहाँ भी राजनीति है...

कोई फिर गिलास भर गया।

वह कुटिल हो जाना चाहता था, चौकन्ना तो जरूर ही। लेकिन अवसाद ने कुटिल नहीं होने दिया...और नशे ने चौकन्ना नहीं।

अचानक उसने सुना कि वह खुद कह रहा है, "तुम मुझे बार-बार वकील साब क्यों कह रहे हो जगदीश?"

"क्योंकि...दल्ला कहना नहीं चाहते!" वह बोलकर जोर से हँसा। दूसरे भी। शायद जगदीश को चढ़ गई थी। शायद इन सबकी कोई मिली-भगत है। अच्छा...अच्छा...तो उसे घेरकर लाया गया है सुनाने के लिए...।

"आप बुरा मत मानना वकील साब! बुरा लगे तो छोटा भाई समझकर माफ कर देना...पर आपकी बात आप पर ही पड़ रही है। आप सबको गाली देते हो। पर इनमें और आप में कोई फर्क है? हैं? आप बतलाओ। शास्त्रीजी ने और आप में क्या फर्क है? वे भी पब्लिक को बेवकूफ बणा रहे हैं और आप भी बणा रहे हो!" फिर हँसा।

"कैसे-कैसे?" आश्चर्य की बात है कि सत्यकान्त ने बड़ी नरमी से खुद को पूछते पाया, जबकि उसके कान जल रहे थे और कनपटी की हड्डी ऊपर-नीचे कदमताल कर रही थी। उसने गिलास फर्श पर रखकर प्याज का एक टुकड़ा उठाया, उसे मुँह में डाला और जेब से सिगरेट-माचिस निकालकर, सिगरेट सुलगा, चप्पल उतार, एक पैर को दूसरे पर चढ़ाकर आराम से बैठ गया। हाँ जगदीश...

लेकिन वे हँस रहे थे। मुस्कुराते हुए एक-दूसरे की तरफ देख रहे थे और नशे का फायदा उठाकर उसकी ठीक गत बना देना चाहते थे। सारी धूल झाड़कर एकदम औकात पर ले आना।

मारो पत्थर दोस्तो! पत्थर मारो! बहुत दिनों से दोस्तों के पत्थर नहीं खाए। सत्यकान्त के भीतर कोई बोला। लेकिन क्यों? उसे गुस्सा आने लगा। क्या बत्तमीजी है! घर बुलाकर अपमानित करना...!

बालकिशन बोला, "साब! हम तो मजूर आदमी हैं। आपकी तरह पढ़े-लिखे तो नहीं। किसान के बेटे हैं। हमारे हाथ-पाँव में आज भी भगवान की दया से खूब गिरसी है। मोटा खाते हैं और मोटा पहनते हैं। थोड़ा-बहुत नशा-पत्ता

जरूर करते हैं। पर वे भी लिमिट में रखते हैं। हम न तो ट्रांसफर से डरते हैं, न सस्पेंड से न टर्मिनेशन से। दो हाथ हैं। थोड़ा-बहुत भेजा भी है। जहाँ भी जाएँगे दाल-रोटी तो काढ़ ही लेंगे। तो हमारे मतलब की बात क्या है?"

"भई! तुम यह क्यों और कैसे मान रहे हो के मैं तुम्हारे सस्पेंशन करवाने की धमकी ठोकनेवालों की तरफ हूँ?" सत्यकान्त बोला।

"भोले बाश्शा! घुटने तो पेट की तरफ़ ही मुड़ेंगे!" जगदीश बोला, "कहो कुर्बान जाऊँ आपकी सादगी पर...क्या...जैसे कि वो कहते हैं न..."

"तुम नशे में बोल रहे हो या जैसे भी बोल रहे हो, पर समझ भी रहे हो कि क्या बोल रहे हो?" सत्यकान्त बोला। सब चुप हो गए। "तुम कहते हो, मैं दूसरों को बेवकूफ बना रहा हूँ। बताओ मुझे कि कैसे मैं किसको बेवकूफ बना रहा हूँ? रात-दिन खटने का यह नतीजा है! यूनियन कैसे चलाई जाती है, तुम्हें मालूम है? तुम कराकर लाओ किसी का एक भी काम। बताओ मुझे, किसका काम नहीं कराया मैंने? क्या अपने फायदे के लिए मैं यूनियन में आया? और क्या आज तक मैंने किसी से कुछ भी लिया उसका काम करने के बदले?"

यह आखिरी बात पता नहीं कैसे सत्यकान्त के मुँह से निकल गई। ऐसी बात तो न वह सोचता था न बोलना चाहता था।

जगदीश भी गिलास रखकर आगे झुक आया। हाथ जोड़कर बोला, "साहब बहादुर! वकील साब! गुरुजी! आप बुरा मत मानना। और बुरा लगे तो छोटा भाई समझकर माफ कर देना। या चार जूते मार लेना सबके सामने। लेकिन..." उँगली पर गिनाते हुए बोला, "पहली बात तो ये कि आप रात-दिन खटते हो। तो रात का तो अपणे को मालूम नहीं, पर दिन भर तो आप जबरया के होटल में बैंचाँ तोड़ते दिखाई देते हो और दफ्तर में आपके हिस्से का काम करते हैं रावत साहब और पालीवाल बाउजी। अब वो बापड़े अपणा काम भी करें, आपका भी करें और कोई कसर रह जाए तो चौहान साब की डाट भी खाएँ..."

"क्यों? चौहान साहब को मालूम नहीं है क्या कि..."

"अपसर लोगों ने आपको जान-बूझकर छूट दी हुई है। क्योंकि आप उनका काम करा देते हो...जैसे शास्त्रीजी कराते फिरते हैं अपसर लोगों का काम। लीडर तो उनके हुए फिर आप...।" कोई तीसरा बोला।

"दूसरी बात...जब जगदीश का सुर भी तेज हो गया, "दूसरी बात के आपणे किससे क्या लिया? तो बुरा मत मानना वकील साब...कोई हाथी की लीद खाता है, कोई बकरी की मींगनी ही खाकर खुश हो जाता है। आपका छै महीने का चा-पानी। पान-सिगरेट का खर्चा कौन चुका रहा है? पता है आपको? और तो और, आपने तो जबरसिंह तक को नहीं छोड़ा। रोज-की-रोज उसकी रोटी ठोक जाओगे तो अब वो भी मजूर आदमी है। उस बेचारे के पास भी कोई खत्ती तो गड़ी नहीं है। क्या?

"और अपसर लोग बगैर काम लिए हाजरी मान रहे हैं, जबरसिंह की होटल पर पड़े-पड़े दिन पूरा करने की भी तनखा दे रहे हैं, ये भी तो एक तरह की रिश्वत ही है!" बालकिशन बोला।

सत्यकान्त तैश में आ गया और उठकर खड़ा हो गया, "रिश्वत! तुमने मुझे समझ क्या रखा है? तुम मुझे घंटे-भर से जाने क्या-क्या बक रहे हो! वकील साब! शास्त्रीजी! रिश्वत! तुम उस हरामखोर शास्त्री से मेरी बराबरी करते हो? अरे, तुम्हें नहीं पसन्द है मेरे काम करने का तरीका तो मुझे हटा क्यों नहीं देते? मैं कोई हाथ जोड़ने आया था तुम्हारे पास के मुझे सेक्रेट्री बना लो? पूछो किसी से, कौन मुझे जबर्दस्ती पकड़कर ले गया था। तुम्हारे मिश्राजी।"

सत्यकान्त बोल चुका। हकलाने लगा। लड़खड़ाने लगा। नशे में और गुस्से में। लेकिन कोई हंगामा नहीं हुआ। कोई अपनी कुर्सी से नहीं उठा। सब चुप रहे। कोई बोला तक नहीं।

सत्यकान्त कसमसाकर रह गया। कोई कुछ बोले। हाथापाई ही करे। थककर कटे पेड़ की तरह अपनी कुर्सी में गिर गया और काँपते हाथों से गिलास उठाकर उसमें की पूरी शराब एक साथ गटक ली।

सब चुप थे। जैसे एक जरूरी युद्ध अभी-अभी होकर चुका हो। जैसे एक आवश्यक वध अभी-अभी सम्पन्न किया गया हो, थोड़ी देर पहले वहाँ आवाजें थीं—लपकती और लपलपाती हुई। अब चाँदनी थी और नीम की पत्तियों की हल्की सरसराहट एक नि:शब्द करुण विलाप की तरह।

एक बच्चा आया और जगदीश को बुलाकर भीतर ले गया। लोगों ने बैठकें बदलीं, गिलास खाली किए और बीड़ियाँ सुलगा लीं।

सत्यकान्त कचरे का ढेर हो चुका था। एक नेता का सारा दर्प, एक बुद्धिमान का सारा वैभव पिचका हुआ कनस्तर हो चुका था। सत्यकान्त

के कान बुरी तरह जल रहे थे। नशा हिरन हो गया था। जबरसिंह की रोटी और भाई लोगों के चाय-पान। वह कौन-सा हलक चीरे कि यह सब साबूत निकल आए! कितना सुखी था वह साल-डेढ़ साल पहले! और कितना मूर्ख! सिर्फ साल-डेढ़ साल ने उस बात-बहादुर की सारी कलई खोल दी। आज वह, जिसे गुरुजी कहा जाता है और दल्ला समझा जाता है, मेहनतकशों की चौपाल में नंगा खड़ा है और हर दिशा से उसके अन्तर्विरोध एक भुतहा अट्टहास कर रहे हैं। साला सेवाराम! मिनी शास्त्री!

अन्धेरे में न जाने कितनी देर बैठा रहा सत्यकान्त। लोग अपनी भाषा में अपने छोटे-छोटे दुख-सुखों की बातें करते रहे। अचानक उठा सत्यकान्त। सिगरेट-माचिस जेब में डाली और बाहर की तरफ चल पड़ा।

जब कुछ देर में किसी का ध्यान गया कि वह जा रहा है तो उसने जगदीश को आवाज दी। जगदीश भीतर से लपका-लपका आधा और कंधे पकड़कर उसने सत्यकान्त को रोका। हाथ जोड़े...पाँव भी छूने लगा। सत्यकान्त ने जगदीश के दोनों हाथ पकड़ लिये और उसकी आँखों में आँखें डालकर मन-ही-मन कहा—मैंने अपने कन्फेशन कर लिया है दोस्त! और जगदीश के हाथ को धीरे से दबाकर बाहर सड़क पर आ गया।

कोई साढ़े ग्यारह बजे होंगे। सूनी सड़क पर चाँदनी पसरी हुई थी। सड़क के दोनों तरफ नीम के पेड़ थे जो हल्की हवा में सरगोशियाँ कर रहे थे। सत्यकान्त का चेहरा आँसुओं से भीगा हुआ था। एक कातर-सी, कोमल-सी खुशी उसे अपनी रगों में सनसनाती महसूस हो रही थी। बहुत हल्का-हल्का लग रहा था। पता नहीं कब अपने डगमगाते-सँभालते कदमों की मस्ती में मुग्ध वह मेहंदी हसन की एक भूली-बिसरी गजल गुनगुनाने लगा।

❁❁❁